U0142983

學術期刊論文之書寫、投稿與審查
探查「學術黑盒子」的知識鍊結

臧國仁　著

五南圖書出版公司 印行

謹將本書敬獻

猶在學海浮沉的投稿人以及研究學養已豐的審查人[1]

---

[1] 此語改寫自「宦海浮沉」一語，原意是「官場生涯曲折複雜，變化不定」（出自漢語網：http://www.chinesewords.org/idiom/show-17965.html，上網時間：2021. 01. 26），而學海如學刊投稿本也如宦海般地變化不定且曲折複雜矣。

▶▶ 致謝詞

-- 學術是一條寂寞漫長的路，也如跑馬拉松的耐力訓練，熬過了前五年，找到了最適的作息規則，抓到步調與節奏，教學便能駕輕就熟，也有一兩篇期刊論文的發表，應該就能看到亮光，否極泰來。屆時就會開始喜歡研究，甚至享受能隨時閱讀文獻不斷吸收新知，以及自由、自主性高的學術生涯。……不必急於學術發表，倘若急壞了身體，急壞了家庭生活，都不值得。相信持之以恆，將能看到長時間累積的成果！（林月雲，2017.06）

著書立說的過程有些像是登山健行，出發前只能根據預擬的行程規劃按圖索驥。直到實際展開旅程走入步道小徑方能邊走邊看，既要享受美景與花鳥草樹，也要依據天氣、路徑、體力而隨時調整腳程。

本書書寫過程亦是。動筆前僅能倚賴提案大綱略知各章可能內容，撰寫期間不時閱讀的相關文獻則似登山所見的美景與草木，一再開拓作者的視野、增長見識，柳暗花明又一村地出現嶄新論述方向；那種樂趣唯有親身經歷方能領略，甚難分享。

然而多數時候，寫作此書都是順著靈感走，難以確定下一章節要如何接續。雖曾草擬了題綱給出版社，但邊寫邊也有了諸多調整，以致題綱內容持續大修，即連題目也曾更迭多次。原提案所訂為《學術期刊之投稿與審查：實例釋疑》，其後改為《建構學術期刊之知識體系：寫稿、投稿與審稿》，再次調整為《學術期刊論文之寫作、投稿與審查：探索知識鍊結之建構與轉移》，最後以《學術期刊論文之書寫、投稿與審查：探查「學術黑盒子」的知識鍊結》定案。

***　　　***　　　***　　　***

自本世紀以來，寫作並投稿學術期刊早已是眾多（如非所有）「學術人」（Homo Academicus，見李沅洳譯，2019／Bourdieu, 1993）焚膏繼晷、

兀兀窮年而努力不懈的例行工作。其因不難理解：

其一，眾多博士研究生除了完成畢業論文外，尚須於畢業前在有匿名評審制度的學刊發表論文至少一篇，並以此為博士資格審查（qualifying exam）項目，此已成為眾多系所採納之規定（雖然未必合情合理）；

其二，甫拿到博士學位晉身學術社群的「青椒」（即「『青』年『教』師」之暱稱）若要從「助理教授」晉升為「副教授」，則多視其能否持續且穩定地在國內外學術期刊發表論文；其後由「副教授」升等「教授」亦然。

如此一來，寫作學術論文幾已成為踏入研究生階段以迄大學任教如影隨形的尋常生活，幾可謂之朝夕與共、日日相對，直到擢升為正教授那一刻恐才能止。

一旦到了那個階段，閱讀、書寫、發表卻又成了生活常態而難割捨。正如 Wright（1959／張君玫、劉鈐佑譯，1995：260；添加語句出自本書）之言，「研究與生活之間【終】能相互滋長」，窮盡一生都在書（論文）堆裡打滾，從而進入前引林月雲教授所稱「享受能隨時閱讀文獻不斷吸收新知」的學術生涯；此點對眾多初入研究之路的年輕朋友當有啟示。

＊＊＊　　　＊＊＊　　　＊＊＊　　　＊＊＊

而在 2020 年夏末，羈延多時無法返臺的幾位博士陸生終能飛返政大繼續畢業論文寫作，另位則因有教職在身暫時無法來臺。加上剛剛通過資格考試的幾位本地同學，業已從教職退休的我一時之間身邊留下的教學任務，只剩下陪伴這些猶在浩瀚學海努力奮鬥的博士候選人。

這種機緣讓我從每天「睡到自然醒」的悠閒生活重新振作起來，期能透過寫書來與他們對話、解悶，鼓勵他們努力突破畢業論文的辛苦撰述過程。而我也因寫作而能溫故知新，重新找回從事學術研究曾經擁有過的幸福感。

由是本書當是寫給正在研讀博士學位，以及剛剛獲得博士學位而正開始教學生涯的「準學術人」與「新學術人」，藉此期勉大家持續成長、努力發表，暫時視投稿與出版為其甫才起步的學術生涯重心所在。

但如 Belcher（2009: xvi）所言，其所撰有關學術寫作的「工作手冊」原先設定目標對象為一般年輕教授，未料許多已有學刊發表經驗的資深學者也

頗受啟發，顯然「學習寫好【學術論文】誠屬一生旅程」（添加語句出自本書）。本書亦是，若有資深學術工作者認為本書尚有可資借鑑之處，當可參照各章所談。

*** 　　 *** 　　 *** 　　 ***

　　本書得能完成，首要感念政治大學傳播學院前副院長陳百齡、陳憶寧教授於 2013 年秋天的主動邀約，讓我有幸連續三年（2014-2016）得將三十餘年的寫作與投稿經驗轉換為博士班「學術論文寫作與發表研究」課程之教學內容，如今方能再次轉換為專書。惜乎當時對於學術期刊的瞭解還僅止於經驗談，直到撰述此書方能將久已縈繞於心的一些想法與理念逐步落實。

　　至於歷年修課博士生在課堂內外提供的諸多回饋與建言，都已盡力納入本書。目前任教杭州的王喆教授近來（2021 年 1 月）還曾在微信公號回憶當年修課的歷程與收穫，念舊兼也砥礪我將上課所談寫成專書，十分貼心。

　　本書撰述期間，曾委託劉忠博博士與陳鴻嘉博士閱讀題綱初稿提供意見。他們都曾長期擔任不同學術期刊的執行編輯，對其運作了然於心，感謝他們的協助。

　　準備寫書前，曾向五南圖書出版公司副總編輯黃文瓊提交題綱並蒙其慨允接納，感謝她的信任與支持。

　　賢／老妻蔡琰此次婉謝／拒我的邀約（哼！），無意延續二十五年來共同撰寫學術報告的慣例，改以「後勤」角色定期烘焙餐點支援，盛情仍然感人。本書「三校」完成時適逢我倆結婚「紅寶石」（四十週年）婚慶（1981. 08-2021. 08），期盼未來仍能繼續互信互愛、互諒互讓，攜手鍾愛一生。

*** 　　 *** 　　 *** 　　 ***

　　我的學刊論文處女作是在 1984 年刊登於新聞傳播領域旗艦刊物 *Journalism Quarterly*（多年前業已改名為 *Journalism and Mass Communication Quarterly*）的一篇研究報告（見 Tankard, Jr., Chang, Tsang, 1984），第一作者是博士論文的指導教授 James W. Tankard, Jr.（1941-2005），我因任其研

究助理而得忝列第三作者。三十五年後的 2019 年，此篇舊作居然被目前任教於上海而在某個研討會偶遇的年輕教授給指認出來；撰寫論文顯與傳教一樣，一切俱是緣分矣！

因緣巧合地，寫作本書時我也恰在「國家圖書館」期刊組覓得志工工作。感謝組長鄭敦仁先生與其所屬館員的禮遇有加，讓我有機會每次「上班」都能協助歸置、整理百本以上的不同期刊（不限學術期刊）。某次正好經手近二十年前擔任主編時的《新聞學研究》，撫「書」思昔而倍感親切。

***　　　***　　　***　　　***

本書適合有興趣投稿學術期刊的讀者，尤其人文與社會領域年輕教師。所論較少涉及自然、醫學與理工學刊常見之投稿方式，但當仍有其參考價值。

▶▶ 摘要

本世紀以來，隨著「大學學術評鑑」與「個人基本績效評量」漸次引入高等教育體系，向「學術期刊」投稿並發表論文成為眾多學術工作者魂牽夢縈而難揮之即去的暗影，卻也是其等力爭上游謀求學術地位的捷徑，以致學術期刊的「點數」（影響係數）與「篇數」的重要性久已凌駕其研究發現或成果。

但學術期刊真的只是學術工作者的發表工具？其「學術性」為何？內在結構與運作流程以及外在體系的相關組件又為何？投稿人面對高退稿率的現況要如何自處？其所書寫之學術論著有何體例規範必須遵循？此皆本書有意探索期能打開此一「學術黑盒子」的真實面貌。

本書寫作動機即在揭櫫學術期刊所涉之寫作、投稿與審稿諸多考量，並以實例（見第六章）說明投稿人如何得與學刊編輯委員會（含主編與匿名評審）互動，藉此示範、闡述、釋疑此一歷程可能含括之知識內涵。

面對未來，本書認為仍應回歸學術工作者的基本要件，視學刊為促進學術知識流通與傳遞的重要途徑，旨在達成「資訊轉換循環」之單純目的且以投稿人與學刊間的互動為其核心，意在鼓勵知識交換並整合最新研究所得，協助審思並引領學術發展進而促成社會進步、提升人民（類）福祉。

關鍵字詞：不發表即出局、內隱知識、匿名評審、學術期刊、學術寫作、體例

目　錄

致謝詞　i

摘要　v

第一章　緒論：本書問題意識與寫作緣起 1
第一節　前言：本章緣起與概述／1
第二節　學術期刊（以下簡稱「學刊」）相關專著與本書問題
　　　　意識／2
第三節　本書作者開授學刊相關課程的經驗／5
第四節　本書作者的寫／投／審稿背景／7
第五節　本書章節／8
第六節　本書研究限制／9

第二章　學刊之定義、流變與生態鍊結 11
第一節　前言：本章概述——論文登上學刊的「虛榮感」／11
第二節　定義學術期刊（即「學刊」）／12
第三節　學刊出版之勃興演變／15
第四節　學刊之相關生態鍊結系統（ecosystem）／21
第五節　本章小結：學刊發展的未來——以「投稿人」與「學刊」
　　　　互動為中心的開放式學術傳播型態／33

第三章　學刊之內部管控機制：同行／儕審查、編輯委員會、
稿件處理流程與審查人 39

第一節　前言：本章概述——學刊審查機制／39

第二節　學刊審查制度之建立：「匿名同行／儕」評議模式／41

第三節　學刊編輯委員會（以下簡稱「編委會」）之組成
　　　　與任務／45

第四節　學刊稿件處理與審查流程／50

第五節　學刊「審查人」的角色與任務／56

第六節　本章小結：展望未來與「開放式同行評議」模式／59

第四章　投稿人的心理適應：寫作、投稿、修改與退稿 65

第一節　前言：本章概述——自我調適的重要性／65

第二節　學刊論文寫作與投稿前的心理整備／69

第三節　修改投稿論文的心理調適／74

第四節　收到退稿信函後的信心重建／78

第五節　本章小結：從心理適應到寫作能力的自我調整／84

第五章　學刊／術寫作之體例（style）特色與學術意涵 89

第一節　前言：本章概述——學刊／術論文寫作的基本要求／89

第二節　一般寫作體例與專業寫作體例／91

第三節　學刊／術寫作的「學術性」／102

第四節　以「敘事論」為基礎的學刊／術寫作提議／110

第五節　本章小結：反思與檢討——試析學術寫作「學術性」
　　　　之多樣性／117

第六章　從寫稿、投稿、審稿到發表學刊論文：實例釋疑 121

第一節　前言：本章概述——從 R. L. Glass 主編虛擬的一封
　　　　信函談起 / 121

第二節　階段一之「發想」與「萌芽」（構思「人文取向」的
　　　　內涵）/ 125

第三節　階段二之「寫稿」與「投稿」（從年會宣讀到初擬
　　　　學刊論文）/ 129

第四節　階段三之「審稿」與「回應」（「心靈相契」之評審
　　　　歷程）/ 136

第五節　第四階段之「通過」與「刊出」（以「人老傳播」取代
　　　　「老人傳播」）/ 156

第六節　本章小結：從發想構思到審查通過的漫長學術投稿
　　　　歷程 / 157

第七章　結論：學刊的知識轉換與倫理守則 163

第一節　前言：本章概述——北京清華大學校長的宣示 / 163

第二節　本書摘述與整理：學刊知識鍊結的相關組件 / 166

第三節　知識的轉移：內隱知識（即默識）的外顯化 / 171

第四節　學刊發表的學術倫理議題 / 177

第五節　本章概述與全書總結：多元發展時代的學刊角色 / 186

參考文獻 189

附錄一　英文版權同意書 205

附錄二　投寄《中華傳播學刊》之一稿（初稿） 207

附錄三　投寄《中華傳播學刊》之三稿（接受稿） 233

圖表目錄

圖 2.1 學刊投稿之基本互動概念 / 22

圖 2.2 學刊投稿之進階互動關係 / 23

圖 2.3 學刊投稿之複雜生態系統（以臺灣現況為例）/ 28

圖 2.4 以「投稿人」與「學刊」互動為中心的開放式學術傳播系統 / 37

圖 3.1 一般學刊之審稿流程 / 50

表 3.1 學刊常用之審查決議對照表 / 53

表 4.1 投稿人在不同時期的心理適應途徑 / 85

表 5.1 有關幾本寫作體例專書之比較 / 101

圖 5.1 學術論文之主要寫作結構 / 107

表 6.1 《中華傳播學刊》形式審查確認表 / 135

表 6.2 評審意見與作者回應之對照表 / 137

表 6.3 本章所引實例論文之發展歷程 / 156

圖 6.1 本書實例論文所示之學刊改寫投稿路徑 / 159

圖 7.1 整理後的學刊知識鍊結組件 / 169

表 7.1 科技部舉列違反學術倫理的一般情事 / 179

第一章

緒論：本書問題意識與寫作緣起

-- 前言：本章緣起與概述
-- 學術期刊（以下簡稱「學刊」）相關專著與本書問題意識
-- 本書作者開授學刊相關課程的經驗
-- 本書作者的寫／投／審稿背景
-- 本書章節
-- 本書研究限制

第一節　前言：本章緣起與概述

　　本章首先提出本書問題意識，說明以「書寫、投稿與審稿」為旨一方面銜接了相關專著的研究脈絡，另則填補其多僅及研究論文寫作技巧之不足。次則回顧作者與本書主題的邂逅原委，略述曾經連續三年（2014-2017）與修課博士生共同探索如何透過論文寫作與發表而與學術社區共享研究成果。其後追溯本書作者歷經學刊主編、評審、作者的歷練後，當更能體會新手投稿者之徬徨與無助。本章末節提出研究限制，強調本書所述雖僅限於傳播與社會科學領域，但讀者猶可藉由參閱其他相關類型書籍類推其理。

第二節　學術期刊（以下簡稱「學刊」）[1]相關專著與本書問題意識

　　本書係以「學刊」為旨，深究這個廣被眾多投稿者視為「黑盒子」（black box）[2]的學術祕境究竟如何運作以及其所涉外在流程（第二章）與內在機制（第三章）為何，繼而透過第一手經驗之實例解說（第六章），期能探索與其相關之諸多鍊結組件，藉此鼓勵具有潛力之投稿人（見第四章）依照學刊體例之寫作要求（見第五章）而不吝交換研究所得，以期達到促進學術交流的崇高旨趣。

　　有關學術寫作與投稿此一議題過去迭有諸多文獻熱議，如彭明輝（2017：17-18）即曾以「研究生所需要知道的研究方法，包括文獻回顧、批判性思考和創新的策略——它們的步驟、要領、祕訣與潛規則」為題，分成十五個步驟、十六個章節，依序討論每一步驟所涉要領與方法。

　　彭明輝認為，該書所寫「都是攸關研究成敗的要領，但卻又是國內外指導教授通常不會教的」，亦即當研究生「在學術叢林中迷失方向或進退維谷時，希望這本書可以告訴你【如何】自力救濟、困境求生」（底線與添加語句皆出自本書）。

　　由彭氏所言可知，學術社區實也充滿眾多難以言傳卻至關緊要的「內隱知識」（tacit knowledge；詳見第七章第三節），有待學習者演練並反思所學方得轉換其為「明識」（explicit knowledge，或譯「外顯知識」，出自許澤民譯，2004／Polanyi, 1958），最終始能達成上引彭明輝所稱之「自力救濟、困境求生」的理想。

　　舉例來說，該書第六章（題名：〈告別大學時代——期刊論文的閱讀技巧〉）就曾提及許多優秀研究生初入學術領域第一次閱讀學刊論文時，「往往會發現它們長得像天書，全都是看不懂的術語，每一段都很難懂，甚至完

1　以下除引述原文出處外，「學術期刊」均簡稱「學刊」。

2　此處所稱之「黑盒子」原出自「模控學」（cybernetics），指只知輸入與輸出而不知其內在為何的轉換系統（https://en.wikipedia.org/wiki/Black_box；上網時間：2021.03.13）。

全不知所云」（頁 93）。彭教授因而建議，「不能再用大學時代讀課本的方式去讀期刊論文，而必須先學會閱讀期刊論文的方法和次序」（頁 95）。

顯然單要讀懂一篇學術論文都也涉及了諸多「方法」與「技巧」（默識），若是無法轉換其為明識且將他人研究成果納為自己所寫要點，到了撰寫畢業論文階段就易走了冤枉路而猶不自知。

至於提升學術論文寫作技巧與方法之專書，則有方偉達（2017）曾以「兼具闡釋理論觀念，建構實務 know-how 寫作技巧的優點」，[3] 探討其自身投稿期刊的「過來人」心路歷程，目的就在提供初入學術圈的新手們一些可供「攻堅」的參考策略，兼及學術論文寫作方式與發表途徑。

另如王志弘譯（2011 / Alford, 1998）；周春塘（2016）；蔡柏盈（2014，2010）；陳美霞、徐畢卿、許甘霖譯（2009 / Booth, Colomb, & Williams, 2008）等專著亦皆關注從研究設計到撰寫研究論文的諸多步驟，也曾多方倡議初學者理解並視研究與寫作並非機械式的工具製作流程與程序，而更應追求其詩性品味與美學風格（參見本書第五章第四節討論），如此方得領悟學術研究之作用與價值乃在促進人類福祉，而非僅是關注發表點數或與他人較量評比（此一說法尤見陳美霞等譯，2009 / Booth et al., 2008；王志弘，2011 / Alford, 1998）。

Moosa（2018）與王小瑩譯（2011 / Waters, 2004）兩書則曾各自分析前述「不發表即出局」之學術信條（publish or perish doctrines），[4] 且兩者均持批判觀點認為此信條發展多時後業已影響了全球高等教育的發展，尤其以經濟增長與市場化為中心的思維框架更讓學術志業把持在行政官僚手中，以致教師必得透過論文產量之多寡來舉證自己棲身大學的意義與價值，而這個現象隨後又帶動了「學刊產業鍊結」的出現，深遠地影響著大學走向與發展（見第二章討論）。

香港中文大學李連江教授的專書（2016）則以講稿形式同樣論述了「不

---

[3] 出自該書在博客來網站之介紹文，見 https://www.books.com.tw/products/0010758907（上網時間：2021. 04. 02）。

[4] 有關 publish or perish（簡稱 PoP）的中譯名稱甚多，如「不發表即死亡」、「發表或滅亡」、「發表或離職」、「不登則廢」等。本書採李連江（2016）的《不發表，就出局》書名並稍加修飾。

發表即出局」（其稱此為學術「行規」）的景象，論及從「學術期刊的審稿標準」到「期刊投稿」的各種樣貌，繼而略述研究論文寫作要義如「表達要清晰」、「研究是原創」、「選重要課題」，最後以「學者的生涯是一種有使命的特權」而使命包括創新與承傳兩者總結全書（引號內皆各章題名）。

　　與上引兩書不同之處，乃是李氏在第二講曾以其個人「評論他人所寫」以及「他人評論其所寫」的經驗為例，詳細闡述、解析匿名評審制度之優點以及如何投稿、審稿、修稿，深具實用價值可資參考。

　　與本書題旨較為接近者當屬翁秀琪（2013）專文，曾以臺灣傳播學門六本學刊的七位主編為深訪對象，探索這些學刊是否達到增益學術生產及促進學術表現之目的以及理由為何。綜合整理訪談所得後，翁秀琪發現這些受訪主編均能肯定其間的正向關係，但一些結構性因素如 TSSCI 制度、評鑑制度採計的記點方式均已造成「期刊間的貧富差距，……使得學界獨厚期刊論文，致使其他形式的學術生產【如專書、教科書、譯著】遭到擠壓」（頁 135；增添語句出自本書）。但因該文僅關注學刊之結構性因素與生產形式，未及抽絲剝繭地細述學刊之內在運作及流程，猶待本書補實。

　　雖然有關學術研究與寫作的專著／專文之數量已如上述或可謂之「汗牛充棟」，迄今仍然少見學刊投稿與審稿之實例分析（上述李連江，2016 可屬例外），以致學術中人仍難一窺學刊這個「黑盒子」之究竟與底細。

　　即便深具經驗的資深研究者若未曾擔任過學刊主編，投稿時恐也常陷於不知伊於胡底的境界，何況一般初學者更可能在未知學刊審查的來龍去脈情況下，一旦遭逢退稿就徒生怨嘆，對學術共同體的正向營造恐有阻力。

　　本書因而旨在解析學刊如何運作以及其所涉外在流程與內在機制的鍊結組件。作者過去曾經忝任學刊主編亦曾長期受邀出任學刊以及科技部年度專題計畫申請評審，相關經驗雖僅限於新聞傳播領域，但有關知識生產、學術表現與學術評議之觀察當能為其他領域共享。

　　簡而言之，本書寫作動機即在揭櫫學刊所涉之寫作、投稿與審稿等相關元素，並以實例（見第六章）說明學術論文作者如何得與學刊編輯委員會（含主編與匿名評審）互動，藉此示範、闡述、釋疑此一歷程可能含括之眾多考量。此一議題已如上述過去鮮有系統性之學術性探究，但其重要性不言可喻，對新起之秀如博士生與助理教授尤有跨領域之參考價值。

第三節　本書作者開授學刊相關課程的經驗

　　本書作者曾於 2014 年春起受邀在政治大學傳播學院博士班規劃並講授新課，意在探析如何撰寫學術論文以及如何向學刊投稿。幾經思量後，此課決定訂名為「學術論文寫作與發表研究」以示兼顧撰述與發表，期能協助修課博士生理解此兩者對其開展未來學術生涯的關鍵意義。

　　期初所寫教學大綱隨後提出了如下課程介紹：

> 本課延續任課教師發展經年之各項教學理念，如：『共構』（co-construction），意味著課堂內並非由教師獨白而是教師與同學共同建構；『敘事智能』（narrative intelligence），指修課同學必須展示自己的『說故事』（storytelling）本領以期完成各項課堂作業；『做中學』（learning by doing），即學習如何撰寫論文並投稿期刊，藉此領悟學術社區的潛在通例與慣例等。
>
> 依過去教學經驗，此課可視為博士生所應培養之近用（access to）知識能力，藉此『增進獨立思考的本領』、『瞭解可運用之學術資源』、『設定接觸知識的方式並確認其可行性與適宜性』、『反思知識之在地價值』等。簡單地說，就是透過本課瞭解學術寫作之諸多規範，進而逐步深化自身實踐策略並為有朝一日晉身『準學術人』預作準備。
>
> 本課要求期末繳交獨力寫就之研究論文一篇（可根據過去所寫增修改訂），並在學期結束前投寄任一自選學刊，由此顯現經在本課研習各項教學要點後，確已完成『學術寫作』與『投稿期刊』之基本學習要點。而本課教師之教學責任，僅在從旁與同學共商如何提升寫作能力，並轉換研究結果為學刊／術成品。

　　延續上述授課目標，此課實際涵蓋內容包括以下主題如：介紹學術論文寫作的「格式規範」（以學刊體例為例）；比較學術論文寫作具體內容以及其與一般雜誌寫作之異同；探討學刊寫作與學術產業之鍊結組件；鼓勵同學以學習者身分思辨學術寫作者的自身定位；如何閱讀學術論文以及何謂「好

的」學術論文寫作並省察、評量學術成品的可能標準等。

從 2014 年至 2016 年間，此課共開授三次，後因任課教師屆齡退休而停開。開課初期之修課同學以政大傳院博士生為主，但至第三年（2016 年春）則修課與旁聽人數倍增，背景亦已跨出傳播學院而有來自社會科學院、教育學院不等。除顯示上述課程設計尚能符合眾多不同領域博士研究生所需外，且也反映了其在修課階段即已感受前引「不發表即出局」的壓力，因而有意透過修課或旁聽方式來提早面對。

根據各學期期末對教師教學工作的評鑑結果，該課所授內容倖能受到同學肯定。如 2015 年春（即授課第二年）所獲教學評鑑得分高達 95.2（總分 100），五位修課博士生還不吝提出了以下感想與建言（此處所列業經濃縮、整理）：

-- 課程內容豐富、有趣；
-- 課程聚焦，設計很有條理，老師教學態度讓人感動；
-- 課程安排嚴謹、有序，內容有深度，老師的評閱十分詳細，對學生發現自身問題有很大作用；
-- 課程各主題的學習安排十分精彩，個人認為對於拓寬學生學術論文寫作的視野十分有用。通過課程學習，本人已能初步架構起該領域的基本概貌；
-- 很多訓練、很多矯正，很多溫暖、很多啟發；
-- 臧師評本人習作以及臧師與本人一起評同學習作，收穫最大；
-- 箇中奧妙，大約是自己做過一遍的事，再看別人做，勢必體悟最深。所以，或許可考慮「做中學」、「錯中學」、「學中學」基礎上發展「共做學」哦！

而對課程的未來建議，有同學提出了「希望這門課能有更多機會看到學術期刊的『後臺』運作。在本學期的課程我【已】有幸【初步】窺到很多『後臺的』學術運作，不僅新鮮解渴，而且對瞭解學術場域有很大幫助。」

另有「希望未來在課堂有好好修改機會，因僅【曾有】一次經歷學術寫作（論文修改），建議未來能夠增加此部分，讓我們直接像接受評論者的回應回去修改後大家再提意見，好似真的期刊過程，不斷的來回修正又可精進

文章的結構與流暢度」（添加語句均出自本書）。

　　由上引觀之，透過此課的實際寫作演練與相互觀摩，修課同學顯已略知學術論文的書寫奧妙兼而初識有關學刊的運作實情，甚而期盼未來得與任課教師繼續交流，進一步提升自我寫作水準從而能獲得學刊青睞。

　　尤以修課同學經歷一整學期的課程練習與意見交換後，多能自我調整所寫且進步幅度十分可觀，以致任課教師的期末回應就寫了多次「可刊性大增」、「潛力增進」等詞語，顯示略經提點，投稿生手如此課修課同學當也能精益求精地將自己所寫推向更佳境界，隨後更能鼓起勇氣嘗試投稿學刊。部分同學甚至初試啼聲一舉中的獲得刊出佳績，由此透過一己之力而逐步建立了「寫」與「投」的信心。

　　由此當可推知，本書讀者熟悉各章內容（尤其第六章實例釋疑）後，應也能與上述修課同學同樣掌握有關學刊投稿與發表的諸多重點，繼而樂於撰寫學術論文並視其為可與學術社區成員互通、共享研究成果的歷程，就此建立成熟且樂觀的學習態度。

第四節　　本書作者的寫／投／審稿背景

　　誠如前述，過去並不多見類似學刊發表與寫作的博士班課程，無論理工或人文社會領域皆然，其因不難理解。其一，能開授此課的教師必須兼具豐富教學與研究經驗，因而多以資深教師方能獨當一面且勝任愉快；其二，曾有主編歷練者除能提供修課同學所最關心的學刊「後臺」運作流程與途徑外，猶可就審稿與決定是否上稿的相關因素貢獻第一手經驗；其三，任課教師如有長期且穩定的投稿（以及退稿）閱歷，也當更能指點迷津以免新手問道於盲。

　　本書作者向學刊論文投稿始自 1980 年代中期在美國德州大學奧斯丁校區傳播學博士候選人階段，純屬初生之犢無所畏懼之作而非畢業所設條件（其時尚無 SCCI 或 TSSCI 等資料庫，校方也無類似規定），所幸得蒙在美國首屈一指的新聞傳播學刊發表論文，足堪回味。

　　三十餘年來，作者累積均經匿名評審通過之學刊論文數十篇（近二十

年來多屬合著），亦曾分任傳播領域核心期刊《新聞學研究》主編三年半、「政大出版社」領域召集人兩年，且近乎每年受邀擔任不同期刊評審，服務學術社區久矣。而在國科會（以及今之科技部）專題計畫部分約共通過十六次，考量其每年通過率僅在五成左右，此一成果當屬難能可貴。

合併上述經驗與背景觀之，本書作者多年來對學刊如何運作、如何組成行政團隊、如何處理稿件，均有遠較一般研究者更為豐富之親身體會可資述說。

<h2 align="center">第五節　本書章節</h2>

本書共列七章，包括：

-- **緒論**：如，本書的緣起與寫作動機、過去相關研究為何、本書作者的相關背景為何、各章分配為何、本書研究限制為何等；
-- **定義、流變與生態鍊結**：如，概述學刊的重要性、定義、其出版之勃興演變、生態鍊結系統、未來發展等；
-- **內部管控機制與未來展望**：如，概述學刊審查機制、審查制度之建立、編委會之組成與任務、稿件處理與審查流程、「審查人」的角色與任務、「開放式同行評議」模式為何等；
-- **投稿人的心理適應**：如，概述如何自我調適、寫作與投稿前的心理整備、修改投稿論文的心理調適、收到退稿信函後的信心重建、從心理適應到寫作能力的自我調整等；
-- **體例（style）特色與學術意涵**：如，概述學刊／術論文寫作的基本要求、一般寫作體例以及專業寫作體例如新聞寫作與學刊／術寫作、學刊／術寫作的「學術性」、以「敘事論」為基礎的學刊／術寫作提議、試析學術寫作「學術性」之多樣性等；
-- **實例釋疑**：如，階段一之「發想」與「萌芽」、階段二之「寫稿」與「投稿」、階段三之「審稿」與「回應」、階段四之「通過」與「刊出」、從發想構思到審查通過的漫長學術投稿歷程等；

-- **結論：學刊的知識轉換與倫理守則**：如，概述北京清華大學校長的近期宣示、學刊知識鍊結的相關組件、知識的轉移、內隱知識的外顯化、學刊發表的學術倫理議題、多元發展時代的學刊新角色等。

第六節　本書研究限制

誠如上述，本書作者長時間以來之投稿與審稿經驗多在傳播學門（一般歸之為社會科學領域），以致此書所寫有其侷限難以推及其他如理工、自然、醫學領域，或可參閱相關著作如李連江（2018, 2016；政治學領域）、方偉達（2017；地質學領域）、Moosa（2018；財管、化學、醫學等）、張森林（2009；財務工程領域）並由此觸類旁通。

其次，由於坊間已有眾多專書關注研究論文寫作要旨（含畢業論文），本書將聚焦於投稿與審稿歷程並專注於投稿人的心理適應以及學刊的體例規範。

最後，本書不擬涉及如何「閱讀」期刊論文，可參閱彭明輝（2017）第六章〈告別大學時代──期刊論文的閱讀技巧〉。

第二章

學刊之定義、流變與生態鍊結

-- 前言：本章概述──論文登上學刊的「虛榮感」
-- 定義學術期刊（即「學刊」）
-- 學刊出版之勃興演變
-- 學刊之相關生態鍊結系統（ecosystem）
-- 本章小結：學刊發展的未來──以「投稿人」與「學刊」互動為中心的開放式學術傳播型態

第一節　前言：本章概述──論文登上學刊的「虛榮感」

　　本章起筆時分，一位臉友投稿學刊首次通過獲刊，興奮地在臉書貼文如下：「第一次登上期刊【按：指學術期刊】，感覺有點虛榮有點秋。讀完本期所有文章，卻感覺一秋還有一秋秋，虛榮感很快燒完，這也表示值得一併推薦給各位」（底線出自本書）。[1] 讀完這篇貼文不禁令人好奇，為何登上學刊就易產生「虛榮感」？「虛榮」什麼呢？其他學刊作者也都有類似的「虛榮感」嗎？

　　這位臉友事後告知，在研究生時期若能投上有匿名評審制度的學術研討會就已十分開心。此次改寫博士論文投稿後，居然能獲傳播領域頂級學刊「這塊大招牌」偏愛，「當然覺得虛榮」。

　　近幾年來他也曾投稿其他論文多次卻一直被退，但是「被退就再去試

---

[1] 此處所引的「秋」為臺語，走路有風或趾高氣昂之意。本節所引皆經作者同意使用。

別家，有機會就繼續改進」，自覺只要維持「平常心」且持續地從評審意見尋求有助於論文修改之處，就能逐步調整至最佳版本。而此次上稿論文共曾來回改寫三次（即四稿定稿），也確從匿名評審的審查意見學到許多寫作技巧，頗感欣慰。

由上引當知，對眾多博士研究生與新科博士而言，學刊在其即將開展的學術生涯扮演了重要角色，以致一旦獲刊則上述「虛榮感」油然而生在所難免。但更多時候面對退稿連連，唉聲嘆氣之餘猶能以「平常心」待之的投稿者恐是僅見，多數人歷經幾次「慘痛經驗」後常就意志消沉，甚而打了退堂鼓（參見本書第四章第四節詳細討論）。然而投稿者卻步的結果，反易導致學刊缺稿而致脫期、脫刊，甚至造成各學門「集體的自我毀滅」（黃毅志語，2010：1；卯靜如，2013），此一現象實亟待關注與改進。

顯然「學刊」與「審查制度」對學術生態之消長演替扮演了關鍵角色，值得深究。本章擬先探索學刊定義、蛻變演化以及生態鍊結體系等外部要件，下章接續檢視審查制度與流程等內在構成組件，藉此勾勒有關學刊的內外風貌。

第二節　定義學術期刊（即「學刊」）

何謂「學刊」？維基百科如此定義：[2]

學術期刊（英語：academic journal; scholarly journal）是一種經過同行評審的期刊，發表在學術期刊上的文章通常涉及特定的學科。學術期刊展示了研究領域的成果，並起到了公示的作用，其內容主要以原創研究、綜述文章、書評等形式的文章為主……（底線出自本書）。

2　https://zh.wikipedia.org/wiki/%E5%AD%A6%E6%9C%AF%E6%9C%9F%E5%88
%8A（上網時間：2020. 11. 05）。

延續上述基本界說即可歸納學刊的幾個特點：

其一，其所載論文均經上述「同行／儕審查」（peer review；參閱林娟娟，1997）後方得刊出，少有「一語中的」之際遇或奇遇，與一般報章雜誌所載文章係經組織內部所設層層守門關卡「過稿」的方式迥異；

其二，學刊所載專文多與某一學門（或學科）之特定主題有關，旨在出刊後得能接受各方（尤其同行）檢視，以利引發後續討論與延伸分析（此即上述維基百科引文「公示」之意），進而成為新的研究方向與議題；

其三，學刊論文撰稿者常為對上述主題已有涉獵並曾鑽研多時的同一學門／領域研究者（如大學教師），或是即將啟動學術生涯的新起之秀（如上引新科博士）；

其四，這些學術論文多出自撰稿者新近完成之成果報告、研究發現或改寫自其畢業論文（此即上述定義「原創」之意），兼有理論綜述以及學術論著之書評；

其五，學刊寫作性質強調嚴謹而鮮有嘻笑怒罵之言，常依特定格式（體例；見本書第五章第二節之詳述）書寫且非如此則難被接受遑論通過。尤應謹慎地列舉所論出處以供讀者檢視，也需備有「文獻回顧」專節以示作者思考脈絡與整合知識之本領，甚至多以「第三人稱」方式撰述而少以「我」為主體（王宜燕，2006）以示客觀與純理性書寫，而非個人經驗之揮灑落筆等。

以上僅是延伸維基百科所寫定義後，列舉與學刊有關的一些特色事項。但廣義觀之，「學刊論文」並不等同「學術論文」，乃因後者尚且涵蓋其他專屬類型寫作，如學位論文（博、碩士論文）、專書、專題研究計畫甚至會議論文等，其也各自設有近似學刊般的審查機制。

舉例來說，學位論文（碩博士畢業論文）均有「口試」（oral defense；或譯答辯），在研究生繳交並通過書面論文成品後，得以口頭報告方式簡述研究所得，續由指導教授與其他學位考試委員數人共同聆聽並以不記名投票方式商決是否通過，堪稱縝密周詳。而科技部（以及其他機構如政府委託單位）專題計畫提案與某些出版社之專書亦常經過至少兩位匿名初審以及人數不等之複審評閱，其應當亦在回應上述定義所列之「公示」作用以昭公信。

一般而言，學刊多由學術「專業團體」（指由某特定領域研究者共同組

成之「學會」如中華傳播學會，接近原祖傑（2014：117-118）所稱之「學術共同體」）負責編務工作。部分則承接「單位制」傳統（此語出自朱劍，2016）而持續由相關系所、院校負責出版，早期多採跨領域之「學報」形式，後才改為向外開放進而建立專業學刊體系。

近些年來，源於高等教育愈趨普及而從事學術研究的人數激增，有些學會之會員人數經日積月累後業已多達千人或萬人，其下分會亦有數十甚至超越百個〔如美國心理學會（American Psychology Association）分會已達五十四個〕，每次召開年會時眾多會員齊聚一堂發表新作，幾可謂之人聲鼎沸，漪歟盛哉。

學刊亦是。有鑑於其編務日漸繁瑣，委由出版社專責發行、行銷、設計等業務由來已久並非鮮聞，國外大型書商如荷蘭 Elsevier 集團擁有之學刊數量即高達 2,500 種以上，占全球四分之一，實力雄厚。[3] 德國的 Springer 出版集團專注於科學、技術、數學以及醫學等學術領域，下轄出版社達六十個以上，全球員工人數達到 1.3 萬人，為僅次於 Elsevier 的世界級出版商。[4]

臺灣「華藝數位公司」（Airiti Incorporation）亦毫不遜色，2000 年成立後隨之「跨足於學術領域，陸續建構期刊、論文、電子書等資料庫產品」，十年間即已上線逾 3,300 種學刊，擁有臺灣數量最多（近總量九成）的學刊全文資料庫，包含理、工、醫、農、社會人文等各類學科逾 200 萬篇電子全文，順利整合了臺灣與中國的兩岸學術資源。[5]

但由這些書商／出版商所衍生之產業鍊結卻也引發眾多爭議，反對者認為其「貪婪」已壟斷了學術知識的流通與傳遞（語出楊芬瑩，2016），而高價的訂購費用更讓知識擴散漸趨「私有化」而難自由下載取得。研究者若在特定學刊發表專文，還得支付所費不貲的「刊登費用」（article processing

---

3　出自維基百科：https://zh.wikipedia.org/wiki/%E6%84%9B%E6%80%9D%E5%94%AF%E7%88%BE（上網時間：2020. 11. 10）

4　出自維基百科：https://zh.wikipedia.org/wiki/%E6%96%BD%E6%99%AE%E6%9E%97%E6%A0%BC%E7%A7%91%E5%AD%A6%2B%E5%95%86%E4%B8%9A%E5%AA%92%E4%BD%93（上網時間：2020. 11. 10）。

5　此段引號內文字出自 http://www.airiti.com/tw/One-Page/index.html（上網時間：2020. 11. 10）。

charges，簡稱 APCs）或「出版費」，刊出後卻得讓渡部分著作權（林娟娟，1997：135），不僅難謂之合理更不利於前述學術成品之「公示作用」（參見上引 Elsevier 的維基百科詞條）。

　　總之，「學刊」發展多年以來，早已肩負引領學術研究潮流的重要作用與使命，卻因其所涉商業利益漸深而產生諸多弊端與爭議，值得探究（原祖傑，2014：121-123）。以下先行追溯「學刊」體制的發展歷程，進而討論其相關生態鍊結。

第三節　學刊出版之勃興演變

一、學刊之源起

　　依英文維基百科，[6] 學刊最早是 1663 年由 François Eudes de Mézeray 發起的《普通文學期刊》（*Journal Littéraire Général*），旨在「讓大眾知道世界文學共和國（the Republic of Letters）發生何事」。[7] 一年後，人文學者 Denis de Sallo 協同出版商 Jean Cusson took Mazerai 共同取得法國國王路易十六的

6　此段資料出自英文 academic journal 詞條，見 https://en.wikipedia.org/wiki/ Academic_journal（上網時間：2020. 11. 10）。

7　《史原》復刊第三期西洋史曾謂：「所謂 the Republic of Letters，簡單講便是從文藝復興到啟蒙運動之間，歐洲文人間透過書信、出版品以及在大學、博物館所建立起來的社交圈。Republic 這個名稱除了跟希臘古典知識分子的理想有關以外，同時也是文藝復興之後知識分子心中的一個社群，在這個社群中各人都能自由表達不同意見，無論是政治、社會或是藝術」（見 http://shi-yuan. blog.ntu.edu.tw/%E8%A5%BF%E6%B4%8B%E5%8F%B2%E5%AD%B8%E8% A8%8A%EF%BC%9Amapping-the-republic-of-letters%EF%BC%8E%E5%95%9 F%E8%92%99%E9%81%8B%E5%8B%95%E6%96%87%E4%BA%BA%E5%9C %88%E7%9A%84%E6%9B%B8%E4%BF%A1%E4%BE%86/）。但 the Republic of Letters 亦是荷蘭在十七世紀出版的第一份學刊（法文刊名為 *Nouvelles de la République des Lettres*）；見下章 Barnes（1936）所言。

許可，出版了針對文人市場的 *Journal des Sçavans*（*Journal of the Experts* 或《專家期刊》）而於 1665 年 1 月 5 日出版第一期，致力於評論歐洲新書、刊載名人訃文、報導藝文與科學新知，兼而彙報一些世俗與教會法院以及法國國內外各大學的訴訟與懲罰案例，尤其著重「反映學者們所關心的最新的學術動態」（原祖傑，2014：114）。

另依王梅玲（2003），於 1665 年問世之《倫敦皇家學會哲學學報》（*the Philosophical Transactions of the Royal Society of London*；以下皆稱《哲學學報》）首開現代學刊出版風氣，其目的在於傳播、散布科學知識，也曾收錄如牛頓（I. Newton, 1643-1727）、法拉第（M. Faraday, 1791-1867）、達爾文（C. R. Darwin, 1809-1882）等頂尖學者的專文，至今仍持續出刊，「是全世界營運時間最長的科學專刊」。[8]

Tenopir & King（2014: 159）參考眾多文獻資料後，對學刊的發展歷程曾經提出了以下觀察：

第一，二次大戰後迄今的六十年來，學刊經歷了前所未見的成長、變化與爭議，數以百計的新刊物與新主題不斷面世；

第二，自 1960 年代末期，尤其 1990 年代以來，學刊逐漸轉為數位形式，使得近用與遞送學術論文都較前迅速也方便許多；

第三，電子學刊如今雖已蔚為風潮但印刷形式仍然並存，使得不同款式的學術出版品如何持續發展並維繫知識的傳布，成為眾多討論之焦點所在。

舉例來說，Tenopir & King（2014）發現，在十七世紀末期全世界已有

---

[8] 王梅玲、徐嘉晧（2009：78）改稱「從 1665 年，Mde Sallo 創辦的第一份科學期刊 *Le Journal des Sçavans*」，與原先說法不同。依 https://www.historyofinformation.com/detail.php?entryid=2661，*Journal des Sçavans* 這份法國學刊的出現略「早於」（predating）《哲學學報》三個月；Tenopir & King（2014）與原祖傑（2014：114）都持同樣說法，即法國這份學刊首開先河。有關學刊發軔於《哲學學報》的說法，另可參見方偉達（2017：62-64）的追溯描寫。此段有關該期刊曾經收錄重要科學家之語皆出自方偉達（2017：64），「是全世界營運時間最長的科學期刊」則出自維基百科《自然科學會報》詞條。

30-90 種科學與醫學期刊，十八世紀末期增為 755 種，及至十九世紀中期約有千種以上，二十世紀前則已增為萬種，刊物內容也漸專精於特定主題。

二、學刊之蓬勃發展

這種專精特色隨之促成學刊數量每十五年增多一倍，二十年遽增十倍，更在一百五十年裡擴充千倍，像是「兔子繁殖地」（a colony of rabbits breeding; Tenopir & King, 2014: 161-163）般的蓬勃發展，且「每項新進展都以穩定的合理出生率接續產生了一系列【更】新【的】進展」（添加語句出自本書）。而這一趨勢顯與各國高等教育以及研究人員數量皆持續擴充有關，連帶也促使研究論文愈形增產。[9]

Tenopir & King（2014: 164）隨之引用其他研究者的資料，估算以美國為出版地的期刊總數在 1977 年為 4,447 本，1997 年為 6,771 本，至於全球總數在二十世紀末期應在 70,000-80,000 本之譜。若侷限為有匿名評審制度的學刊，則其總數顯著降至 14,694 種，但每年仍穩定地增加 3.46%，且每二十年增加一倍（Tenopir & King, 2014: 168）。[10]

至於每份學刊每年平均刊載的論文篇數，Tenopir & King（2014: 169）估算以美國為出版地之自然與社會學刊（不包括人文學刊）為 123 篇。而以全球來說，總數 23,750 的學刊平均每年產出總數約為 1,350,000 篇經過匿名評審的學刊論文。作者人數平均每篇一人，但科學期刊約為兩人，且這些數字相對穩定，即便「共同作者」（co-authorship）的發表形式顯已較前普及。

而美國科學期刊之平均頁數，從 1975 年的每期 7.41 增至 2011 年的 14.28，增幅約為 93%，並以 1975-1995 年增速最為顯著。數學學刊頁數最多，在 2011 年（20.63 頁）已達物理學刊（9.35 頁）與生命學刊（9.54 頁）的一倍以上。

Tenopir & King（2014: 173-174）也發現，在 2011 年前後已有多達七成以上（75%-83%）的匿名評審學刊提供數位網站（online publishing），尤

---

[9]　Tenopir & King（2014: 163）此處所用資料出自 Price（1963）年的預測而非實際所得，這些數字既未扣除停刊與消失的學刊，也未嚴格區分一般非經匿名評審的期刊、雜誌與學術刊物，兩位作者因而提醒解讀時應格外注意。

[10]　Tenopir & King（2014）之估算均出自 Mabe（2003）。

以本世紀以來的十年增速最快，但多數也仍維持紙本。

　　Tenopir & King（2014: 176）因而預測，未來只會愈形加速「電子學刊」（ejournals）的發展趨勢（高自龍，2017，稱此「刊網融合轉型」），以致這些「刊物」的論文無須受限於傳統紙本的裝訂方式而可分開售賣或閱讀，甚至論文的圖表亦可脫離文本而單獨下載。

　　一些出版商也正試圖將學刊「視覺化」（*Journal of Visualized Experiences*，簡稱 JoVE），讓研究者改寫文字文本後另以影音方式呈現其實驗設計，讀者則可藉此看到整個實驗的實際目的、過程與結果。[11]

　　另有 Harwood（2003）針對當前學刊的市場特徵曾有如下分析（引自吳紹群、吳明德，2007：29）：全球學刊市值約在 60 億美元之譜，每年並以 5% 幅度成長；約有七成五的學刊均已電子化，且此趨勢仍會持續；出版商多仍提供紙本學刊；學刊出版的創新模式仍會持續，但前景未卜（林娟娟，1997：137 亦持相同觀點）。

三、臺灣學刊特色──以新聞／傳播學門為例

　　學刊在臺灣的蓬勃發展約始自九零年代末期，在此之前並未嚴格執行「同行／儕評審」制度。如新聞學領域早期曾有《報學》雜誌，係由「中華民國新聞編輯人協會」於 1951 年 7 月創刊，內容多為實務工作者之創作而以半年刊形式發行，後期兼也刊載研究生畢業論文之改寫與研究者之新聞學術報告。但嚴格來說，其所刊載內容既非理論取向亦無學術審查過程，與一般新聞專業雜誌無異。

---

[11] 臺灣新竹交通大學圖書館自 2019 年起即已提供 4 種「視覺化學刊」可供檢索，見 https://news.lib.nctu.edu.tw/researches/databases-introduction/college-of-biological-science-and-technology/jovejournal-of-visualized-experiments-%E7%A C%AC%E4%B8%80%E5%80%8B%E7%94%A8%E5%BD%B1%E9%9F%B3%E 6%96%B9%E5%BC%8F%E5%91%88%E7%8F%BE%E5%AF%A6%E9%A9%9 7%E9%81%8E%E7%A8%8B%E7%9A%84%E6%9C%9F%E5%88%8A/（上網時間：2020. 11. 20）。吳紹群、吳明德（2007：27）對此亦表贊同：「電子式的出版方法對三度空間、圖像、模擬、動畫、透視等特殊資料，較爲適合展現。」

　　因而在新聞／傳播領域多年來曾經一度僅有《新聞學研究》（1967 年 5 月 20 日創刊）勉可稱之定期出刊的學術出版物，由政治大學新聞系／所獨立經營，主編亦由該系／所教授出任，前三期為「年刊」，而自第 5 期（1969 年 12 月 20 日）後以「半年刊」方式刊載學術性創作，兼及研究生（碩士班）特優畢業論文摘要以及世界新聞傳播名著譯介，每期並選擇專題論文數篇刊載。

　　九零年代中期後，《新聞學研究》引進學術匿名審查形式，改以研究論文為主兼及學術專書書摘，並於 1999 年 1 月改為季刊至今。1995 年第 50 期起，《新聞學研究》出版一年後即全文上網並對外開放。2005 年完成掃描前 49 期，隨即於 2007 年第 90 期起紙本與電子版同步刊行，自此完成數位化作業。

　　2013 年該刊正式改版成為全文上網，所有成品均供全球讀者自行免費瀏覽閱讀、下載、投稿、傳播、列印，反映了「開放近用」（open access）之理想（林奇秀、賴璟毅，2014）。[12]《新聞學研究》迄今仍是臺灣傳播學門唯一以季刊形式出版之學刊，自 TSSCI 成立之初即被收錄並列名第一級核心期刊。[13]

---

[12] 依維基百科詞條，開放近用「是指不限制經過同行評審的學術研究的線上存取」，主要針對學刊文章，但也在提供愈來愈多的其他論文、書籍章節和學術專著，見 https://zh.wikipedia.org/wiki/%E5%BC%80%E6%94%BE%E8%8E%B7%E5%8F%96（上網時間：2020. 11. 17）。吳紹群、吳明德（2007）稱此「開放式資訊取用」，其意相同。

[13] TSSCI 全名為 Taiwan Social Science Citation Index（或臺灣社會科學引文索引），另有 THCI 為 Taiwan Humanities Citation Index（或臺灣人文學引文索引），其成立之初原在模仿美國 SCI, SSCI（科學引文索引與社會科學引文索引）的建置，計算學刊論文的引用次數以利瞭解其作者的研究績效與成果。但 TSSCI 與 THCI 完成時機恰與政府推動「發展國際一流大學及頂尖研究中心計畫」（簡稱「五年五百億計畫」）重疊（第一梯次執行時間為 2006 年至 2010 年），以致原屬「論文索引」功能的資料庫不但用在研究者個人申請研究計畫、升等、學術獎勵，甚而成為各大學（以及各院系）彼此競奪政府龐大額外經費的「工具」，更是政府評鑑高等教育政策的主要「手段」，其設置目的遭到扭曲後多次引發爭議實不令人意外（參閱《臺灣教育政策評論月刊》二卷

　　時至今日，臺灣大部分學刊〔王梅玲、徐嘉晧（2009：78）估計總數約有 1,000 餘種〕不分領域，都如《新聞學研究》已從早期的篳路藍縷開創階段，逐步在期刊性質、徵稿方式、審查機制與程序、編委會之組成等基本條件與國際學刊同軌而無分軒輊（參見楊李榮針對教育學領域之整理，2005, 2006），其品質與重要性堪稱「今非昔比」〔參見周恬弘（2008）所述之美國學刊投稿與審稿經驗〕。

　　而新聞／傳播領域曾在二十世紀末期（1996 年）成立「中華傳播學會」並同步推出《中華傳播學刊》，採用與上述《新聞學研究》近乎一致的學術規範定期出刊一年兩期，隨即也與《新聞學研究》同樣成為 TSSCI 收錄之核心期刊。

　　而由世新大學新聞傳播學院與該校舍我紀念館共同出版的《傳播研究與實踐》則於 2011 年創刊，與《中華傳播學刊》同樣為半年刊，自 2014 年起亦同為 TSSCI 收錄，並為 2018 年核心期刊名單第二級。[14]

　　已故教育學者黃毅志（2010）曾經審視教育學門出版之學刊共 70 種，據此發送問卷邀請各刊編委會詳細填答，所得資料彌足珍貴。其發現包括：此 70 個教育學刊絕大多數設有編委會，在 TSSCI 評比較高者更有專責編輯。此外，學刊多有「預審制」，部分甚至在此階段大量退稿，而高退稿率的原因有時出自「經費不足」（頁 3）難讓多數稿件送審，另者也可能因為其有「用高退稿率，提高論文水準，【以利登】上 TSSCI 的迷思」（頁 7；增添語句出自本書）。

　　正如曾任教育部「人文及社會科學研究發展司」司長的蕭高彥（2015）所稱，影響臺灣人文社會科學生態環境最重要的因素就是學刊品質的提升，而「這不能不歸功於九零年代末期所建立的 TSSCI 與 THCI 制度」。

十一期之專題討論以及下節說明）。

[14] 傳播學門目前歸類於 TSSCI「社會學門」之下，除《新聞學研究》、《中華傳播學刊》、《傳播研究與實踐》外，尚有香港中文大學中華傳媒與比較傳播研究中心與香港浸會大學媒介與傳播研究中心共同出版之《傳播與社會學刊》亦被收錄，並列名第一級核心期刊。

然而其推動後也「曾引起批判聲浪」，以致作業方式持續修改，除原有之「資料庫」設計外（僅從 1998 年建置到 2004 年，見黃毅志，2010：5），有關「核心期刊」的評比與分級至今仍然維持，反映了「學刊」對臺灣高等教育學術生態的影響並未減退，未來仍將繼續成為鑑別研究者個人與高教機構學術表現的主要依據（見下節說明）。

四、小結

總之，由本小節所論觀之，學刊歷經多年的流轉嬗變後，無論出刊方式、種類、總數或篇數俱都呈現了「指數增長」（exponential growth；此語出自 Tenopir & King, 2014: 163），但每篇論文皆須經過「外審」（即前引之「同行／儕評審」）與「公示作用」等認證功能（見吳紹群、吳明德，2007：44）則迄今未曾變動，足見其嚴謹程度。另者，學刊的影響力日增月益，多年來的演變業已促成其與諸多外在機制結合而自成龐大體系，有其獨特生態與意境，值得分析與深究。

第四節 學刊之相關生態鍊結系統（ecosystem）

上節業已針對學刊的遞嬗衍變提出初步觀察，接續似應討論與其相關之產業生態鍊結以期說明學刊為何在現代高等教育扮演舉足輕重的角色以及其未來可能如何發展與進化。

一、基本互動關係

首先，由上節所述可將學刊與投稿人之關係繪製如圖 2.1，藉此說明其原先設計當是透過此一發表園地吸引學術工作者將其最新研究成果投稿以能「起到公示作用」（見前節所引定義）。而學刊之宗旨已如上節所述，係在展示某一研究領域的創新成果以能促成知識流通，進而貫徹學術傳播的崇高理想。

▶▶ 圖 2.1　學刊投稿之基本互動概念

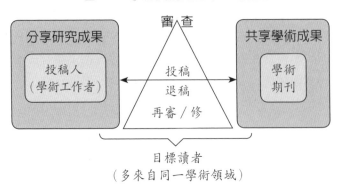

但因學刊多有嚴謹審查制度（見圖 2.1 中間），常將來稿送請編委會以外之 2-3 位同行／同儕專家以匿名方式檢視（詳見下章討論），能通過者幾希（如黃毅志，2010，顯示部分教育學刊退稿率高達九成以上），多數均以「再審」形式由作者取回原稿，經修改後再次交由原評審過目（見圖 2.1 中間三角形）。

此一過程常來回多次，亦即在「再審」而非「退稿」的情況下，投稿人修改原作後猶需送回編委會轉交原評審再次核閱，而後又可能遭到多次「再審」而須持續撤回原稿並重新修改後送回，直至評審一致同意方得經由學刊編委會確認並發出同意刊登信函。此一投稿、修改、再修、再審的歷程對任何投稿人而言均感艱辛，以致一旦通過而獲刊出即常出現如本章之初所引之「虛榮感」。

圖 2.1 底部所示「目標讀者」則多來自對投稿人所撰主題感到興趣之學術工作者，兼而也因「引文索引」（citation index，如 TSSCI 或 THCI）資料庫日漸普及而為一般社會大眾（尤其研究生）所常接觸（宋建成，2007；王梅玲、徐嘉晧，2009）。但嚴格來說，學刊的讀者群與一般雜誌迥異，定期訂閱者極少，因而極端倚賴大學與研究機構圖書館收藏以維持生計。

當然，若將「目標讀者」範疇縮小到可能應邀審稿的外部評審與學刊主編，則其對應人選就難掌握，畢竟評審均為匿名而難揣度。與其執著於臆想猜測主編可能委派哪些評審或是審者何人反易焦慮，不如盡力將文稿備妥，只要投稿前多多關注學刊的整體取向以及其與文稿是否契合即可（蔡柏盈，2014）。

　　由圖 2.1 觀之，「投稿人」（多為學術工作者）、「學刊」與「目標讀者」加上「審查制度」即屬學刊投稿之最基本互動關係，亦即透過「投稿人」將其最新論著送交學刊審查，而後經再審、再修、重審、重修等流程而終能獲刊，如此就有機會與學術社區成員共享成果，進而引導研究創意、構建新知。

二、進階互動關係

　　此一由投稿至審稿復至刊登的流程看似單純，實則內情遠較圖 2.1 複雜多倍。首先，投稿人之「分享研究成果」（見圖 2.2 左圖外層上方）常被視為「研究績效表現」而用在投稿人的「教授升等」、「工作績效評量」與頒授「彈性薪資（含特聘／講座教授）」等立項，用以評比其個人的研究表現優劣強弱（見周祝瑛，2013），甚至博士研究生也如前述常被要求需在畢業前發表至少一篇學刊論文以資證明其已擁有學術發表潛力足以勝任未來教職（見圖 2.2 左邊外框下方）。

▶ 圖 2.2　學刊投稿之進階互動關係

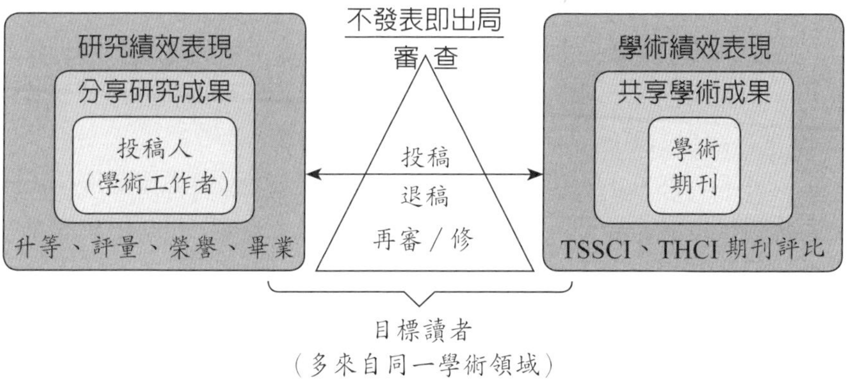

　　此一轉換「研究成果」為「研究績效」的作法在臺灣並非自古皆然，而是本世紀以來的新舉。根據教育學者周祝瑛（2013）所述，教育部自 2005 年前後次第提出「追求卓越發展計畫」、「邁向頂尖大學計畫」與「建立大學評鑑」等高教政策期能「追求教學研究品質卓越發展」，從而促成以量化指標為評鑑標準的發展方向，而學刊論文篇數因易於計算考核，自此成為評

鑑研究績效的主要依據。

由是舉凡「教師升等」（如從助理教授升至副教授或從副教授升至教授）、每五年由教育部實施之「大學學術評鑑」、各校自行實施之「基本績效評量」（如政治大學自 2001 年通過辦法並於 2007 年開始實施）、國科會（今之科技部）「專題研究計畫審查」、彈性薪資之「津貼補助」（如：科技部獎勵特殊優秀人才獎助）無不需要研究者提供個人研究績效的表現紀錄，並以學刊發表為主。

研究者投稿學刊自此染上了功利取向，其所寫研究論文是否持續登上學刊也成了維繫學術生涯的重要依據，以往的單純投稿、審稿、修改、重審流程頓時讓眾多學術工作者日思夜夢，每次投稿後總要等接到編委會通過信函的那一刻方能卸下心中巨石，進而產生前述之「虛榮感」。

另一方面（見圖 2.2 右邊外框上方），學刊之出版宗旨原如上述本在於提供新知發表的園地藉此共享學術成果以利知識互通。但近二十年來，其已與投稿人同樣成為「學術績效表現」的評鑑對象，[15] 尤以 TSSCI（以及 THCI）的出現與推廣持續影響最巨。

根據楊巧玲（2013：9），臺灣國科會人文處早在 1995 年就已針對各學門進行初步評比而於 1998 年正式對外公告，此即「TSSCI 資料庫的前置作業」。其後並以「連續三年出刊」、「出刊頻率達半年刊以上」、「非大學學報」等條件篩選 41 種期刊為正式名單，前述《新聞學研究》便名列其中；另有 30 種為觀察名單。

此後幾年，TSSCI 入選名單迭有增減，直至 2005 年不再區辨「正式名單」與「觀察名單」等，只要通過審查即可列入。約自 2000 年前後 TSSCI 再次修改評比方式，兼納臺灣、香港、澳門與新加坡出版之人文及社會科學領域學刊，以申請方式分依「形式指標」（占 5%）、「引用指標」（占 15%）、「問卷調查」（25%-35%）、「學門專家審查」（45%-55%）之比重而將學刊評比為三級，前兩級即可成為 TSSCI（以及 THCI）資料庫收錄

---

[15] 此一說法出自 Merton（1973／魯旭東、林聚任譯，2009：688）引述社會學創始人 Max Weber 的理論，但 Merton 並未說明出處。基本上，愈能在學刊發表專文，則其學術地位可能愈高。

之「核心期刊」。[16]

　　由此一來，屬性原亦單純之審查機制（復見圖 2.2 右邊）瞬間轉身成為評量學刊績效之重要工具與利器，以致「學術功利導向風起」，一旦列名 TSSCI 學刊則如晉身「臺灣學術變形的九品中正制度」，位列者均屬「學術叢林的主流刊物」，似同「將國內少數較佳的期刊利用此制度予以黃袍加身」（引號內文均出自劉世閔，2013：36）。

　　社會學者葉啟政（2005：123）對此現象的批判堪稱嚴厲：「當我們輕率地拿著原是扮演『索引』功能的資料庫當成評鑑的指標，而且甚至是最重要、乃至唯一的指標的時候，這除了表明著一種極不合理、也不負責任的草率而粗暴作為之外，其實，它也涉及了 Weber 所一再提示之學術作為一種志業的基本倫理問題。」

　　這種將原屬「資料庫」性質的 TSSCI, THCI（以及國外的 SCI, SSCI）搖身一變成為評量「研究者」（投稿人）的研究績效表現，頓時像是在所有大學教師頭上戴了類似孫悟空的緊箍咒，使得「投稿、退稿」流程成為上章提及之「不發表即出局」（見圖 2.2 中間）的具體表徵，「即便是各領域的學術巨擘，亦難逃此項『命運』」（吳齊殷，2005：1）。[17]

　　更有甚者，如劉世閔（2013：36；添加語句出自本書）所言，在許多研究者心目中 TSSCI「充其量只不過是中品」，只有以英語發表的「SCI 與 SSCI 才是中正制度的【真正】上品」。若未列名 TSSCI 則必屬「下品」，反映了「臺灣學術界的崇洋媚外自清末迄今未曾稍減，此制度只是更打壓民族自信。」

　　尤易遭到非議之處，則在 TSSCI 與 THCI 均出自政府單位之委託機構（如由科技部補助之「人文社會科學研究中心」），而非學術界自身組織專業團體，因而造成諸多「國家介入學術生產所可能衍生的負面效應」（翁秀琪，2013：131），如將學刊的論文生產轉換成了量化指標，從而拿來當成

---

[16] 摘自科技部補助「人文社會科學研究中心」（網站 http://www.hss.ntu.edu.tw/model.aspx?no=355）。上網時間：2020. 11. 25。

[17] 諾貝爾獎物理學門得主楊振寧亦曾自陳，曾經投稿物理學頂級學刊卻慘遭退稿（見 https://news.creaders.net/china/2017/09/20/big5/1869830.html）。上網時間：2020. 12. 19。

獎勵研究者個人的工具（圖 2.2 左邊）兼而或是補助各校預算的憑據（圖 2.2 右邊）。

三、「不發表即出局」

根據維基百科的英文詞條，「不發表即出局」本是用來描述學術中人為了取得專業成就而受到的有形壓力，尤以研究型大學為最，乃因唯有持續發表方能帶來研究經費，也才能獲得同儕肯定。[18]

而在實務上，沒有發表績效的大學教師常無法升等或續聘終而可能遭到解聘（此即「出局」）。而愈是在「影響係數」（impact factors）較高的學刊成功發表愈多篇研究論文，則研究者的「名聲」、「身價」與「地位」就愈高，隨之而來的各種學術榮銜也就可能愈多（Chan, Trevor, Mazzucchelli, & Rees, 2021）。有趣的是，這裡所稱的「發表」通常只計算學刊論文，而其他學術論文如專書、譯書、學報等皆不值一哂且無足輕重；各學科皆然而理工、自然、醫學學門尤甚。

又因電子資料庫計算學刊論文發表的方式愈形簡易，其刊出後如何被其他研究者引用也能透過「影響係數」顯示，導致「不發表即出局」進一步成為「不被引用即出局」（get cited or perish），亦即論文發表後尚須被其他研究者廣泛引用，否則就是無用或無成就與貢獻可言。[19]

王小瑩譯（2011／Waters, 2004: 1-2）曾經針對由「不發表即出局」帶來的學術市場化現象提出諍言，認為此舉對人文學科的研究者頗為不利：「和大學的其他學科一樣，人文學科也被納入以經濟增長為中心的思維框架，必須以『產量』來證明自身存在的價值。……這種制度性的轉變正在從根本上改變我們做學問的方式。為了謀求職位職稱，為了獲得榮譽地位，學者們都在不遺餘力地提高學術產量，就連在讀研究生也難逃避這種壓力」

---

[18] 見維基百科詞條：https://en.wikipedia.org/wiki/Publish_or_perish（上網時間：2020. 11. 30）。

[19] 參閱臺大圖書館：〈善用「Publish or Perish（PoP）」即刻探析您的學術影響力〉一文（2017. 3. 24），見 http://tul.blog.ntu.edu.tw/archives/18201（上網時間：2020. 11. 30）。

（底線出自本書）。[20]

該書原作者 Waters（2004／王小瑩譯，2011）迄今（2020 年）仍是美國哈佛大學出版社人文學部執行主編（Executive Editor for the Humanities），獲有芝加哥大學英文系博士學位。有感於美國高等教育商業化後使得研究者學術成果日益量化並趨管理導向，因而撰寫此書（中譯本僅 90 頁）警示，大學教授每年究應發表多少數量的學術論文理當論辯：「我們剛剛經過一個『群愚』（Dunciad）時代，一個著作氾濫、廢話連篇的時代，我們必須重返最基本的問題」（頁 84；雙引號出自譯文）。

Waters（2004／王小瑩譯，2011）認為，現有只力求「不發表即出局」的體制讓大學教師「沒有多少發揮自主性的空間，也無法掌握他們自己的著述生涯」（頁 85）。而面對這樣子的學術危機仍須一問，「在思維、學術以及學術發表之間，到底存在著什麼關係？我們為什麼要假定，你既致力於教授的工作，就一定要沒完沒了地發表」（頁 85）？

Waters（2004／王小瑩譯，2011）強調，實則「不發表任何東西也可以是偉大的思想家」（頁 86），就像古希臘先哲蘇格拉底沒有任何著述，反是倚賴弟子柏拉圖的紀錄而留下了其思想。反之，現代學者急於推出新作，已讓圖書館的著作論述汗牛充棟，結果卻是「愈來愈多的圖書館不願購書，而愈來愈多的書沒人讀，也沒人評論，只能用來充數……」（頁 86）。

Waters（2004／王小瑩譯，2011）認為解決之道在於「平衡」，讓大學與出版商接受並渴望「慢火烹調出來的東西」而非「麥當勞的漢堡包」，因為「最好的作品常常出自那些不匆忙下筆，不匆忙發表的人，……讓一個課題在自己頭腦中慢慢發展成有分量的東西。……在有些時候，我們應該做的是積累想法，掂量它們，拿它們做試驗，而不是急於發表它們」（頁 90-91），其言頗有「暮鼓晨鐘」的警示作用（參見田雷譯，2020／Berg & Seeber, 2016 所譯著之近作《慢教授》）。

---

[20] 此段所引出自該書〈譯者序〉而非原著者所寫。

四、學刊之複雜生態系統

　　由是，圖 2.2 反映的學刊進階互動關係可進一步整合為圖 2.3，藉此顯示本節所述臺灣現有學刊與其他相關要素間的複雜關係。

▶ 圖 2.3　學刊投稿之複雜生態系統（以臺灣現況為例）*

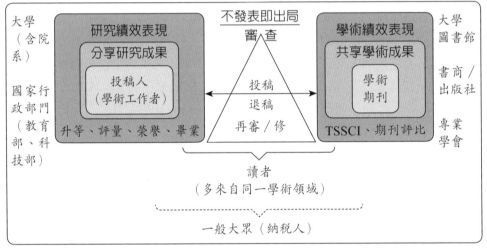

*此圖之「一般大眾（納稅人）」一般而言甚少涉入學刊生態系統，故以虛線表示。至於「專業學會」（圖 2.3 右邊）之作用，則多主導學刊的編輯走向，而將發行與行銷業務委諸書商／出版社。

　　如圖 2.3 內框左邊所示，來自大學行政系統（含校級研究發展處與人事室、院與系級教師評議委員會）如今都定期檢視每位大學教師的個人研究績效（以及教學表現與輔導、服務）以能確保「學術品質」，如未能在期限內有足夠研究產量就可能「不得提出升等；不予晉薪；不得支領超支鐘點費；不得在校內外兼職兼課；不得擔任各級教評會委員；不得申請借調、休假研究、出國研究、講學或進修」。[21] 而新進教師如未能在六至八年內升等，也

---

21 此皆引自政治大學相關人事法規。但政治大學語言研究所講座教授何萬順（2016. 01. 22）卻曾撰寫專文指出，「臺灣的大學聘任制度在理論上並沒有

可能不予續聘甚而解聘。

　　而在大學之上（仍見圖 2.3 內框左邊），教育部與科技部等政府機構亦各自擬定評鑑辦法排比大學，較優者即可獲得額外經費補貼。而這些評鑑所得部分端賴大學教師定期填寫之自我「研究績效表現」，且多以學刊論文篇數為重。其因已如前述來自其計算方式簡單便利，只要透過 TSSCI 或 THCI 等資料庫的「核心期刊」評比或影響係數高低，即可得知投稿人的學術表現優劣以及是否合乎規定。

　　一般來說，這樣子的評量過程相對而言公正、透明、穩定且合理，無須訴諸人情也不易受到攻擊。但長期實施的結果卻常易造成人心浮動，只關心數字高低而非內容品質，導致眾多研究者只在乎如何增加發表數量而不論研究表現的質地。獨重學刊論文更易引發學術不端行為而擅走偏鋒，無意建構、累積有學術卓見的專論，而僅關注一篇篇各自獨立而無甚關連的研究成果。22

　　另在學刊的「學術績效表現」端（見圖 2.3 右邊內框），則已如上述涉入者眾多。如研究者為了因應「不發表即出局」的要求，常極力提升產出論文篇數以致學刊數量日益增多，影響所及導致書商／出版社勤向各大學圖書館推銷其所擁有之眾多學刊後，卻不斷提高售價並以套裝形式包裹收費，以致大學圖書館之傳統購書經費近來多已移轉購置由資料庫蒐羅之整批學刊，

---

tenure，……實務上人人有終身聘，……如果真的不續聘，而當事人走上法律途徑，恐怕也會是大學敗訴。」

22 本段文字改寫自「知乎」網站〈Publish or Perish？有所為，有所不為！〉一文，見 https://zhuanlan.zhihu.com/p/39158131。可參閱國際知名經濟學家張五常的短文，強調世界知名的芝加哥大學經濟系六零年代的升等制度本是：「升為正教授不需要有文章，不需要書教得好。但不可以沒有腦。即是不可以不想。」而後受到越戰影響，「一個大學教師要【計】算學報文章的多少以及發表的學報的高下開始出現」，先後引進香港與中國。張五常認為，「因為受到越戰弄壞了的數文章數量與論學報高下，但在不管思想能否傳世的美國制度的影響，再加上中國獨有的人際關係的需要，學問就變得味同嚼蠟了」（見 https://mp.weixin.qq.com/s/-4fJWmYyikEc0VGiMW-R8Q；上網日期：2021.06.21；添加語句出自本文）。

其所占比例日增因而形成「期刊【訂閱】危機」（serials crisis）甚至「圖書館【資源】危機」（library crisis；語出吳紹群、吳明德，2007：35-36；另見 Sompel, Payette, Erickson, Lagoze, & Warner, 2004）。[23] 但若不如此廣為購置（尤其英美學刊），恐又無法應付眾多研究者之需求而易引發抱怨，進一步造成負面效應。

此一耗費鉅資於訂購期刊或資料庫現象從而對圖書經費日趨緊縮之大學（尤其由政府出資設立之公立大學）產生財務壓力，一般大眾（尤其納稅人；見圖 2.3 中間下方）是否樂於如此擴充且重疊購置不無疑義。

如此一來，學術知識產製流程長久演變後早已轉化成為由書商／出版商「控制」學刊生存之詭異現象，曾經廣泛引起關注〔參見吳紹群、吳明德（2007）之討論〕，尤以獨尊 SCI 或 SSCI 甚至 TSSCI, THCI 更常引起擔憂。

若依原祖傑（2014：118）所引英國哲學家 M. Polanyi 所言，[24] 則凡此類非由學者自主建立而是由「外在權威組織」引導的學術發展，極有可能「窒息其生機」；學刊亦然：

> ……科學家們自由地選擇他們的問題，並根據他們自己的判斷探索這些問題，事實上作為一個緊密連結的組織而彼此合作的。……任何試圖去組織這種合作……將其置於單一權威之下的努力終將消除它們獨立的創意，令他們共同效益讓位於來自中央的個人效益，其結果是癱瘓他們的合作。

---

[23] 據吳紹群與吳明德（2007：29）引用文獻統計顯示，1986-2003 年間的圖書館購置期刊價格上漲幅度達 283%，而圖書漲幅僅有 82%；圖書館期刊預算增長 260%，而圖書館總預算僅成長 128%，顯示「圖書館被迫犧牲其他項目來應付期刊的漲價，最直接的影響是圖書館被迫減少圖書的採購。」尤以電子學刊多以套裝整批形式採購，許多無用的期刊無法排除，尚得另外訂購有需求的紙本，形成雙重浪費。

[24] 原祖傑僅說明所引 Polanyi 分別出自其所著 *The contempt of freedom*（1940）與 *The logic of liberty*（1951）以及 http://en.wikipedia/org/wiki/Michael_Polanyi#Freedom_and_community。

五、小結

綜合本小節所述，與學刊相關的基本互動關係已從早期相對單純的「投稿人」、「學刊」、「目標讀者」、「審查制度」逐步擴充為包括政府部門、大學院校、大學圖書館、書商／出版社及專業學會等公私機關以及非營利事業之生態鍊結系統，彼此牽連至深且相互影響甚巨。

正如吳紹群、吳明德（2007：32）所言，學刊數量愈形增加的結果，不但導致購買經費高漲，且還提高了出版商壟斷市場的可能，反客為主地掌握了學刊命脈。而投稿者（多為大學教師）居間深受此生態系統羈絆卻難割捨遑論翻身，成敗皆與其有關且脣齒相依、福禍相倚。

臺灣大學生物資源暨農學院教授張俊哲近期曾在《聯合報》民意論壇撰文提到，

> 這十多年來，每當與老師同學們在聊發表的期刊論文時，似乎期刊的『點數』（影響係數）和『篇數』已變成男女主角；至於發現或發明了什麼，以及它們的重要性為何，早已淪為配角。簡而言之，『點數』和『篇數』凌駕了『學術』……。研究成果的重要性較少被耐心地闡述與品評，甚至只淪落為填滿制式表格上的文字。[25]

而有趣的是，張俊哲此文重點在於希望能回到早期「……認真上課且不用擔心被毒舌評比那份尊嚴，講述研究成果卻不提期刊點數那份純真熱情……」，其言道盡了本章與本書論及學刊「功利化」後帶來的異常現象，值得所有學術人反思。

至於學刊近年來之走向，依本小節所述亦可歸納為下列四項（見圖 2.3 外圍）：

其一，由於政府公部門持續透過如推出各種獎勵、補助辦法「介入」

---

[25] 見《聯合報》，2021. 03. 30，A12 民意論壇版：https://udn.com/news/story/7339/5350447（上網日期：2021. 03. 30）。

（見劉世閱，2013：34）學刊的出版營運形式，一方面固可提升其品質，另則卻導致不同學門之學刊幾無特色而均服膺於由 TSSCI 與 THCI 資料庫的統一規格與體制；可謂之學刊的「管理（行政）導向」（materialist/bureaucratic orientation；見 Chan et al., 2021）。[26]

其二，囿於近來電子期刊漸趨普及，學刊除維持既有紙本形式外，勢必亦須提供專屬網站集投稿、收稿登錄、審查（包括作者以及審稿人與主編溝通意見）、徵稿、儲存、查詢、檢索服務、庋藏等於一身。依目前運作模式觀之，電子期刊之數位出版優勢未來仍將持續且擴大，甚至改變讀者閱讀單一紙本學刊的習慣，從而改為直接透過引文資料庫或甚至 Google Scholar 廣搜相關文獻（參見朱劍，2016：108-109 所稱之技術突變導致的「傳播秩序的危機」）；此即學刊之科技導向。

其三，如本小節所述，學刊近年來因大量導入資料庫運作模式，除可迅速查得論文全文並下載使用外，任何作者之研究產出數量學術價值亦可透過影響係數輕易取得，就此相互競爭、評比甚而顯示優劣強弱；此即學刊之量化／數字導向。

其四，已如前述，眾多學刊均已由書商／出版社接手代為處理出版與行銷事宜，以致下載全文看似容易實則均須透過這些書商／出版社方得購買取用，學術知識之交流因而成為這些以商業取向為主的出版商囊中之物（參見吳紹群、吳明德，2007：27-28 之歸納）；此為學術私有化之表徵。

---

[26] 朱劍（2006：107）曾經引用另篇文獻來描述中國大陸的學刊系統，其現況較臺灣更為趨於管理體制而非由學術團體自治：「……縱向的管理系統由國家出版行政管理部門—主管單位—主辦單位—編輯出版單位四個環節組成。國家出版行政管理部門位於系統頂端，統領一切，期刊社及其期刊位於管制系統的底層……。」

第五節　本章小結：學刊發展的未來——以「投稿人」與「學刊」互動為中心的開放式學術傳播型態

一、轉型契機

本章業已針對學刊的定義、演變與生態系統援引文獻提出了基本分析。誠如 Sompel et al.（2004: 3）所言，學術研究的途徑與方法在過去一段時間面臨數位、網路、科技等面向的演化趨勢從而開啟了諸多結構轉變，迫使包括學刊在內的學術傳播形式與內容隨之持續調整。

舉例來說，如今已有眾多研究者提供自撰並已在學刊刊出之學術論文，透過某些社群網路服務網站如 ResearchGate 或 Academia.edu[27] 相互共享研究所得兼而提升作品可見度，其開放式態度亦與前大異其趣。但這些轉變也已產生諸多負面異變，除前述的「功利」導向外，近年來（約自 2012 年開始）興起之「掠奪性學刊」（predatory journal）便曾廣受矚目。[28]

二、「掠奪性學刊」

林奇秀、賴璟毅（2014）曾經探究其崛起成因、營運手段與可疑行為，推論其出現主因在於前述「開放近用」概念普及後，「在出版者與作者之間創造出一種過去不存在的交換關係」（頁 5），讓傳統學刊多由圖書館訂購以維生計的模式改由作者付費出版。眾多投稿者為了避免「不發表即出局」

---

[27] 此二網站原皆只要成為會員即可下載所刊專文，但後者現已酌收會費，可參見 https://researcher20.com/2017/06/05/no-academia-edu/ 之建議（上網時間：2020. 12. 04）。

[28] 《天下雜誌》（2019. 03. 05）曾經報導，「臺灣學者參與疑似掠奪性會議的比例偏高，以學術規模推估，恐在全球名列前茅，……2010 年至 2017 年間……至少有 469 篇論文刊登在期刊上，這些文章來自 114 所大專院校，15 家醫院」（見 https://www.cw.com.tw/article/5094471）。除掠奪性學刊外，「掠奪性學術研討會」近年來亦甚常見，參見 https://portal.stpi.narl.org.tw/index/article/10489（上網時間：2020. 12. 06）。

而樂於花錢以能快速增加研究績效，兩者幾可謂之「一拍即合」，學刊多年來累積的學術研究正當性卻為之紊亂、混沌（當然亦有眾多案例出自不知情受騙而非自願）。[29]

　　林奇秀、賴璟毅（2014：3）發現，這些掠奪性學刊常未經同儕審查就快速接受論文並全文刊登，「謊稱自身被收錄在知名資料庫或某個根本不存在的資料庫……，罔顧學術倫理與出版倫理，……營運目的僅是藉由作者付費的出版模式來牟利，……將自身包裝得宛如正式的學術出版商，對外提出冠冕堂皇的學術使命與組織宣言，但事實上僅圖斂取高昂的出版費用，對於論文的學術內涵與編輯品質毫不在意」，批評堪稱嚴厲。

　　另如劉忠博、郭雨麗、劉慧（2020）近作亦曾追溯其生產過程期能省思對「學術共同體的意義及其影響」，認為這些掠奪性刊物常在兩週或更短時間完成評閱流程，其速僅是一般 SCI 學刊的三分之一，幾無審查品質可言，卻要求投稿人繳交 70-200 美元的刊登費用，[30] 讓學刊成為可用金錢交換的商品，「虛假化」了多時以來經過幾代學術人士辛苦建立的信譽與獨特制度，「影響力度之大，並不遜於偽科學」（頁 109），更可能讓學術共同體產生分裂危機。[31]

　　《天下雜誌》（盧沛樺、田孟心、楊卓翰、陳一姍、楊孟軒、林佳賢，2019.03.26）針對「掠奪性學刊」的調查報導更發現，一所位於臺南

---

[29] 林奇秀、賴璟毅（2014：7）提及其所蒐集的全球掠奪性學刊名單至 2013 年底止已達 9,915 筆（由 473 個出版商負責出版），「數量相當驚人」。

[30] 林奇秀、賴璟毅（2014：6）亦曾舉例某些刊物收費達 550-750 美元，甚而提及某個掠奪性學刊曾向投稿人索取高達美金 1,800 元的費用，即便投稿人無力負擔而撤稿，卻仍逕行刊出意圖讓讀者認為該文抄襲他人作品或品質低劣。江曉原（2017.06.26）則曾指出，《腫瘤生物學》索取高額「版面費」為每篇 1,500 美元，2010-2016 年間的「版面費」收入總數估計為 800 萬美元，出版頁數高達 1,378 頁。

[31]「偽科學」一詞係劉忠博等（2020）引述德國公共廣電 NDR 以及多家媒體於 2018 年提出的報告，而其可能造成「學術共同體分裂」的原因在於要確認某些學刊是為「掠奪性」極為不易，甚至可能將一些初創學刊誤以為是品質低劣，因而引發正規出版公司的不滿進而訴諸法律。

鹽水鎮的「南榮科技大學」與頗負盛名的臺灣大學名列全臺「各大專院校投稿至掠奪性期刊」的第一名，且南榮科大的 20 篇論文全數出自該校同一位助理教授在 2013-2014 年間發表。為此，《天下雜誌》記者特別訪問多位大學教授，想要瞭解如該教授一年裡生產多達 20 篇論文的難易度，結果「幾乎每一位教授都說，一年要產出 2、3 篇研究論文，就已是非常不容易的事」，言下之意南榮教授的生產量根本就是「匪夷所思」。[32]

三、歐盟「專家團體」（ECEG）的反思

　　面對「學刊」這些曲折發展的韶華歲月，中外文獻近來均曾提供深入反省期能協助審思、推究其未來發展方向。如歐洲聯盟委員會（簡稱「歐盟」，即 European Commission）曾於 2017 年組成「專家團體」（the Expert Group）專就其關鍵人物（key actors）、在出版產業扮演的角色與地位、其間相互關係（無論緊張與否或是否有合作與協同的可能）等項目深入分析，旨在提出有關未來發展的前瞻思維並有助於建立多元且活力的學術傳播系統。尤以其所建言並未限於歐盟會員國而具全球視野，所得結論當也適用於討論臺灣學刊（引自 European Commission Expert Groups, 2019；以下簡稱 ECEG, 2019）。

　　首先，這份報告開宗明義地定位學刊為「學術傳播」（scholarly communication）之一環，旨在扮演類似英國科幻小說先驅 H. G. Wells（1866-1946）所稱的「世界大腦」（world brain；見 ECEG, 2019: 14）作用，指透過研究人員與同行／儕間的批評與對話而促成知識交流、凝聚想法。換言之，學刊此一出版事業的重要功能，就在於強化研究者間的互動（interconnection），以期增進知識近用、共享研究所得、提升人類福祉。

　　ECEG（2019: 16）報告接著追溯學刊發展歷程，將紙本印刷出版的時段訂為 1971-1995 年，其後進入數位時代（digital age, 1996-2004），而從 2005 年開始則為開放近用甚而「開放科學」（open science）階段。在此階段，學刊的核心功能包括：紀錄（registration）、檢定（certification）、傳

---

[32] 根據這篇《天下雜誌》的報導，南榮這位論文「多產」的教師「雖然當時成功升等為副教授，但南榮爆發弊案後，教育部重審又撤銷。」

布（dissemination）與保存（preservation）等。[33]

　　ECEG（2019: 24）也接續說明此四項核心功能出自前引世界最早期刊之一的《哲學學報》而經前引知識社會學家 R. Merton 認定，包括：

--「紀錄」，指學刊確認研究者因投稿而得以聲稱其在某一特定時間從
事的某項特定工作具有科學發現之優先權（precedence）；[34]

--「檢定」，指確定科學研究結果的有效性（validity）；

--「傳布」，學術作品及其發現的可接近與可見性（visibility）；

--「保存」，確保「科學研究所得」（records of science）長期保存並
可近用。

　　ECEG（2019: 24）同時指稱，源於如圖 2.3 所示各方以及研究者自身都在尋求可以針對學術價值以及其影響力更為有力的保障，「評鑑」（evaluation）顯可納入學刊的第五功能，但也最具爭議性。而因數位時代的悄然而至，上述五項基本功能都以「電子學刊」替代，傳統學刊的角色、機會與挑戰均已面臨考驗。

　　面對未來，ECEG（2019）強調學術傳播的核心仍在回歸研究人員及其需求，以期能為更多研究參與者促進更多的知識使用與理解，並將其整合到新的研究與教學形式，而學術傳播系統也應包含整個社會與科學社群的即時與普遍近用。

四、學術傳播的開放模式

　　在轉入下章討論學刊之審查制度與流程等內在組件前，似可延續 ECEG（2019）的理念而藉由圖 2.4 提出以「研究者」與「學刊」為中心的學術傳

---

[33] ECEG（2019: 24）舉列此四項功能時曾經說明其源自 H. Oldenburg & R. Boyle 於 1665 年創刊《哲學學報》，而 Morris（2009: 379）認為第四項保存功能應係 archiving（存檔）。

[34] 劉忠博等（2020：99）稱此「發現的優先權」，指皇家學會在上述《哲學學報》出刊前就確立了「稿件日期登記制」，藉此瞭解接獲投稿時間而驗證科學發現的最先日期，其意相同。

播模式,期能回應相關學者對學刊的期許。

▶ 圖 2.4 以「投稿人」與「學刊」互動為中心的開放式學術傳播系統

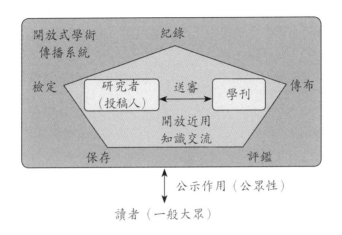

如圖 2.4 所示,學刊之首要作用本在透過投稿人將其研究成果送審而得有機會刊出學術作品藉此接受各方檢視(公示作用),從而納入「開放近用」之知識交流與學術傳播系統,包含上述五種功能,如「紀錄」、「檢定」、「傳布」、「保存」與「評鑑」。

至於「學術傳播」概念過去已迭有討論。如王梅玲(2003)即曾指出其意本在將各學門的新發現、新知識透過學刊這個出版載體向社會傳播,以能達成「資訊轉換循環」之目的。邱炯友(2010)則強調學刊出版實與科學發展以及學者權益密切相關,一向是學術傳播最具歷史與最堅定的主導力量。

另有吳紹群、吳明德(2007:24, 46)曾依其他學者所述,列舉了與學術傳播系統有關的三個要件:「創作者」(producers),泛指有助於學術資訊流通的所有相關人士,包括學者專家、書商、出版者等;「學術作品」(artifacts),指圖書、學刊、學位論文、研究報告等出版品;「學術概念」(concepts)則是與內容有關的思想與知識;其意與 ECEG(2019)理念接近。

隨後 Ni, Sugimotoc, & Cronin(2013)特意在此基礎上增加第四個面向「守門人」,專指負責學刊品質的編委會成員,並以 58 個圖書與資訊學刊為例,探索四者相關程度,發現這些核心期刊的共識固然相近且關連密切,但各期刊仍有其獨特方式來處理學術傳播系統之運作。

　　以上這些觀點俱都反映了學術傳播的交流體系理應盡可能地吸引更多研究者參與創新研究以期支持並促進知識交換，包括整合最新研究所得或提出與前不同的理論創新而爭取在學刊發表，藉此「引領學術潮流」（原祖傑，2014：113）並「重建學術傳播新秩序」（朱劍，2016：110），由是以「投稿人」與「學刊」互動為基礎之學術傳播生態系統方能健全發展，有利於知識的開放與近用（復見圖 2.4）。

　　下章介紹與此密切相關的學刊內部運作體制：內部審查制度與運作流程。

第三章

學刊之內部管控機制：同行／儕審查、編輯委員會、稿件處理流程與審查人

-- 前言：本章概述——學刊審查機制
-- 學刊審查制度之建立：「匿名同行／儕」評議模式
-- 學刊編輯委員會（以下簡稱「編委會」）之組成與任務
-- 學刊稿件處理與審查流程
-- 學刊「審查人」的角色與任務
-- 本章小結：展望未來與「開放式同行評議」模式

第一節　前言：本章概述——學刊審查機制

　　上章討論了學刊運作的一些外在互動機制如出版商、資料庫、專業學會以及政府機構與大學（圖書館）等，而在「小結」一節則建議學刊未來猶應回歸投稿人之需求，盡力促成更多研究者將其思考所得整理為可刊文稿，藉以增進知識交流並公開接受各方檢視，乃因唯有如此方得有利於整個學術社群之健全發展，從而達成學刊之「紀錄」、「傳布」、「檢定」、「保存」與「評鑑」等學術傳播功能。

　　然而上述討論尚未探查學刊究係如何展開其內部檢定機制以及其所涉學理背景為何，尤其未能申論其如何保證所刊論文未受外力干涉。實際上，學刊在學術發展過程扮演之重要角色並非一日之功，而是歷經長時間的淬鍊方才奠定今日廣受肯定的獨立自主風格與特質（何進平，2010）。

　　舉例來說，如前章所述之英國倫敦皇家學會早在十七世紀中期創辦《哲

學學報》時，即已著眼於克服「誰先發現某項【科學】定律（或提出某種創見）的問題」（劉忠博等人，2020：99；參見魯旭東、林聚任譯，2009 / Merton, 1973：第十四章〈科學發現的優先權〉），從而透過「稿件日期登記制」落實了「發現的優先權（默頓用語；按，即 R. K. Merton）屬於哪位科學家」，從而建立學術社群認可的投稿人聲望與榮譽保證，至今仍然沿用。[1]

《哲學學報》其後亦曾展開「同行／儕評審」（peer review）制度（詳見嚴竹蓮，2016；Harris-Heummert, 2018），讓投稿人寄出稿件後得以預知其所撰論文將經學刊編委會審慎檢視並轉交外部評審（俗稱「外審」；指編委會以外之研究者）仔細查閱，因而樂於（或不得）事先妥善整理稿件以能受到不知其名的同行／儕（習稱「匿名評審」）肯定而獲刊出之舉薦。[2] 而一旦通過此一評閱流程，投稿者產生前章所述之「虛榮感」實屬人之常情且其來有自。

因而延續上章有關學刊外在影響因素之討論後，本章似應深究其內在審查機制（尤其相關鍊結組件）與運作經過，如此或有助於潛在投稿者理解其可能面對之評閱考量與流程細節，從而不再視在學刊發表論文為高不可攀或望不可及。

實則學刊所邀外審固多由資深研究者組成，其若也投稿則身分互異而同樣面臨修改、再審或退稿之挑戰，其間並無任何終南捷徑或特殊門道。因而平和地視學刊為可資親近且可改善論文品質的學術園地，無懼於從評審回應意見尋覓知音之言，恐是任何投稿人皆可持有之正向、樂觀心態。

本章以下擬從學刊審查的核心機制「匿名同行／儕評審」模式如何展開談起，接續論及學刊「編委會」之組成與任務，次則簡述學刊接受投稿後之一般處理方式與流程，其後試論「審查人」的角色與任務，最後是本章小結。

---

[1] 林娟娟（1997：128）稱「發現的優先權」為「科學發現、研究『所有權』的功能」，而王文軍（2020：141）稱此「集中記錄、公開發表」的方式，其意皆同。

[2] 林娟娟（1997：130）將作者不知審者的作法稱之為「匿名審查」（anonymous review），而審者不知作者何人或其隸屬機構為何則為「隱蔽審查」（blind review）。本書合併兩者稱之「匿名同行／儕評議」模式，見下節。

第二節　學刊審查制度之建立：「匿名同行／儕」評議模式

一、定義「同行／儕審查」

　　Merriam Webster 字典對「同行／儕審查」之定義頗為言簡意賅，指「由相關領域專家對某件提案（如出版研究）的內容進行評估」。[3] 維基百科的定義類似，但增加了有關功能的說明（添加語句出自本書）：「其是在某個專業領域由具有資格的會員進行的自我調節（self-regulation）形式，用來維持【學術論文的】品質標準、改進其【產出】質地並提供可信度。在學術領域，學術性質的同行／儕審查通常用來確定學術論文是否適合發表，其可依類型、領域或專業來分類，如醫學同行評審。」[4] 然而這兩個基本定義皆未提及「匿名」與否，實則這是攸關評審制度能否持續的重要內涵（見下說明）。

　　臺灣首本（恐也是迄今唯一）以「同行／儕審查」為題的博士論文作者嚴竹蓮（2016：1-2）曾依 Chubin & Hackett（1990）所述，說明其「是一套科學研究的品質評價機制，科學界利用……來確認研究程序的正確性及推論的合理性，並根據評審結果分配有限資源如期刊版面、獎勵名額以及學術聲望或特殊榮譽等。」

　　但若要論及學刊之審查機制如何形成以及其學理意涵，首應回顧知識社會學巨擘 R. K. Merton（1973／魯旭東、林聚任譯，2009）所著專書《科學社會學——理論與經驗研究》第 21 章（篇名：〈科學界評價的制度化模式〉）針對「審查人」（referees，該書譯作「評議人」）機制始末之深度探索與解析。[5]

---

[3]　出自 https://www.merriam-webster.com/dictionary/peer%20review（上網時間：2020. 11. 12）。

[4]　出自 https://en.wikipedia.org/wiki/Peer_review（上網時間：2020. 11. 12）。

[5]　由該章卷首得知，此章係由 Merton 與其妻 H. Zuckerman（亦是美國哥倫比亞大學科學社會學者）合著且其妻列名第一作者，最先發表於 *Minerva*, 1971, 9(1): 66-100。該書譯著稱 referees 為「評議人」，本書從俗交換使用「審查人」或「審查者」。本節討論受惠於劉忠博等（2020）近作甚多，於此敬表謝意。

Merton（1973／魯旭東、林聚任譯，2009：665）在此章開宗明義地指出，「評議人／審查人」乃是

> 系統地運用判斷，對提交發表的手稿是否可以採用（accessibility）進行評價。因此，評議人是一種地位鑑定者（status-judges），其職責是對某一社會系統中角色表現（role-performance）的質量做出評判。……通過他們對角色表現的評價和根據角色表現的情況對獎勵的分配，地位鑑定者成為了社會控制系統的組成部分。他們影響著保持或提高角色表現的標準的動機。

上引簡要地說明了學刊審查制度的首要功能即在「對提交發表的手稿是否可以採用（accessibility）進行評價」，而任何接受委託進行這項評價的人即為「地位鑑定者」（見頁 665；添加語句出自本書）。

二、匿名審查制度

而這些評價多採「祕密地」（confidentially，頁 666）方式為之以避免來稿作者得知鑑定者／審查者何人，且鑑定者／審查者亦不知作者何人；從上章所述之《哲學學報》首創至今猶仍與時俱進，可謂學刊核心價值所在。

今則稱之「匿名審查」、「【單】盲審」（blind review）或「雙向匿名審查」、「雙盲審」（double-blind review），前者（「匿名審查」、「【單】盲審」）指作者不知審查者何人，而後者（雙盲審）則是作者與審查者俱不公開姓名以致彼此互不知對方。兩者優劣互見迄今難以定論（參見 Tomkins, Zhang, & Heavlin, 2017; Okike, Hug, Kocher, & Leopold, 2016），但其基本意旨均在藉此撇開人情包袱，兼而提升學刊出版品的品質與公正性。[6]

---

[6]　一般來說，單盲審常見於自然科學領域學刊，人文社會科學領域則多採雙向盲審。著名的《自然》（*Nature*）出版集團曾以其名下共 25 個學刊於 2017 年 2-9 月刊出的 128,454 篇學術論文為分析對象，試圖理解單盲審與雙盲審之異。結果顯示：兩者比例為 88% vs. 12%（亦即多數僅有單盲審），尤以英、美、法、澳洲等先進國家為然，最後獲得刊出的通過率為 44% vs. 25%（雙盲審），顯然前者（單盲審）的刊登機率較高（見 McGillivray & De Ranieri, 2018）。

　　Merton（1973／魯旭東、林聚任譯，2009）隨後深入閱讀《哲學學報》早期主編 H. Oldenburg（1619-1677）的《書信集》（*Correspondence*）一書，[7] 期能追溯此一制度的濫觴。

　　他指出，倫敦皇家學會於 1665 年成立後即意在吸引眾多科學家成為會員並將其研究成果發表在《哲學學報》，每期均委由學會委員〔包括牛頓、法拉第、虎克（Robert Hooke, 1635-1703）等頂尖科學家〕細閱論文以確保其內容無誤，此即審查制度早期發展的濫觴：「隨著學術團體和學術雜誌的相繼創辦，科學家們開始抓住新的機會，使自己的研究得到其他權威科學家有相當水準的評價，這種態度和行為模式是評議人（按，即審查人）體制的基礎」（頁 675；底線出自本書）。

　　此一由倫敦皇家學會委派「代表」（按，即今日的學刊「評審」）仔細審讀投稿論文，「以便在為論文提供書面證據或同意在《哲學學報》上發表之前，對它們進行有相當水準的評價」（頁 676），為的就是要維持倫敦皇家學會的聲望與權威性，務求讓稿件所談的科學新發現能「經得起……檢驗」且得到「公認」（頁 676）；如此一來，學會才願意向外認可投稿人的會員身分。

　　Merton（1973／魯旭東、林聚任譯，2009：676）因此強調，「在確立它（按，指倫敦皇家學會）為一個權威性的科學團體的合法性的過程中，倫敦皇家學會逐漸形成了為重要的科學研究成果提供證實的規範和社會安排。」

　　也在此過程中，編輯與評審齊對論文手稿進行評議，「這一雜誌（按，指《哲學學報》）便為科學研究成果採用的標準提供了更為制度化的形式」

Ware（2008）的大規模調查同樣顯示，84% 受訪者回答其最常評審的方式為單盲審。

[7] 根據 Early Modern Letters Online，Oldenburg 曾任倫敦皇家學會首任祕書並留下三千封以上的書信，隨後協助成立《哲學學報》並將其與其他科學家的通信轉寫為新聞以換得微薄收入。這本《書信集》出版時共有十三集（volumes），由歷史學家 A. R. Hall & M. B. Hall 夫婦編輯與翻譯（見 http://emlo-portal.bodleian.ox.ac.uk/collections/?catalogue=henry-oldenburg；上網時間：2020. 12. 20）。

（頁 678）；而此一制度延續至今猶未大幅度改變，始終維持由隱匿其名的同行／儕專家仔細審閱後提供意見，以便續由主編／編委會接手、定奪是否接受文稿抑或退稿。

三、學門間之差異

　　儘管如此，Merton（1973／魯旭東、林聚任譯，2009）卻也發現這個「評價制度」在不同學術領域曾經顯現重大差異。簡單地說，「雜誌愈偏重人文方面，對稿件的拒用率就愈高；雜誌愈偏重實驗和觀察方面，愈強調觀察和分析的嚴密性，對稿件的拒用率就愈低」（頁 681）。

　　其因可能在於這些拒用率高的領域針對「有關學術成果的標準是模糊不清的，而且非常散亂」，以致於編輯、評審與投稿人間的共識甚低，才會出現高達 90% 的拒用現象（見該章頁 680 之表 1）。

　　另一方面，某些高拒用率的學刊面對評審意見分歧時的決定常是直接否決，而拒用率低的學刊則反而認為不同評審間的觀點有異，恰恰代表了文稿頗有新意而樂於採用，兩者看法懸殊頗大（頁 683）。

　　即便如此，委外匿名評議／評審的制度就此成為學刊之立業基石，凡經審查通過的論文即屬具有學術價值，從而為知識的可靠性（reliability）與可信度（credibility）提供了保證，也確認了學刊與科學知識間的緊密關連，「是決定整個科學事業運轉的關鍵（lynchpin）」（Merton, 1973；魯旭東、林聚任譯，2009：666；英文出自原譯文），有其重大學術意涵且影響廣泛、深遠。

　　而在此審查過程中，投稿人無論資深與否也無論背景為何，皆可藉由檢視匿名審查意見而獲得與其交流知識並溝通意見的契機。更重要的是，學刊透過這些嚴謹的審查過程規範了學術領域的界線與特色，由不同投稿人所撰論文經評審通過後就易逐次累積形成眾所矚目的研究議題，而這些議題常又能引發更多相關討論與投稿。因而愈是投稿量大的學刊愈常擴充篇幅，如由半年刊而改為季刊甚至月刊，其所扮演的界定研究領域與拓展學術疆域的角色亦愈見重要。

　　由此觀之，審查機制固因保有匿名特質而有其不近人情之處，卻也促進眾多研究者與學刊間的良性互動與溝通，學術思想得以凝聚而不同流派也可自此醞釀構建，學術蘊積由是愈益宏富。何況一些生物與自然科學領域的期

刊更是倚賴匿名審查制度來確認投稿論文的研究品質，保障其有足夠信度與效度而非「偽真」、「灌水」或「謬誤」之作（林娟娟，1997：132）。

正如 Merton（1973／魯旭東、林聚任譯，2009：7；底線出自本書）所言，「作為一種『社會活動』的科學需要許多人的交流，現代的思想家與過去的思想家的交流；它們同樣要求或多或少形式上有組織的勞動分工；它預設了科學家們<u>無私利</u>、<u>正直</u>和<u>誠實</u>的，因而有遵守道德規範的取向；最後，科學觀念的證實本身，從根本上講也是一種社會過程。」

四、小結

但科學家或學術工作者是否真如上引「無私利」、「正直」並「誠實」地嚴守道德規範評審來稿作品，過去不乏批評與反思（見下節討論）。但無論如何，「同行／儕評議」模式不僅具有學術知識的守門作用而更像是學術研究的「仲裁者」，除學刊內部外，舉凡上章提及之博士研究生畢業、初階教師升遷求職、一般教師申請獎勵等學術作為無不引入，儼然業已成為如上章所示之科技政策與教研機構評鑑的主要（如非唯一）憑藉。

第三節　學刊編輯委員會（以下簡稱「編委會」）之組成與任務

上節所論之「匿名同行／儕評議」投稿論文的學術審查模式如何落實以及健全與否，實皆有賴學刊的「編輯【諮詢】委員會」（editorial〔advisory〕board）依章行事以確保整個審閱過程均能獨立完成，客觀、公正且符合學術倫理。

一、「編委會」之功能

如維基百科所言，幾乎所有學刊都設有編委會，由經過挑選且常屬義務性質的專家組成，其任務就在協助學會處理日常編務以能定期出刊。[8]劉忠博

8　見維基百科英文版 editorial board 詞條：https://en.wikipedia.org/wiki/Editorial_

等（2020：103）認為，編委會的角色實乃學刊的重中之重，職責在於擬定編輯政策、建議適當評審人選、擔任同領域稿件評審工作、提升期刊能見度以及決定主編的遴選與接替工作。實則編委會成員多由主編提名並向學會或其他行政單位（如系所）負責而非反之，但無論如何兩者間的互動效率誠然決定了其能否發揮作用。

這些有關編委會之運作功能早在學刊創始之初的十七世紀即已萌芽起步。根據 Barnes（1936）針對早期學刊編輯工作的溯源，[9] 其時已有諸多刊物在出版不久後就發現獨樂樂（指採單一主編制）實不如眾樂樂（指設定編委會），因而不斷地鼓吹組成團隊來同甘共苦、同心協力（pp. 156-157）：

> 編務工作在當時被視為沉重負擔，以致於有些人如 Pierre Bayle（按，《文學世界共和國》於 1684-1687 年間的主編）就棄職轉而追求其他較為親和且不吃力（exacting）的工作。有些人意識到了這些困難後，認為由一個人負責編務實屬僭越冒進（presumptuous）。【如】Bonaventure d'Argonne（按，法國學者，1670-1704）就傾向於讓幾位學者結合自己的才華和精力，並依其性向來專精於某些寫作或學識。顯然，由委員會的形式來執行編務能為期刊提供更好的生存機會，從而使其免於因任一編輯【突然】死亡或辭職而導致停刊的危險。到了 1700 年，合作編輯學刊已成慣例……（添加語句出自本書）。

雖然上節曾經提及匿名審查制度早在十七世紀即已初成，[10] Barnes

---

board（上網時間：2020. 12. 20）。

9　此處有關 Barnes 的說法，受惠於 Merton（1973／魯旭東、林聚任譯，2009：678）的說明（尤其註 1），如提及「……到了十七世紀末，出現了角色分化的跡象，……出現了編輯部或編輯『委員會』。……〔如〕學者雜誌於 1702 年規定，編輯部的每一成員負責一個專門的學術分支，他們每周碰面對選題進行評議（增添語句出自本書）。」

10　Roy（1985: 74）曾經追溯近代「同行／儕審查」制度如何興起，認為是 Alan T. Waterman 於 1940 年代末期任職於美國海軍研究室（Office of Naval Research,

（1936）卻發現其時眾多學刊受限經費與人力而常無以為繼，編輯多屬無償以及稿源不足也是難以持續出版的重要因素。

直到 1702 年以後，一些學刊才開始「角色分工」而由具有不同專長的學者各掌編務，每周在主編家裡聚會以便送印前尚能針對文稿提出批評與修飾，就此將編委會的職能定型下來。

十八世紀前後，編委會（主編）與潛在投稿人間極端仰賴書信往來，「編輯與眾多學者以及院士間的聯繫常有助於編務，但非足夠的資料來源。主編有時仍得倚賴與其學友（scholarly friends）的通信以獲取文稿」（Barnes, 1936: 159）。

至於投稿人為何選擇某些特定學刊，Barnes（1936: 160-161）認為其因有幾：在受到其他研究者攻擊的同一學刊答辯可以訴諸原來的學術圈讀者、使用與學刊一致且是其所擅長的語言、學刊發行地點相近、與主編熟識、學刊特殊風格等。而稿費也在十八世紀末期成為吸引論文投稿的原因，財務困難的學刊則改為免費贈送當期出版刊物；這些早期制定的措施直到二十一世紀的近期仍然常見。

二、臺灣學刊之「編委會」特色

時至今日，編委會幾已成為學刊所有編務的總其責者，上稿與否多由編委會成員共同討論後決定，其組成包括主編、副主編、書評主編以及執行編輯等成員（時有客座主編（guest editor）負責專題），較大規模之學刊除主編外的職位均由多人出任，或在執行編輯下增設編輯助理委由研究生擔任

ONR）時首創，要求提供研究經費的專案經理必須對外積極尋找「第二意見」以能決定是否通過申請案件。俟其擔任「國家科學基金會」（National Science Foundation）首任負責人時，就將此一制度正式化並要求外審必須撰寫意見書，從而在 1950-1960 年代成為申請研究經費時的固定制度，但此文並未提及學刊審查制度何時而起。林娟娟（1997：128-129）認為，「同儕審查」是在二次大戰後才逐漸成形而為多數學刊採納（陸偉明，2009：117 則稱是 1950 年代才在美國廣泛採用），但因稿件不足且分工愈形專業，尋覓可資評審的同行專家不易，仍有眾多學刊遲遲無法執行此一制度。Harris-Heummert（2018: 15）認為是在二十世紀中期以後漸為人知，其意接近。

（邱炯友，2010：51）。

　　而如前章所引之《新聞學研究》因編務單純且也受限經費，[11] 僅設主編一人（但屬編委會合議制），由政大新聞系推舉教授級的資深同仁出任且獨立運作，另有執行／助理編輯數人協助行政工作，由博士生與碩士生擔綱。編委會成員除主編外均儘量委請非同系、同院、同校專任教師出任，以期符合收錄於 TSSCI 資料庫有關編委會「內編比例」之審查規定。[12]

　　TSSCI 資料庫同時規定，「出版（含編輯、發行）單位【如政大新聞系】設置於學校之中，且隸屬系所單位者，任職於該出版（含編輯、發行）單位與上屬系所單位人員皆視為內部人員」，而內部委員人數除以非同系所人數即為「內部比例」，若其超過三分之一即遭扣減分數（此項總分為 10 分）。

　　至於編委會如何推舉外部評審並無一定原則，多數倚賴編委會委員共同舉薦名單以供主編發函邀請。但主要權責仍常偏勞主編，畢竟每個學刊面對之學術社區規模大小不同，難以擬定統一準則。

　　而對主編來說，尋覓評審實是勞心勞力、耗時費力且須挖空心思，恰如《莊子·列禦寇》所言，「巧者勞而智者憂，無能者無所求，飽食而遨遊」，能者（指有意願接受評審之邀者）多勞而不能者無所事事，勞逸不均十分明顯。

　　Ware（2008）針對全球 3,000 餘位學術研究人員如何擔任學刊評審

---

[11] 翁秀琪（2013：129）曾經訪談六本傳播相關學刊的七位主編，其所述接近。如某位主編表示，其年度預算為新臺幣 110 萬元左右，每期約在 37 萬元上下。如能進入 TSSCI，校方即補助部分經費，科技部（人文社會科學研究中心）亦支援兼任編輯一名，不足處則分由系、專業學會或出版社擔負。整體而言，每份學刊均屬慘澹經營，幾無利潤可言。

[12] TSSCI 資料庫（詳名「臺灣人文及社會科學期刊評比暨核心期刊收錄」實施方案）除對編委會組成有嚴格規定外，另也就編委會成員得否投稿同一學刊規定如下：「該刊當期所刊載之論文為任職於該出版（含編輯、發行）單位同仁或該刊之主編、執行編輯與編輯委員所撰寫之論文視為內稿」。換言之，編委會成員以及同單位（如皆為新聞系）教師在同一學刊刊出論文即屬「內稿」，其若達當年全部刊出稿件一定比例（如逾三分之一）則將扣減總分 3-6 分不等（見 http://www.hss.ntu.edu.tw/model.aspx?no=355，上網時間：2020. 12. 26）。

的資料顯示，資深研究者一年平均評審論文 8 篇，而「活躍者」（active reviewers，即前述「能者」）每年甚至可以幫忙審閱多達 14 篇論文，幾占全部稿件近八成的評審工作。

Ware（2008）也發現，約 20% 的評審邀約曾被推辭，而每 8 篇送審論文就有兩次受拒，其因常是「無暇」（lack of time），可見這些「能者」的評審負荷量的確超越一般「不能者」，且中外類同。

成功大學教育學者陸偉明（2009：118）對尋找評審的描述十分貼切：

> ……你可以瞭解這裡的兩難——找研究領域太相近或太遠的都不合適。好像買米的廣告一樣，有一點黏又不太黏，恐怕是這種情況下最好的選擇了。西方也有個很貼切的名稱 fish-scale model – a pattern of partially overlapping specialization，這裡姑且叫做魚鱗模型，就是一片片魚鱗間的關係是部分重疊的。

為了因應此一困難，近來亦有學刊在接到來稿時就讓投稿人提出評審建議或迴避名單（陸偉明，2009：119），除省時省力外亦可避免作者認為審查人態度不公或有偏見，畸輕畸重。而主編則可根據編委會委員提出的可能人選加上此一名單，綜合考量出其所認為「恰當的」評審候選人，如此不失為改良後的組合方式，但仍可能因受邀審查人已有其他稿約而難如願。

此外，最常見的方式則是從投稿人的參考文獻尋找相近領域的作者，「你引用誰最多，誰就最有可能被主編選中當審稿人，……你的批判矛頭對準誰，誰就可能當審稿人」（李連江，2018：173），其言雖不中亦不遠矣。

三、小結

整體而言，遠自學刊初創之始，如何建立編委會體制就屬核心工作，乃因其（尤其主編）對投稿論文之質量與原創性負有「把關」任務（林娟娟，1997；劉忠博等，2020），一方面委由「匿名同行／儕評議」模式加強品管以能提高學刊水準，另則以這些評審仔細查閱後提出之意見來協助論文投寄者改進文稿素質，期能刊出具有創新內涵之學術佳作，從而促成開放、多元之討論風氣，兼也形成相關領域研究者對共同／新起疆界與研究主題之認同與開展。

第四節　學刊稿件處理與審查流程

上兩節業已分述「匿名同行／儕評議」模式與「編委會之組成與任務」，藉此說明學刊內部審查機制如何運作。但投稿論文進入學刊流程後如何逐步推進、其涉及之審閱考量標準為何、所耗時間為何等議題均未討論，有待本節次第展開。

如圖 3.1 底部所示，無論中外亦無關領域，學刊投稿流程約可簡化為以下三個步驟：「進稿初閱」、「正式審查」與「完成審查」（申覆）告知作者，耗時多在 3-6 個月，偶有例外。

▶ 圖 3.1　一般學刊之審稿流程

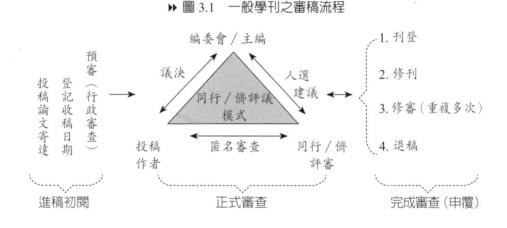

黃毅志（2010：15-19）所列教育學門學刊的審查週期就有兩週、四週、三個月、六至十二個月不等之時程，如：《臺北市立教育大學學報》為兩週，《師大學報：教育類（臺灣師大）》則為六至十二個月，其間差距頗大。但整體來說，三至六個月為多數學刊認可之一審稿件耗時長度。[13]

但此僅是第一輪審查所須時程，若其落入「修審」（見圖 3.1 右邊之 3）就須在編委會（主編）、作者、同行／儕審查人間（見圖 3.1 中間三角形）

---

[13] 參閱邱炯友（2010：61，圖 2.1）詳圖「稿件提交與評閱流程圖」。黃毅志、曾世杰（2008：185）曾以《臺東大學教育學報》為例指出，從收到稿件到確認出刊共有二十五個步驟，程序十分複雜繁瑣且也容易出錯。

來回多次，端視作者取回文稿後的修改耗時以及審查人重審後是否提出新的意見。一般來說，編委會提供作者的修改時間與審查人的審閱時間常各在四週左右，但可申請延長。

一、進稿初閱（預審或行政審查）

亦如圖 3.1 左邊所列，投稿論文寄達編委會後（現已多為網路投稿可自動記錄），責任編輯（或執行編輯或編輯助理）會如前述先行登記收到日期，隨即進行預審（或稱「行政審查」或「技術性篩選」以示其與正式審查之別；見辜美英、呂明錡，2017：635），檢查來稿之寫作格式、與學刊發刊宗旨相符程度、是否符合徵稿辦法等形式要件，並於一定時程內（如三至七天）回覆作者稿件業已收悉，同時註明投稿日期係以收稿日為準。[14]

源於多數學刊皆如前章所示業已設置專屬網站直接收稿、登錄、揭示評審議見，除可容許隨時投稿外亦可「隨到隨審」（黃毅志，2010：10），但也因此導致稿量大增時而超越學刊人力負荷，不得不在預審階段提高退稿比率。

如在黃毅志、曾世杰（2008）所列近七十份臺灣教育學刊中，《教育與心理研究》預審退稿率高達 69.74%，《兒童與教育研究》、《資優教育研究》、《中等教育學報》以及《通識教育季刊》亦皆達 50%，理由包括「【與】宗旨不合」、「【與學術寫作】格式不合」、「學術水準不佳」等，[15]顯示眾多作者常因「誤投」與其寫作內容不合之學刊或因寫作不合學術格式

---

[14]「登記投稿日期」之重要性已如前述，有確認「發現的優先權屬於哪位科學家」之作用（見本章前言）。此外，學刊慣在正式出版時列出「收稿日期」與「通過日期」以昭公信，也是登記投稿日期之另一作用。有趣的是，如《信傳媒》曾經報導（2017.03.05），高雄醫學大學某位教授在申請教授升等時「曾經變造 SCI 論文接受日期」，「移花接木」地將學刊接受（accept）時間提前七個月而順利取得教授資格，見 https://www.cmmedia.com.tw/home/articles/2957（上網時間：2021.03.07）。

[15] 這三個項目可能出自研究者提供之選項，實則該文所列大多數受訪教育學刊均未填預審退稿率。

而在第一階段受挫，十分可惜。[16]

　　另依 McGillivray & De Ranieri（2018），前述英國《自然》科學集團所轄眾多學刊的預審退稿率亦高，如採單盲審的學刊僅有四分之一稿件（23%）可送外審，而雙盲審制度的學刊外審率更僅有 8%，顯示預審階段的高拒率現象中外、跨領域皆有，並非偶見。

　　而為了協助投稿者，臺灣《中華傳播學刊》特別設計了「形式審查確認表」（此表本章未附）期能降低格式不合的退稿機率，所含項目包括：「研究論文字數」（按其體例所示投稿論文字數須介於 15,000-25,000 字）、內文不得揭露作者資訊（以免違反匿名審查原則）、文稿須附中英文題目與摘要（中文摘要 150-200 字、英文摘要 100-150 字、關鍵詞 6 個以內，且中文關鍵詞依筆劃順序排列，而英文關鍵詞依中文關鍵詞排序）、封面註明論文題目並有作者資訊（但應與內文分成兩個檔）、注釋與圖表皆以十個為限且注釋裝訂順序為正文之後參考書目之前。而作者非依此表所列全數更正完畢，否則無法送進編委會進行下一階段之「正式審查」（仍見圖 3.1 中間）。

　　此一確認表格之設計，乃在審稿前要求作者依照學刊格式自行調整，以免獲刊後再行大幅度更動，屆時曠日廢時恐會延宕出刊時程。其屬建議性質卻有非得修正否則無法往前推進之意涵，相較之下仍較前述《自然》科學集團在預審階段就動輒退稿來得有人情味。

二、正式審查

　　投稿論文一旦通過上述行政審查並經作者翔實調整後，隨即展開正式審查流程（見圖 3.1 中間），由主編接手並將來稿之題目、中英文摘要寄發編委會成員（如有需要亦可提供全文備審），委其薦選適當評審人選。

---

[16] 葉光輝（2009：58）認為，「投稿前周全的準備工作，是投稿文章能否被順利接受的關鍵因素」，因而事先的準備工作極為重要，包括「仔細閱讀欲投稿期刊的目標宗旨、投稿須知、所收稿件屬性、撰稿體例、字數限制等背景資訊與規定」等。葉光輝並用找工作為例，說明「……就如同您去應徵一項新工作，在投遞履歷前總要瞭解應徵公司的相關背景資訊與職務要求，並預先模擬面談時可能會碰到哪些面試官，注意面試官會關注與詢問哪些問題，以上各點在在都是促使自己文章能被接納的基本功」，其言極具參考價值。

如前所述，正式審查的核心體制即為「匿名模式」，由同行且對相關研究議題已有相當瞭解之研究者審閱，針對來稿之原創性、學術／實務價值、組織結構與研究方法之適當性、資料呈現及推論之合理與否、文字清晰流暢水準、學刊特色相符程度等要項詳加琢磨推敲。

然而這些僅是一些原則性的審查要件，不同學刊可能設計不同標準，重點仍由個別評審依其認知的學術規範綜合判斷來稿之理論、研究設計、文意脈絡、寫作流暢等是否達到可刊標準，其間並無一定章法，也難求客觀且一致的成規。

但學刊審查最為特殊之處，在於其為兩至三位互不隸屬的評審且係各自提出意見，事先無從預估（也無須預估）其間有無共識，主編（編委會）僅能透過下列通用表格（見表 3.1）來綜合評斷：

▶ 表 3.1　學刊常用之審查決議對照表 [17]

審查決議

評審乙決議 ＼ 評審甲決議	可刊	修改後刊登	修改後再審	退稿
可刊	可刊	修改後刊登	修改後刊登	第三人評審
修改後刊登	修改後刊登	修改後刊登	修改後再審	修改後再審
修改後再審	修改後刊登	修改後再審	修改後再審	退稿
退稿	第三人評審	修改後再審	退稿	退稿

如表 3.1 所示，兩位評審（評審甲、乙）如皆建議「可刊」（accept as written）、「修改後刊登」（簡稱「修刊」，即 revise with minor revision）、「修改後再審」（簡稱「修審」，revise with major revision）或是「退稿」（reject/decline），則其間共識已足，主編（編委會）即可依此做出刊登與否的決定。但若兩者意見分歧（如評審甲建議「退稿」但評審乙

---

[17] 不同學刊或採不同決議文字，如邱炯友（2010：63-64）之表 2.3 使用「同意刊出」、「修改後刊出」、「修改後重審」、「不同意刊出」等，其意相近。

為「可刊」；見表 3.1 第一行），則另找「第三人評審」勢在必行（亦有少數學刊一開始就找三位評審）。

　　一般來說，不同評審之決議大多各自落在「修刊」與「修審」，此時主編（編委會）的裁量空間較大（見表 3.1 中間），前者（「修刊」）指經投稿人修改後無須送回原評審複閱而由主編（編委會）代行其責，後者則應委請原評審複閱並再次提供意見。[18] 當然亦有評審無意花費過多時間，逕以「修刊」或「退稿」結案以免再次審閱。

　　實務上，源於臺灣（中文）學術領域幅員有限，符合資格之評審候選人難尋，以致主編（編委會）常須預擬評審名單多人以供備用。而符合資格之評審候選人（如前述之「能者」）卻常同時受邀不同學刊審閱論文而分身乏術，一來一往之間讓尋覓評審常是主編（編委會）工作的最大「夢魘」。

　　一旦所邀評審在編委會所設時限內送回審稿決定且提供建設性意見，主編多感「喜出望外」、「如獲至寶」。實際狀況則是常遇拒審、去信有讀不回、拖延時辰，甚至回應寫得簡短而無重點。為此，編委會（主編）猶須商議是否重新尋覓他者，但若延宕，勢必引起投稿人關心而常抱怨。

　　總之，學刊審查論文之核心即在透過「匿名同行／儕評議」模式（見圖 3.1 中間三角形）針對來稿進行審查，而其是否順利完成則有賴編委會成員、主編、評審三者同心協力、通力合作，稍有差池即易引起學刊聲譽受損，投稿量降低。因而本小節所示之諸個環節均須謹慎應對，齊心為壯大學術社群而努力。[19]

---

18 以本書作者過去投稿以及擔任主編的經驗觀之，文稿一審獲得兩位評審同時舉薦為「刊登」之機率幾近為零（曾有人在部落格上貼文，表示直接刊登的情況是「別做夢了，是有可能但也許從沒發生過！！」，可見其難度；參閱 https://blog.xuite.net/metafun/life/66824079）。兩者均為「修刊」亦屬少見，多為「修審」或「退稿」。原因不難理解：「修審」之意，常為評審有意以此觀察作者如何修改以及修改後能否整理妥當而趨可刊。「退稿」則原因甚多，或屬邏輯不通或研究疏漏、錯誤甚多以致即便大幅度修正亦難達標。

19 如翁秀琪（2013：124）所言，國外主編任期較長，聲望也夠，稿件裁量權遠較臺灣學刊主編為大，如稿件足夠，常在主編這一關就決定是否外審或直接退稿。臺灣大部分學刊謹守「匿名同行／儕評議」模式，每份進稿都要送審，即便評審意見相左也常不敢（能）直接裁決。

三、完成審查

　　主編獲得兩位（或加上第三審）之回應意見與推薦理由後，即可轉知編委會共同討論是否接受這些意見與理由，如是則可逕往下一階段通知作者有關編委會的最後決定，而作者亦可選擇接受或自行撤稿。

　　如為「修刊」或「修審」，編委會亦會薦請作者在一定時程內（如三至四週）完成修改重新擲回，以便編委會再次審閱並做下一步決定。如為前者（修刊），則作者修改後的文稿經編委會（主編）共同商議後即可發出刊登信件；如為修審，則當由作者修改後經編委會轉寄送回原評審重複上述流程。

　　而除提供作者相關評審意見外，編委會成員亦常另提其他具體建議以供作者參閱、答辯或說明，使評審過程得以成為「作者」、「評審」及「編委會」（主編）三者間之學術對話（仍見圖 3.1 中間），而非評審與作者之單向「評」頭論足。

　　另一方面，如作者遲遲（如一個月內）未能送回修改後的稿件，編委會（主編）即可決議撤稿停止再審。而作者如對編委會之決議或對評審意見有異議，則可提出申訴委請主編在編委會討論。

　　而在完成審查階段後，視學刊存稿數量而常須等候一段時日方能排上印程，短則數月長則超過一年皆有（參閱翁秀琪，2013：122 所言）。邱炯友（2010：78-79）稱此「出版時滯」（publication lag），常令投稿者不耐時而去函詢問催促，有的更可能憤而改投其他學刊造成「重複投稿」或「一稿兩投」等有違學術倫理情事。

　　有升等壓力者則可能向主編要求提前排入印程，此皆常見而非例外，能否如願端視學刊刊出論文是否依主題排序；如其僅以來稿通過日期為準，則提前或可考量。為了應對此類層出不窮的案例，學刊現都主動發出正式信函明示通過時間以供作者使用，但若通過與刊出時間間隔過久，則仍有失效之虞。

　　而在印製過程常也要求作者協助勘誤，按照學刊的體例（publication manual）針對題目、摘要、主文、圖表、參考文獻、作者資訊甚至附錄逐一檢視並校對（可能多次）；如通過，則可簽訂「版權授權信函」後排版送印（仍可能再次校對）直至出版。

總體觀之，學刊之稿件處理與審查流程冗長而變數甚多，亟須主編、評審與作者耐心面對，畢竟學術工作無他，細水長流與涓滴成河而已。

第五節　學刊「審查人」的角色與任務

一、「便宜行事」的評審

正如前引 Merton（1973／魯旭東、林聚任譯，2009）所言，投稿人常既是作者亦是讀者。此外，部分資深投稿人亦常受邀擔任審查人協助學刊審閱來稿並向編委會推薦（或不推薦）刊出。如此一來，作者兼是讀者的雙重身分實則成為作者、讀者、審者等三個相互重疊的角色，彼此互動密切但關係時有緊張。

其因不難理解：接受學刊委託的審查人多已是學術閱歷豐富的研究者，其固可經由拜讀文稿而關注相關領域最新發展線索，從而激發自己的想像力與構思，但亦可能因其浸淫相同主題已久而不願苟同或不樂意附和來稿之研究創新。更為極端者，則可能在向學刊提出「不同意刊登」建議後，轉而利用這些線索來開發自己的研究主題，涉及了知識剽竊的重大學術倫理問題（參見 Merton, 1973／魯旭東、林聚任譯，2009：709-712）。

其他尚有「學派偏見」、「國籍偏見」、「非英語母語之語言偏見」、「學術產出偏見」、「審查先後順序偏見」等，可謂所在多有，過去均曾廣泛討論（見嚴竹蓮，2016：3 文獻整理與林娟娟，1997：181），以致學刊審查常因其處理流程冗長且難為外人窺視，而被投稿人詬病易生齟齬（參見本章小結之開放模式）。

如何成為負責且不違反倫理的評審？ Merton（1973／魯旭東、林聚任譯，2009：709）曾經指出，「但像其他人一樣，評議人（按，即審查人）也並不是都會認真地履行其角色，……評議人對作者，而最終是對學科的功能沒有完全的實現」，其論反映了學術社群的真實事理人情而非誇大其詞。

舉例來說，前引教育學者黃毅志、曾世杰（2008：196）之專文即曾提供「對審稿教授所有意見回覆書」檢討教育學界的惡質評審，認為審稿者僅

以「三行文字」就將其所撰論文打發、退稿，讓其頗感「嘆為觀止」、「啼笑皆非」，因而希望主編視為無效並另行重新送審。十分幸運地遇到了開明的主編，同意將其申訴轉送編委會討論後裁撤原評審所提意見書而另行送審。

　　其實這類便宜行事的審查人在任何領域均不乏其人，以致上述黃毅志、曾世杰（2008）之抱怨並非特例。而如林娟娟（1997：133；添加語句出自本書）所言，學刊主編手中或都保有「最新的【可靠】審查者或是專家名單」，但遇到不適格的評審仍非少見。尤其近來跨領域研究日漸風行，如何在不熟悉的其他領域找到適當且有意願審稿的專家，常考驗主編之能耐。

二、「克盡己職」的評審

　　至於為何在繁忙的學術工作壓力下，還有人願意協助學刊審查稿件？Merton（1973／魯旭東、林聚任譯，2009：712）認為部分原因出自這些研究者「……意識到，維護標準是一項集體性的責任。對年輕的科學家和學者來說，……【受邀擔任評審】還會有更進一步的象徵獎勵」。而 Ware（2008）的大規模調查亦顯示，審稿對大多數受邀者而言乃其善盡「學術社群一員的基本責任」，屬「利他」（altruistic）且無私的專業回報。

　　以臺灣為例，眾多學刊過去常提供「評審費用」如新臺幣 1,000-2,000 元以表謝意。近幾年來，源於經費短絀另也呼應國際趨勢，擔任評審多採義務性質，既無金錢的津貼亦無實質獎勵，最多僅是仿效前述 Barnes（1936）所言提供學刊當期出版刊物略表心意，顯然上述「維護標準是一項集體性的責任」應是多數研究者樂於協助學刊審稿的主因。

　　如何成為稱職的學刊論文審查人，政大公共行政系的蘇偉業教授曾在其部落格貼文[20]表示，審查人應扮演「協助者」（facilitators）而非「裁判」角色，將一些「具潛質及有意義論文」辨識出來藉此促成學術界的進步。而這個「協助」功能除了「抓漏」找到一些錯別字或理清文意脈絡外，尤應「協助投稿人思考，提供不同角度之論點，幫助投稿人腦【力】激盪。總體上，就是協助提升論文刊登時的品質」（添加語句出自本書）。

---

[20] 見 http://bennisso.blogspot.com/2014/12/blog-post.html（上網時間：2020. 12. 24）。

　　蘇偉業自陳其某次投稿時曾以三、四倍篇幅回應審查人意見，但複審時卻僅獲得其「看起來作者不太同意我【按，指審查人】的審查意見，也沒有太多修改，我只能勾選『拒絕刊登』」（添加語句出自本書）等寥寥數語，顯然無意與論文作者對話且語態強勢。

　　蘇偉業因而感嘆，學術論文的回應不應寫得像是審判者的「法庭判詞」或以「無所不知的姿態去否定別人」，但可抱持學習態度跟著投稿人「一起做研究」以能從投稿論文瞭解新的（以及與其所知不同的）研究趨勢，實屬微言大義。

　　林娟娟（1997）則曾列舉審查者理應協助學刊過濾的稿件缺失有：「缺乏原創性」、「樣本不足」、「主題不具代表性」、「對照不當」、「資料或研究方法無效」、「測量不正確或不精確」、「忽略相關著作文獻」、「研究設計之解釋不足」、「過多專業術語或自我吹噓」、「數據與結論不合」等。

　　合併觀之，林娟娟所述缺失幾已涵蓋了一篇學術論文從問題意識到結論的所有重要環節，只要其中出現任何瑕疵而作者無法自覺看出破綻，就有賴評審透過前述之「抓漏」與「協助」功能協助，期能達到如蘇偉業所言之「提升論文刊登時的品質」。一旦疏漏過多以致論文前後（如問題意識與理論回顧、理論回顧與研究方法、研究發現與研究發現）無法呼應甚至難以相互對照，慘遭退稿也就不足為奇了。

　　實則對大部分審查人來說，受邀評閱論文耗時又費力。Ware（2008）的調查顯示，大多數（85%）受訪者回覆審閱一篇論文的平均時間為九小時（中位數為五小時），且須在三至四週內完成評閱並將意見回覆編委會。林娟娟（1997）亦曾引用國外文獻指出，審閱每篇文稿平均耗時六小時左右，其因多在花費過多時間協助投稿者梳理文字或調整組織脈絡；若須複審，則耗時更多。

三、小結

　　本小節所述之審查人角色與任務，一言以蔽之當就是以編委會（主編）與作者間的「第三者」（a third party）身分協助學術社群「把關」，期能確保學術論文的品質並提升學術研究的視野。

　　如陸偉明（2009：118）之言，「什麼是我們（按，指投稿者）喜歡的

評審呢？能鞭辟入裡、切中要害；能指出缺點也能指出優點；能提出建設性的意見」。但若審查人的「意見非常潦草，根本摸不著頭緒；有些則是非常挑剔，要求一些不可能的程序，比如說重做；有些則是充滿情緒性或責罵的字眼，讓人難以承受」，其恐有失職之虞；兩者如何取捨其意甚明，足可為所有學刊審查人借鏡。

第六節　本章小結：展望未來與「開放式同行評議」模式

……同儕審查是學術界重要的專業倫理表現，也是學術進步的源頭。我們身為學術界的一分子，都必須盡力扮演好學術公民（academic citizen）的角色，信守審查制度的各項規定，並以這些規定為自己的行為守則，盡力支持與改善這個制度。這樣的共識背後，就是一個具有信任、奉獻的精神、成熟的學術社群，也就是你、我（陸偉明，2009：122）。

以上所引出自成功大學教育研究所陸偉明教授，其言剴切又發人深省，畢竟「同儕審查」（即本書提出的「匿名同行／儕評議」模式）對學刊的發展舉足輕重，值得檢討並找出更好的方法以促成其更為周延。

陸偉明（2009：122）並謂，「……我深深覺得審查制度是我們研究者必須維護的制度，就像車道是所有用路人必須維護，我們才能走的順暢與安全」；以「車道」比擬「同儕審查」制度，不但頗有創意且易理解。

一、嚴竹蓮的博士論文

無獨有偶，臺灣首位以此（同儕審查）為博士論文的嚴竹蓮（2016：〈誌謝與感言〉）也曾在其論文首頁寫下以下感言：「期待我國政府與學術界都能認真視同儕審查為知識研究的主體，積極參與同儕審查的國際合作；發展同儕審查的監督與檢驗機制；進而營造一個開放的同儕審查程序、促進學術資源分配效率以及健全學術研究環境。」

嚴竹蓮（2016：14）認為，「同儕審查」本是學術界自發且自成封閉體

系的評鑑過程，利用彼此的相互檢驗以提升學術產作的品質，且將控管權力限縮在自己社群以期形成「科學自治」。多年發展以來優劣互現，前者（優點）包括「減少低品質的研究成品」、「平衡不同科學觀念與思想」、「採取理性、有效且公平的過程」以及「承擔科學發展的責任」（頁 15-19）。缺點則在於評審間的一致性信度與效度（指耗時與成本）均低，而公平性更因評審均依非科學性的主觀價值與信念審查而易生偏見，以致審閱結果常非鼓勵創新反趨保守。

為了瞭解臺灣人文／社會學刊的同儕評審現況，嚴竹蓮（2016）曾經蒐集科技部（國科會）評定之 A 級學刊一本以及 B 級學刊兩本的同儕審查報告，以內容分析途徑檢測其間信度、公平性與課責等議題，共蒐集稿件 48 篇總共 103 份評閱報告，其後則依其自創之「評語評分系統」，針對正面評語的「具體性」與負面評語的「可修改性」分別給分。

其所得顯示（頁 88-91），評審的正面評語遠少於負面評語，尤以拒絕稿件為然，比例約為 1：13.83，而量化研究的拒絕稿件正負面評語比例更高達 1：32.33。

拒絕稿件的最重要負面評語多出自針對「貢獻度」、「研究方法」及「統計」的評議，非量化研究則常在「結果討論」與「設計」、「概念」等項目。「寫作與呈現」的標準用語最高，其次為「結果討論」；「方法與統計」則最低，即便量化研究亦然。

總的來看，拒絕稿件占總數 19.42%，大幅度修正為 29.13%，小幅度修改與刊登合計為 51.45%，但接受稿件所寫的審查評語筆數最少。字數方面，審查意見平均為 703 字（約僅一頁），中位數為 556 字，標準差為 653 字；量化研究的評語數字較為集中，社會科學研究的評語數字也較人文研究集中。

結論一章嚴竹蓮（2016：123）提出了幾個頗有建設性的展望，如建議仿效「國際醫學期刊編委會」（International Committee of Medical Journal Editors, 簡稱 ICMJE）制定的準則來規範臺灣「同儕審查作業」，內容涵蓋稿件寫作標準、審查者與作者在同儕審查過程的職能與權責等。

嚴竹蓮（2016：61-62）也建議，任何學刊擁有超過百位審查人名單就應設置「評審評鑑系統」，以期追蹤每位評審閱讀稿件後撰寫回應意見的「表現」，包括是否審慎提出修改建議、評語是否易讀、有否情緒性語言

等。而此評鑑結果則應納入「社會人文期【學】刊評比」，以期鼓勵主編審慎挑選評審，更要定期追蹤各評審的審閱回應。

為了協助提升審稿品質，嚴竹蓮（2016：116-7）建議舉辦研討會提供短期訓練（陸偉明，2009：119 亦有類似建議並稱，「很難想像這麼重要的工作卻沒有一個大學或機構提供任何正式訓練」），另可編訂「評鑑指南」說明評審者的權責與職能。針對年輕投稿者，學刊也應發展有利於其通過審稿考驗的方式，提高其對投稿的興趣。

總之，嚴竹蓮（2016：117）認為同儕審查機制若要長久立足，必須奠基於其是否持續建立監督機制，如此方能讓學術創新與學術溝通得以實現。而有關學刊的「正當性」則有賴社群成員間的信賴與誠信，共同建立一個能彼此監督、相互檢驗並賡續改進的機制，如此方能長久受到學術圈內與圈外的肯定與接受。

二、人文與自然學科之別

整體觀之，本章藉由引用社會學家 Merton 以及歷史學家 Barnes 分別針對「匿名評審」以及「編輯委員會」模式的探索，逐步分析了學刊如何建構內部管控機制，進而說明投稿者將其所撰學術論文寄達任一學刊後可能歷經之流程與步驟，由此檢討學刊審查者在此流程與步驟扮演之角色與功能，期能合併上章有關學刊外部影響因素共同建構完整圖像，說明學刊在今日學術傳播的地位與特質。

由本章討論可知，不同學門或領域的學刊內部管控措施顯有不同，如人文與社會學門的拒用率遠較自然與生物（醫學）領域為高（見本章第二節）；而科學期刊的審查模式常在「防偽」（林娟娟，1997；見本章第二節），但人文社會學刊則在探查作者的為文前後脈絡是否流暢易懂，彼此差異顯著且各有特色。

因而學刊的審查模式並非放諸四海而皆準，若強推一致性的通用管控方式顯然易生歧見。如科學期刊多強調單一論文之影響係數（impact factor），人文社會期刊則關心如何累積眾文發表後猶能改寫為專書而非「獨厚」學刊論文（翁秀琪，2013：〈摘要〉）；兩者思維差異頗大，也值得相互尊重。

而學刊主編（編委會）身負學刊發展重任，切忌追求高退稿率，尤應如

黃毅志、曾世杰（2008：192）所言「打消『高退稿率＝高品質』的迷思」。甚至可考慮出版評審標準較低的電子學刊（ejournals）論文，純以促進學術對話為其宏旨，既可避開受到 TSSCI 的評鑑影響，也能產生更多互動（參閱翁秀琪，2013：126）。

亦如本章所引黃毅志（2010）與陸偉明（2009）等資深研究者的觀察，若審查人過於嚴厲且其「評語凶暴、語帶輕蔑」（黃毅志、曾世杰，2008：183，稱此「惡質評審」），讓投稿人接到審查回應後深感委屈難以心服以致暗自決定從此絕塵而去改投其他期刊，更嚴重者可能「灰心喪志」、「心灰意冷」繼而不再投稿。

一旦如此，不但學刊易因進稿量逐漸降低而前景堪慮，整個學門也易衍生惡性循環（黃毅志、曾世杰，2008：184）彼此不復積極互動進行學術交流，不可不慎。如何在維持學術品質與進稿量穩健兩者間取得平衡，實考驗著眾多學刊主編（與編委會成員）的智慧（參閱翁秀琪，2013，訪問多位主編的整理）。

三、「學群 100」的警示與建議

面對此一堪慮前景，邱炯友（2017：5）即曾引用著名的「學群 100」（Faculty 100）創始人 V. Tracz 之警言，「傳統的同行評議模式已陷入危機」，主因出自其「匿名與不公開的特性」，以致有些主編竟然「委託投稿者自行勾串扮演評審者快速審查自己稿件」，甚至出現「評審幫派」（peer-review ring）與「同行評審騙局」（The peer-review scam）的醜聞，實令人有不堪聞問之嘆（英文譯名均出自邱炯友，2017：5）。[21]

邱炯友（2017：8）隨後建議採納「學群 100」極力推動的「開放式同行評議」（open peer review）模式，其重要改革內容包括：

---

[21] 相關案件如 2014 年的「臺灣屏東教育大學陳震遠論文審稿造假案」（見維基百科「陳震遠論文審稿造假案」詞條），就曾造成當時的教育部長蔣偉寧辭職並遭科技部停權。相關英文新聞報導可參閱：https://retractionwatch.com/2014/07/08/sage-publications-busts-peer-review-and-citation-ring-60-papers-retracted/（上網時間：2020. 01. 05）。

-- 投稿學刊論文平均七天左右就在網路公布並可透過搜尋引擎（如 Google Scholar）即時找到，藉此達到容許公開引用的目的；

-- 系統隨即從其專家數據庫邀請具有相關專長的研究者審核、提出建議，審查者的姓名與意見一併隨同論文公布；

-- 讀者亦可在網頁上針對評審意見提出個人見解；

-- 論文作者可在修正後提交新的論文稿件版本，並加註與評議結果（如：「兩位評審有條件通過」等字眼）有關的「識別碼」（見邱炯友，2017：6）；

-- 最後，經評審通過的論文收入相關數據庫索引，「學群 100」也提出原始論文包含的數據以及其後的處理結果，並轉檔以 pdf 方式供大眾檢閱。

四、「開放式同行評議」模式

　　另據《公共科學圖書館》（Public Library of Science，簡稱 PLOS）網站，「開放式同行評議」模式迄今尚無統一定義，形式也有多種，係從 1980 年代迄今逐漸發展的革新嘗試。唯一有共識之處，就在於其乃針對傳統「同行盲審」制度的省思（見本章第一節），期能打開評審制度的透明度以讓學術傳播更有公信力。

　　合併觀之，這一新模式主要的改革方向包括：出版後評審（post-publication peer review，意指投稿後就在網站公開內容而後才送審）、公開評審身分與意見（signed and published peer review，包括讀者亦可針對公開的論文提出己見）、表揚評審（credit for peer reviewers）、教育作用（educational tools，所有人都可看到評審意見並從中學習如何改進論文寫作）、主編與評審皆須自負其責（accountability）、提升評審回應的素質（quality of feedback）等。[22]

　　雖然「開放式同行評議」模式目前多僅在與生物、[23] 自然科學領域相關

---

[22] 此段條列英文原文皆出自 PLOS 網站相關討論，見 https://plos.org/resource/open-peer-review/。上網時間：2020. 01. 05。

[23] 本章撰寫期間，結構生物學者（structural biologists）宣布成立首個開放式「蛋

的學刊實施，但假以時日其他領域當也漸能接受，畢竟評審制度的轉型與創新已箭在弦上，只欠東風而已。而透過與過往不同的思維並適應 Web2.0 的網路互動形式，此一新的學術傳播型態未來定能吸引更多學刊嘗試，臺灣也不例外。

白質資料庫」（The Protein Data Bank，簡稱 PDB），力求及早公開展示並分享蛋白質的結構，藉此避免耗費長年累月方能獲得結果的匿名審查制度，而其擁有的數據資料對基礎生物學研究以及對健康與疾病的理解均有不可估量的價值（見 https://asapbio.org/asappdb；上網時間：2021. 01. 19；此一訊息受惠於趙永茂，2021. 01. 18）。

第四章

投稿人的心理適應：寫作、投稿、修改與退稿

-- 前言：本章概述——自我調適的重要性
-- 學刊論文寫作與投稿前的心理整備
-- 修改投稿論文的心理調適
-- 收到退稿信函後的信心重建
-- 本章小結：從心理適應到寫作能力的自我調整

第一節　前言：本章概述——自我調適的重要性

一、體驗如何擔任審稿人

　　本章猶在構思階段，作者收到某學刊的審稿邀請函。此時上章第五節有關如何闡述「審查人的角色與任務」一節業已成竹在胸，正好藉此受邀審稿機會檢視自己能否／如何擔任稱職的「審查人」（且也避免成為上章黃毅志、曾世杰，2008：196 所稱之「惡質評審」），力求評議過程公正、持平、客觀並也實用。

　　作法上，先行快速瀏覽來文之標題、摘要、關鍵字詞以能大致理解其意，而後列印全文並仔細閱讀兼而筆記其優缺點。由於賞析學術論著本就不易一氣呵成，此項審查工作略分三天（次），每天（次）約各花費一至二小時。

　　而後整理筆記並將諸多想法分門別類，如「寫作與文意」（解析作者有意鋪陳但未能彰顯之脈絡）、「一般建議」（如錯別字與寫作體例之抓

漏）、「重點提示」（如建議作者調整部分章節內容以能清晰地展現文稿之核心意旨與問題意識）。

　　最後根據上述見解綜合寫成「審查意見」，文辭仿效上章陸偉明（2008：118；添加語句出自本書）所示儘量禮貌、客氣並避免指責語氣，不但要「能指出缺點也能指出優點；【更要】能提出建設性的意見」，至於是否如其所言做到「鞭辟入裡、切中要害」則不敢妄斷。

　　書寫上述審查意見後，隨即列印所寫並反覆推敲尤要避免出現錯別字貽笑大方，而後擺放一晚以便隔日再次審閱以示慎重。接著撰寫「給主編的建議」，將拜讀來稿整體心得以一段文字簡要說明並勾選最後決定。總計下來，審閱這篇文稿並撰寫回應與意見的時間共約八小時，真是耗時又費盡眼力與腦力的歷程。

　　為何本書作者樂於接受挑戰擔任評審工作？除上章所引 Merton（1973／魯旭東、林聚任譯，2009：712）所說的「集體性的責任」外，更多心意則在希冀能將過去所見所聞的如何書寫學術／刊論文經驗提供投稿人，盼其能從審查意見體驗、領會並探知論文寫作的情節布局、鋪陳順序與文稿組織等諸多技巧，從而省悟投稿乃是一段嚴謹、審慎且不斷自我砥礪、琢磨改正的進程（可參閱蔡柏盈，2014 之寫作指引以及下章討論）。

　　而審查人如本書作者不僅肩負上章所稱的「守門」或是「仲裁者」任務，更也是古人所說的「工者居後／下」而「智者居側」（指專業人才在第一線努力而有經驗的人（wise man）從旁協助），期能成為「正面向上的引領力量」（見翁秀琪，2013：125），協助投稿人成功地在學刊發表論文（無論此次評議結果為何）。

二、「退稿並非一無是處」

　　就在撰寫上段文字之刻，恰好收到「浙江傳媒學院」王喆教授（2021；添加語句出自本書）寄來其近日發表在《新聞記者》微信公號的短文，憶及當年（2015 年春季）在政治大學傳播學院博士班修習由我開授的「學術論文寫作與發表研究」課程：「【上了課才】第一次知道學術論文寫作是一個知識社會學的『宇宙』。這個宇宙中包含著學術共同體的變遷、慣習和默會知識的構建以及個人生命故事的講述」（有關默會之意，參見本書第七章第三節之「內隱知識」討論），其言正與本書發展的各章脈絡契合卻又更勝一

籌。

王喆也寫道，「退稿和退修（按，『退回修改』之意，即上章提及的「修審」）是再正常不過的事情，也是一次次回首自省的機會。臧師【總是】說，拿到退修意見不要著急去回應，先放幾天，緩緩心情……」。

推敲當年述說此語的意思是，有任何修改論文的機會總比退稿來得好，正可謂其「一息尚存而不容少懈」，[1] 旨在提醒投稿人（如該課修課同學）切勿拿到評審意見後隨即陷入焦慮甚至惴惴不安，但應慎重面對、認真修改、奮力一搏，看看能否送回修正稿（「一修」）後就順利通過，再不濟就「二修」、「三修」，反覆幾次後總有受到眷顧、看重的可能。誠如張森林（2009：49）所言，「如果有修改機會的話，文章被接受的可能性就高達七八成」，的確如此。

但若不幸仍被退稿，依林娟娟（1997：132）引用的文獻顯示，高達85% 被拒的稿件「最後又在別處出版」，可見退稿並非一無是處，卻也可能是促使投稿人另覓良機的動力。

Bornmann, Weymuth, & Daniel（2010: 495；添加語句出自本書）也曾廣泛地指出，「大多數被著名學術期刊拒絕的文稿，稍後又【多能】在其他期刊發表」，如被著名的《科學》（Science）期刊謝絕刊登的文章，幾乎全部都在其他地方通過。但這篇研究也發現，被退稿的論文只會在影響指數較低的其他學刊獲刊。

可惜的是，有多少投稿人看得出這些「訣竅」與「捷徑」（tricks 與 shortcuts；語出 Belcher, 2009: xii）？多數人可能拿到評審意見就慌了手腳，急著在編委會所訂期限前匆匆寫就新稿回覆，卻忘了審查人想看的是解釋、詳述、對話而非應景式的虛與委蛇，以致眾多修正稿件常在急就章地送回後，隨即遭到評審退稿的建議，白白浪費了與其交流的機會，令人扼腕（參見本章第三、四節討論）。

---

[1] 出自朱熹注釋《論語・泰伯》：「死而後已，不亦遠乎！」之語；「一息尚存，此志不容少懈，可謂遠矣」。見教育部重編國語辭典「一息尚存」語條（上網時間：2021. 01. 08）：〈http://dict.revised.moe.edu.tw/cgi-bin/cbdic/gsweb.cgi?ccd=00dykU&o=e0&sec1=1&op=sid=%22Z00000149504%22.&v=-2〉。

三、小結：克服心理障礙、突破寫作困境

但面對修審意見，投稿人要如何自我調適並慎重以對？回覆審查人時又該如何透過新稿以示已有所悟？寫作學術／刊論文有無「祕方」可「對症下藥」？在上章討論了「同行／儕審查評議」模式與編委會等內部管制機制後，以上這些子題將成為本章重點。

整體而言，本章意在說明投稿人之寫作與投稿過程應努力調適心情而非焦慮與不安（見第二節），並應審慎撰寫修改回應以與評審善意互動（見第三節），而一旦遭逢退稿又當學習重建寫作與投稿信心（見第四節）。

過去相關論述雖多，但常偏向「規範式」（prescriptive，指強調「應該做什麼」）之技巧傳授而少描述（describe，指「可以做什麼」），其因何在？正如 Belcher（2009: xii；添加語句出自本書）所言，其潛心著述「並非針對純學者（academic purists）而寫，而是為那些陷在學術界（in the academic trenches）而常感沮喪，擔心他們【自己】是唯一沒有弄清楚這一切的人」；本章亦是，力求從正向思考，鼓勵投稿人克服心理障礙、突破寫作困境。

Belcher（2009: xiii）也曾說明，其所寫專書與一般相關書籍最大不同之處，乃在強調「改寫」（revision or rewrite；見 xiii）才是投稿學刊論文的重點，尤其是針對論辯、結構與綜述等面向進行的「深度改寫」（deep revision）。無論這些原始版本出自課堂報告、碩博士論文的某個篇章、專題計畫（提案或結案報告）、會議論文甚至曾被退稿的論文，皆可琢磨、斟酌、改進並根據可能投寄學刊的學術體例格式以「說故事」（storytelling）方式改寫（見下章第四節），成功的機會總是存在；這是本章小結（第五節）的重心所在。

第二節 學刊論文寫作與投稿前的心理整備

一、「無論如何，就是寫」

美國 Oklahoma 州的 Tulsa 大學「媒體研究系」榮退教授 J. Jensen 曾在該校創辦「教師寫作中心」（Faculty Writing Center），長期推出工作坊與一對一或面對面寫作活動協助教師們發展新的或重整停滯已久的寫作計畫，相關子題包括：「如何選題」、「如何寫得穩健且有條理」、「如何有效修改論文」、「如何找到發表管道」、「如何與編輯共事」等。顯然這些都是經常困擾多數研究者的學術寫作障礙，透過資深教師如 Jensen 的引領，或可事半功倍地增加投稿信心與發表機會。

為了強化該中心的工作效率，Jensen（2017）特別出版專書指點迷津，忠告學術寫作需要長時間投入、與他人討論並共謀成長、相互支持。中譯本書名《無論如何就是寫》（*Write no matter what*）一語道破了大學教師與研究生的基本任務就是持續地寫、不斷地寫、一直地寫：「本書提出的諸多建議乃在協助寫作，讓你（按，指讀者）無論如何都可體現【那個】學術生活最為光彩的元素」（p. 150；添加語句出自本書）。[2]

一般來說，大學校園理當擁有適合學術寫作的環境，然而 Jensen（2017）開門見山地指出實情並非如此，乃因這個環境充斥著眾多「對寫作不甚友善」（not writing friendly）的壓力，如批改不完的學生作業、無止盡的各類會議、接踵而至的推薦信函與論文指導以及來自校、院、系甚至校外的專業服務要求。[3]

---

[2] 此處譯文部分參考中譯本，如無標示，引句出自原書，譯句出自本書作者，頁碼亦是（中文頁碼出自中譯本，如無則出自原書）。《無論如何就是寫》為本書作者直譯，與中譯本之《高效寫作》不同。

[3] Jensen（2017: 2）曾經引用 Lindholm, Szelényi, Hurtado, & Korn（2005）的調查結果說明，大學教授並非都勤於寫作或發表。如在四萬位受訪美國大學教授中，有 27% 從未在任何有匿名審查的學刊發表論文、26% 每週未曾從事任何寫作、43% 在過去兩年未曾發表任何作品、62% 從未出版任何專書；反之，只有 25% 每週寫作超過八小時、28% 在過去兩年出版超過兩篇以上的論文。

　　即便如此，Jensen（2017, xi）仍然認為，「創造好的條件來支持寫作要靠我們自己經常接觸有趣的寫作計畫，尤應停止自責或怪罪環境。……無論如何我們都可發展一些卓見（insights）與技巧來完成學術寫作」，尤應視寫作為持續進行的工作習慣，而非衡量有無自我價值與天生智力高低與否的工具（頁 13）；Jensen 對學術寫作始終保持正面與樂觀的心情溢於言表，足堪為眾多常無由地陷於茫然且無助心情的學術工作者師法。

二、寫作如工匠技藝的陶冶

　　Jenson（2017: 10）亦曾引用社會學家 C. Wright Mills（1959／張君玫、劉鈐佑譯，1995：附錄）之提議，認為學術寫作近乎「工匠／藝師技藝」（craftsmanship or workmanship；譯名出自張君玫、劉鈐佑譯，1995／Wright, 1959: 259-295）的陶冶。[4] 而所涉「工具」（tools）包括了小心翼翼地組織並記錄各種學術觀點、參考文獻以及理論與方法，且要詳加解釋如何使用這些理論文獻，力求由此建立優異的「藝師精神」（Jensen, 2017: 10-11）。寫作時尤應自我定位為致力於改進技能的「學術學徒」（academic apprentice, p. 13），確保工作時間、空間與精力皆能與學術寫作接軌，從而減少自怨自艾或怪罪自己（參見本書第七章第三節）。

　　在這本「小書」，[5]Jensen（2017／姜昊騫譯，2020：17）苦口婆心地建議學術工作者寫作前首應誠實面對自己、調整心境、積極地清除各種藉口與不安感：

　　　　我們（按，指學術工作者）把自己想像為天之驕子，努力使得自己顯得聰明絕頂，從而獲得加入一個小圈子的資格（按，指升等或獲

　　然而 Jensen 引用其他文獻指出，實際數字可能遠較 Lindholm et al. 調查所得更低，低到約只有 15% 的美國大學教授勤於寫作並持續出版學刊論文。

4　craftsmanship 在 Jensen（2017／姜昊騫譯，2020）譯為「工匠精神」，Mills（1995）中譯本譯為「藝師精神」，本書兩者穿插使用；亦可譯為「匠心」。

5　Jensen 此書僅有 166 頁，十六開大小（約 A5 紙張），共分五章各有三至九節，每節文字多則五、六頁短則兩、三頁，與一般學術專書動輒數百頁相較起來實屬「袖珍版」小書。

聘為教授）。這時，我們就會陷入種種不利於寫作的情感中。天之驕子會為能力不夠感到痛苦，會掙扎於人生道路的價值，而工匠會專注於怎樣把活做好。工匠精神讓我們牢記，學術寫作需要章法、技能和實踐，而不是一個以『出類拔萃』為目標的崇高任務。工匠精神關注的是把活做好，而不是修成完人。

至於如何爭取寫作時間，Jensen（2017／姜昊騫譯，2020：26）提出的辦法誠可謂實而不華：每天堅持寫作十五分鐘且每週六次（而非七次）。如此一來，即便偶而不寫也不會內疚，反可自覺勤於動筆而較不緊張，許多心理障礙由是得以降低甚至消除。

其後如能得心應手就可逐漸增加寫作時間，「高效、坦蕩、平靜、有章法地推進項目」（頁26），從而一步步地持續往前擴張寫作計畫。顯然這個辦法不僅對年輕教授或研究生有參考價值，即連常被自己寫作進度拖延而感灰心氣餒的資深教授亦當受用。[6]

三、學術寫作的「心魔」

Jensen（2017／姜昊騫譯，2020：53-55）也曾列舉學術寫作的眾多「心魔」，[7]如：「我要寫一部巨著」、「處理好其他的事情我就開始寫」、「我要讀完所有文獻才能動筆」、「只要想好開頭後面就容易了」、「這個題目

---

[6] 另有李連江（2018：114-115）主張每天工作六個小時，且「只有動手寫才算工作」，其他如閱讀文獻、上課、講課、想問題通通不算，因為「寫作才是腦力勞動，才是智力工作」（頁115）。李連江也一再重複「寫作即思考」且寫作與研究並非兩個無所相關的環節：「不動筆，我想不清楚問題，至少是想不深，想不透，或想通了後面，前面的已經忘得差不多了。所以我特別強調動筆寫，一開始寫不好很正常，一定要堅持寫，……因為只有寫的時候你的頭腦才是主動的。寫作是個很辛苦的過程，但寫作過程就是研究過程」（頁114）。

[7] 此章（原書第九章，中譯本第三章第二節）標題為「Demons in for tea」（【邀請】惡魔來喝茶），意指若要破除負面情緒，最佳辦法就是打開心扉邀請「惡魔」（demons）進來喝茶，聽聽它們的道理何在，如此就不易被其誤導；中譯本將其譯為「與自己的心魔對話」，意思接近。

毫無意義，我大概是寫不完了」、「我是不是太差了」、「我可能不適合學術生活」、「別人都升等了，只有我還在這兒」。Jensen 認為這些多半是庸人自擾的負面感受，需要學習如何與其對話，「搞清楚哪些惡魔正在迷惑你，然後請它們走進心門聊一聊」（Jensen, 2017／姜昊騫譯，2020：61）。

　　更重要的是，一旦深刻地受到情緒影響，學術寫作者常就遺忘了（或無意維持）Jensen 一再強調的基本職責：每天（是的，每天）都要找時間坐下來短暫地寫作（「把屁股放在椅子上」，見頁 59）、學習工匠精神努力鍛鍊技藝並保持謙虛與希望（見 17）、認清並停止與寫作有關的諸種負面「幻覺」（頁 55）、學會拒絕給自己「加戲」（頁 63）；另一方面，則應懂得與他人分享寫作內容，維持激情。

　　總的來說，Jensen（2017）全書目標清晰，從學術寫作者常見的心理困境著手，深入且細膩地分析其產生原因與應對之道，尤其關注過程而非內容，專精於分析由她自己或寫作教學體驗所發展的諸多個案。全書文字雋永剴切、言近旨遠，句句打動人心而少平鋪直敘，讀來不費功夫。難怪有評論者謂其「言簡意賅」、「可讀性非常強」、「能讓我們從中獲得快樂」（見中譯本底頁），誠是也。

四、學術寫作的「地下指南」

　　與 Jensen 同樣曾經長期投身於學術／刊寫作教學的 Princeton University 教授 W. L. Belcher（2009）的專書，則以「練習簿」（workbook）形式建議年輕學者與研究生依其詳盡規劃的十二週進度依序演練，[8]最終就能完成改寫任務而將其論文送往自選的學刊，接下來則視評議結果修正稿件內容並回覆評審意見。

　　依其所述，這本「練習簿」出自其長達十餘年的教學實驗，曾在 UCLA（美國加州大學洛杉磯分校）二十多個研究所課程持續向學生「討教」其學習心得，更也源於其十多年學刊主編經驗以及與數以百計的各國學者

8　類似建議可參見 Day（1996: 87-94）的「如何在七天完成一篇文稿」（seven days to finish a paper），包括擬定寫作與投稿策略、制定計畫、處理方式、發展概要（synopsis）等步驟。

交換意見所得。以致有人戲稱此書是「進入學術工作的『地下』指南」（"underground" guide；雙引號出自原文），乃因其書所述「揭開了眾多來自歐美學術慣例的神祕面紗」（p. viii）。

與上引 Jensen（2017）的袖珍版專書相較，Belcher（2009）此書厚達 360 頁，單頁為 A4 大小（約為八開），內容詳盡且指點細密周全，讀後易於知所啟發。每章（週）之首均先列表規劃週一至週五的「每日任務」（day to day task）、「每日寫作任務」、「預估任務時間」，而後詳細解說各項任務內容（包括寫作以及與同儕討論成品）、可能遭遇的困難以及如何克服（包括預擬計畫並追蹤是否完成這些計畫），誠可謂鉅細靡遺。

這些任務的內涵都指向協助讀者「養成良好的寫作習慣」（p. xiii），以便逐步邁向在學刊發表論文的最終目標。然而無論上述十二週進度或每日寫作任務均非強制性的按表操課，只要循序漸進依次（週）練習（包括每天至少一小時閱讀各項教學指示以及四小時重寫文稿），久之自然就能有所收穫進而完成投稿任務。

五、寫作即「對話」（對談）

舉例來說，Belcher（2009: 2）首章（週）提出的工作計畫並非如何寫作而是「學習與同儕討論寫作」，乃因「瞭解自己與寫作的關係是成功與否的關鍵」。Belcher（2009: 1）並曾借用「性功能障礙」一詞來譬喻學術界常見的「寫作功能障礙」（writing dysfunction），指出若要多產，首要任務就要懂得分享寫作情緒，無論其有多麼負面（如恐懼、不安、膽怯）都可透過與他人討論而獲抒解、面對、正視；同理，正面情緒也常因共享而有喜悅與成就感。

然而負面情緒常導致停滯不寫（或反之），而正面情緒常只在實際寫作過程產生。因而唯有積極地寫作才能對抗負面情緒，樂在其中並享受因寫而生的喜悅與成就感。Belcher（2009: 6-7）特別建議學習者打破寫作是「個人行動」（solo activity）的迷思，反而應視其為與他人持續建構「對話」（conversation）的機會，不吝分享想法並尋求意見。

至於此處所稱的「他人」可以是透過研討會而認識的同好，亦可是素有來往的同事好友甚至任課教師或指導教授，更可以組成讀書會（無論線上或面對面）邀約志同道合的知己摯友交換彼此的寫作心得。由此即可建立學術

網絡而能取得更多創意與想法，進而對自己的學術寫作產生激勵並也習慣面對來自各方的「砲火」，有助於投稿後略知如何回覆評審意見甚至如何應對退稿。相較於此，Belcher（2009: 10）認為單打獨鬥地寫作難以「燃起激情」（pursue the passion），與他人協作（collaborate）甚至論辯才能。

六、小結：常與他人請益、互動

以上所引兩位作者無論在研究、教學、主編學刊的經驗與學養均頗豐富，所言也各具特色，足以為有志於投稿學刊者借鏡。相較之下，Jensen（2017／姜昊騫譯，2020）係從心理角度分析如何克服寫作過程可能面臨的各種困難與障礙，而 Belcher（2009）則仔細規劃可行的學習步驟並鼓勵寫作者逐步往前推演，風格迥異卻各有特色。

但上述兩書均曾建議在學術寫作與投稿過程努力謀求「與人合作，學會互助」（見 Jensen, 2017／姜昊騫譯，2020：第五章）或向他人徵求意見（見 Belcher, 2009：第九章／週篇名〈提供、獲取並使用他人的回饋〉），顯然足夠的心理準備以及常與他人請益、互動，對完成論文寫作並投稿學刊均有舉足輕重作用。

第三節　修改投稿論文的心理調適

一、如何面對評審回應

除了考量「寫作與投稿」過程的心理準備外，上述 Jensen（2017／姜昊騫譯，2020）也曾指出，一旦面對「讓人失神的」評審意見就要「想辦法保持鎮定，堅強應對」，更要繼續「保持寫作的昂揚鬥志」（頁 129），尤應視評審之言為「餽贈」，是「禮物經濟日益稀少的殘餘」，乃因這些評審受邀閱稿都是志願、義務性質而無從知曉投稿人來自何方，因而所提意見皆以「幫助我們（按，指投稿人）改進作品」（頁 130）為出發點，並非貶損、藐視甚至輕蔑投稿人的個人價值。[9]

---

[9] Bakanic, McPhail, & Simon（1998）曾經檢視《美國社會學評論》（*American*

　　Jensen（2017／姜昊騫譯，2020）曾以她接觸過的例子說明一些同事就因無法從容地應對評審意見而藉故拖延敷衍，將頗富善意的修訂要求「棄如敝屣或束之高閣」（頁131），以致最後並未成功發表；有些人受此「打擊」（雖然其可能並非什麼了不起的打擊；參見下節討論）就此放棄再次投稿，十分可惜。

　　較為可取的回應方式，仍如前引王喆所提，「拿到退修意見不要著急去回應，先放幾天，緩緩心情」。Jensen（2017／姜昊騫譯，2020：135）也說，「等幾天，等頭腦清晰之後，重新看編輯（按，應是主編或編委會）對評審意見的總結」（頁135）。原因在於避免意氣用事，務必仔細且認真地分析評語以確認哪些是必須修正之處：「清晰、準確、冷靜地說明你決定進行哪些修改。對修改意見有異議時，要為維持原文給出適當的理由，不要有所顧慮」（頁136）；這點呼應了本章〈前言〉提及的回覆審查人時應當「透過新稿以示已有所悟」。

　　至於如何「審慎回應、說明、解釋」，葉光輝（2009）建議可先將評審意見依其主要訴求分門別類而後比對自己的論文訴求，接著有系統地重組評審意見以增加自己論文的清晰度與貢獻度。

　　葉光輝（2009：61）強調，他的許多研究構想都是從閱讀評審意見得到啟發（雖然其可能並非原投稿論文的訴求方向），即便原先讀來可能認為不甚合情合理的意見，「也曾在夜深人靜時，或經過一段時間的沉澱後……，突然腦中出現豁然開朗的頓悟感。好像一時之間從『見山不是山』的層級，悠然進入了『見山是山』的新階段」，心情瞬間從擔心評審「找碴」轉換成為感念其替自己的研究計畫找到可資繼續發展的新方向，其間差距頗大。

　　事實上，任何「修審」論文在修改完畢送回編委會時，仍須委請原評審

Sociological Review, ASR）學刊 1977-1981 年間的 2,337 份評審意見，選出曾經刊出的 393 份以及 362 份遭拒的評審意見，從而分析其內容兼而調查這些意見與提供主編建議之別。其研究發現，「沒有任何文稿獲得全然正面意見，少數文稿所獲負面語詞較少，刊出文稿與遭拒文稿的負面批評接近，【顯示】評審的任務就是要吹毛求疵（to be critical, and critical they were），且送交主編的建議也同樣以負面居多」（p. 643；添加語句出自本書）。由此觀之，面對評審意見實宜（也只能）以平常心看待，乃因其「任務就是要吹毛求疵」。

兩或三人過目（「修刊」則僅由主編或編委會審閱），因而若是解釋不夠詳盡則仍有退稿之虞。最佳處理方式是先妥善整理一些容易回覆、修訂的意見如錯別字、遺漏文獻等，而後專注於其他與論文旨意、脈絡、問題意識等有關且較為抽象的建議。如與評審意見不盡一致，也可翔實地說明己見（如有例證更佳），雙方正可藉此機會交流互換彼此觀點，平等地進行學術討論並也嘗試看看能否說服對方。

二、評審如「工頭」

任職中國人民大學新聞學院的陳陽教授（2021）近曾追溯其在 2019 年發表的學刊論文如何被匿名評審再三要求調整內文，連核心概念與關鍵字都被「徹底動了大手術」。但其論文卻也因此聚焦，不但順利被某頂尖學刊接受，其後更因析論精要且見解深入而獲獎，整個過程讓其深感受益匪淺。

陳陽（2021）因而感慨地說，「本來我想做一件毛衣，審稿人建議我做一件襯衣，鑑於我本來的毛衣洞洞太多，還是表面順滑的襯衣更適合見光」，其言一語道破了評審與投稿人在審稿過程的相互依存關係。[10]

當然，能否遇到通達事理且意見中肯的評審仍得靠些運氣，畢竟已如前述「匿名評審」制度有其先天限制以致「惡質評審」不乏其人，習以苛求完美的方式批評投稿人本屬常態（Bakanic et al., 1989），但至少投稿人可以盡己所能地做／改到最好，其他就無須過於計較與憂心。

香港中文大學的李連江（2018：15-17）也有類似說法，認為「評審相當於手裡拿著皮鞭的工頭，能夠有效地逼迫我（按，指投稿人）突破極限。」只要是審查意見出自認真負責且論事公允的評審，就當他／她是嚴師或良師，其在評審意見裡難免說些讓投稿人感到「刺耳的話」或帶點「冷冰冰的口氣」。[11] 只要這些指點有助改進並提升文稿水準都可謙卑以對，並

---

[10] 李連江（2018：174-7）稱此評審的「促進或榨乾作用」，目的在於努力地讓作者不但克服原有盲點，還要「從 101% 做到 102%，甚至更高」，藉此督促並壓榨作者把研究做得更好。

[11] 羅平、周鄭（1997：82）曾謂，評審應是「德才兼備的，既能無私地、客觀而公正地評價論文，在所從事的專業領域有較高的造詣並熟悉該領域的國內外動態；還必須能熱心審查工作，認真負責……」，顯然對專家評審有極高期待。

以「信心」（相信自己能寫）、「耐心」（提醒自己所寫有缺點很正常）、「恆心」（只要評審同意修改就一修再修）等三心（李連江，2018：199-202）來強化自己的解決問題能力，自然就能超越收到匿名意見之初的憤慨與灰心，樂於接受其忠言逆耳式的指正。

三、修改即代表接近可刊

另有網路貼文指稱，「有要求修改就有可能【接受】，⋯⋯再改、再回應、再審，有時候來來回回幾次是有可能的（表示有被刊登的 potential），要慎重處理 reviewer(s) 的每一個意見。【只有當】這篇論文有一定程度的價值和可看性，reviewer(s) 才願花時間和心力討論，一定要慎重處理，不要讓 reviewer(s) 失望。處理好就快要被 accepted。當然也有改了三（或更多）次後被拒絕的，應是核心的 issues 一直沒處理好」（括號內出自原文；添加語句與底線出自本書）。[12]

以上這些講法顯示這位網路貼文的作者應是投稿學刊的熟手，箇中滋味領略甚深。第一，確如其言，所有投稿論文進入審查階段後都可能被要求反覆修改多次，此乃學術常態，能歷經一次審查後就順利獲刊（即上章所述之「可刊」）的機率幾近於零。第二，來回修改並非虛耗，反而是評審有意藉著複審讓文稿逐漸趨近可刊。第三，面對評審的意見「一定要慎重處理」，尤其要針對其「每一個意見」都盡心回應、說明、解釋。

如實在無法依評審之建議修改亦應詳述其因，其如不盡滿意自當送回要求投稿人重申原意；雙方各自提出觀點相互交流本是學術對話的本質。第四，來回多次後仍以「退稿」處理的機率確實存在但非常見；一般來說，評審要求修改論文後多是漸入佳境逐步趨向可刊。

四、慘遭多次退稿的經驗

上引李連江（2018：78）亦曾以實例說明他的一篇論文共修改了十一個版本後，才敢送到某個研討會發表。其後陸續投寄多個不同學刊迭遭批評

---

[12] 出自 https://blog.xuite.net/metafun/life/expert-view/66824079（上網時間：2021. 01. 11）。

「講不明白自己的要點（point）」以致一再慘遭退稿，直到三年後才自己領悟該篇論文的真正關鍵字詞（即其核心要旨），從而再次大幅度調整內容始能通過學刊審查，此時已是研討會後的第八稿；總計這篇論文前前後後修改共二、三十次，備嘗艱苦。

李連江（2018：201）自述其另篇論文曾經修到第四十一稿才寄出投稿但仍被拒，只好另投他刊，一直到新稿的第二十三版才獲刊出，總計六十四稿。但李連江也說，他的導師歐博文教授（prof. K. O'Brien）曾經有篇論文一共修改一百零二稿方獲刊出（頁79）。顯然對任何投稿人而言，整個寫作與發表的過程確是浩大工程必須費心費力，其艱難實非外人所能體會與想像。[13]

第四節　收到退稿信函後的信心重建

一、退稿後的心情如被「發好人卡」

對投稿人而言，收到評審回應後無論其屬正面或負面意見常都會立即集煎熬與忐忑心情於一身，總要經過一段時間的舒緩才能面對如排山倒海而來的眾多建議。正如陸偉明（2009：118）所說，「……一般人看到『修改後再審』（revise and resubmit）的結論，恐怕心情還是有好幾天難以平復。」而若是「退稿」信函，則投稿人心境恐更複雜，常導致情緒低落、心煩意亂好一陣子。

東北大學（瀋陽）藝術學院教授楊桂香曾在一篇短文提及，作者遭逢退稿時都有著共同的失落心情，即便學術大家也在所難免。[14] 但她認為，被學

---

[13] 前引 Belcher（2009: 287-288）亦曾提及一位研究生五年間一共撰寫了六篇學術論文、投稿十七次而退稿亦達十一次。其中一篇分別被五個學刊退稿，另篇退稿三次，過程亦屬艱辛。但在這位研究生堅持下，已有兩篇論文通過學刊審查而獲刊出，另有四篇接近刊登（包括曾被退稿而再次投稿的論文），成果堪稱豐碩。

[14] 如本書第一章所引，諾貝爾獎得主楊振寧 2009 年亦曾投稿遭退，「引起很不

刊退稿正是「同行評議」制度的存在價值，投稿人務必不要被情緒左右甚至「陷入盲目與被動」，反而應該「擺正投稿心態」，或與編輯溝通或回頭省察自己所寫的疏漏後試著重新投稿（參見 Walker, 2019: 45 所言）。

臺南「新樓醫院」神經內科主治醫師謝鎮陽博士（2018）則曾以詼諧口吻說明退稿就像是被「發好人卡」似的，「你很好，可是我覺得我們還是不適合在一起」，此乃「正常學術生涯的一部分」，不足為奇。其後謝鎮陽整理出收到退稿信函後常見的心路歷程包括（添加語句出自本書）：

-- 否認：「不會吧！不可能吧！」、「我們這篇研究【寫得】這麼好，怎麼連修改的機會都沒有就直接給我們退稿？」；

-- 憤怒：「為什麼是我？這不公平！」、「主編一定是有種族歧視？」；

-- 討價還價：「主編大人，我要 appeal，可否讓我 re-submit」、「xx 神啊！讓我的論文被接受吧！如果這篇被接受登出來，我一定捐一大筆錢給你」；

-- 抑鬱：「唉！幹嘛還要花時間做研究寫論文啊？當初不如像某人一樣，把時間拿去出國玩」、「還有什麼意義，我不想做研究啦！」；

-- 接受：「好吧！既然我已經沒法改變這件事了，我就好好準備投下一本【學刊】吧！」。[15]

謝鎮陽建議投稿人此時可以「閉上眼睛，深呼吸，坐下甚至躺下，放鬆心情」。等心情沉澱了後，過些日子再仔細推敲退稿信函與評審意見內容，就此擬定後續改寫與新的投稿策略。切不可未經改寫就立即轉投其他學刊以免在沒有調整內容的情況下再次被退稿，[16] 尤其不可衝動去信辱罵主編以免

愉快的經歷」。

[15] 謝鎮陽（2018）提及這五個階段係其參考 Kübler-Ross & Kessler（2005；添加語句出自本書）的「面對【親人離世】悲傷五階段論」；而 Kessler 已於 2019 年出版第六階段「尋找意義」。

[16] 有趣的是，Bornmann et al.（2010: 496）發現，其所調查的化學領域論文被退後轉往其他學刊投稿的成功比率高達 94%，且這些文稿未曾更動任何內容。

自討沒趣。

二、Day: 退稿的情緒反應研究者

Day（2011）可能是最早關注並系統性調查「退稿」與「情緒反應」的研究者，曾經分析企管領域的 229 份學刊平均退稿率為 21%（介於 3%-75% 間，多在 30% 以下），意味著近八成的文稿都遭退件，顯見此事在學術社群並非罕見反屬稀鬆平常。

但 Day（2011: 706-707）一再強調，有鑑於學刊評審間的「低相互可信度」（low interrater reliability；如心理學刊僅在 .19-.54 之間），且考量評審意見僅是其個人的「社會建構」而非普遍真理，文稿被拒不但未必代表寫得不好，屢次被退更也難與學藝不精畫上等號，歸之於運氣（luck/chance）不佳亦可。

何況僅由上段計算的退稿率即可推知，幾乎所有學者都有退稿經驗，「除非是有經驗的熟手或是持續運氣不錯，至少一半的學者都曾經歷多次投稿被退」（Day, 2011: 706）。

但對「青椒」（林淑馨，2013 稱之「學術新鮮人」）來說，為了滿足一般研究型大學訂出的「六年條款」（指六年內發表至少六篇高水準學刊論文），Day（2011: 706）推估其在此六年期間必須投稿總共十八次（每四個月投稿一次）。若在每三篇僅有一篇可獲刊登的機率下，六年期間可能要被退稿達十二次，亦即約每六個月就有一次，其頻率實在頗高。因而對這些有限期升等壓力的年輕投稿人來說，如何抗壓並適當地（且適時地）調整情緒顯有其重要性。

Day（2011: 708-709）其後引用「社會認同理論」（social identity theory）解釋，即便審稿程序可能有誤或其評議結果未必可靠，但一再退稿仍然可能帶來多重打擊，包括讓投稿人覺得無法融入學術圈子、自認與學術社群的「典型」（prototype）相距甚遠、感到學術成員身分受到威脅、深怕被貼上研究不力的標籤等。

而其結果可能進一步造成投稿人（尤其年輕者）逐漸從學術活動退縮、不再積極參與任何研究計畫、擔心被同僚看輕而減少與人互動。Day（2011: 709）引述多項研究結果顯示，多次退稿極易誘發負面影響，使得當事人漸從學術活動退卻（scholarly disengagement）並對做研究產生敵意，嚴重者

甚至可能產生心理與生理疾病如焦慮、自卑、憤怒、不安、較低的利社會行為、肉體疼痛等。

負面情緒積累多時後更易造成自我「情緒勒索」（見杜玉蓉譯，2017／Forward with Frazier；周慕姿，2017），孤立無助與沉默是金也讓憂鬱或意氣消沉狀態愈發嚴重，無意重起爐灶改寫論文或將精力投入其他校內外活動幾成常態。

而為了應付前章所述之「不發表即出局」制度更可能鋌而走險，近年來興起的「掠奪性學刊」（見本書第二章）即與此一現象有關，Day（2011: 711；添加語句出自本書）逕稱此些因無法適應退稿壓力而出現的反彈舉止為「不道德的【學術】行為」（unethical [scholarly] behavior）。

更糟的是，學術社群過去並未正視投稿被拒現象（尤其是年輕研究者），一來多數投稿人都是獨立從事研究，二來學校行政團隊鮮少受過相關管理訓練，無法也無意涉入教師的個人情緒問題，而研究者也多自認身為「人師」擅於協助學生，卻吝於讓自己的困擾公諸於世或求助於人。由行政單位到研究者個人的「雙重靜默」常讓投稿人陷於無助與倦怠（burnout），而學術社群的發展也因此深受拖累（Day, 2011: 711）。

如何改進現狀？Day（2011: 712-716）開出的諸多藥方饒富趣味，如建議投稿人要敢於採取行動、加入寫作小組與人分享並「重構」自己對退稿的「認知」（cognitively reframing）、瞭解評審意見多屬「對事不對人」因而無須受制於其言但可細讀弦外之音以利修改文稿。

而在行政層面，Day（2011: 713-714）認為各大學理應體認，投資研究者並協助其改進寫作之效益當遠優於在其未能通過「六年條款」而遭解聘後另招新進教師，乃因後者又可能面臨同樣困境。

設置類似上引 Jensen 與 Belcher 的「教師寫作中心」當能提供「良師益友」（mentoring）式的提攜與扶持，不僅在寫作更在情緒面向鼓勵屢受退稿打擊的研究者重整旗鼓、東山再起；這點對年輕投稿人固有其效，即連一些經常面臨腸枯思竭的資深學者亦有裨益。

更為重要者則應檢討篤信「不發表即出局」制度的可能缺失：與其要求所有投稿人必須齊向高水準學刊投稿並也只有在這些學刊發表論文才得計分，不如倡議其所撰論文與所投學刊俱應與大學長期發展目標與策略以及對社會、公眾所需有關，如此或可避免不同學校之間「惟某些高水準學刊是

從」的偏頗，從而讓投稿人得從學刊排名的思維抽身而專注於提升文稿質地（Day, 2011: 715）。

三、Walker：克服退稿的情緒壓力

Walker（2019）近作則曾延續上述 Day（2011）提出的理論而以自身寫作投稿為例，試圖說明其如何克服文稿被拒的情緒壓力。簡單地說，Walker 強調「文稿被拒」並非小事，乃因其類似一種「身分遭竊」（identity theft; p. 44）的「學術社區可惡行徑」（a particularly heinous crime in ... the scholarly community；引自 Walker, 2019: 44），常讓眾多新手研究者難以融入以致適應不良，理應受到同儕照顧以期增加「抗壓性」（resilience；亦譯「復原力」）而能度過因迭遭退稿而出現的鬱悶難關。

Walker（2019: 45-46）續以其稍早投寄的首篇學刊論文為例，仔細分析收到退稿以及評審意見後的心情，從而依此提出下列觀察與建議：

第一，若要成功地克服退稿壓力，當務之急就是避免悶不吭聲，乃因如此容易將壓力內化而視文稿為「失敗」作品，而應理解退稿在學術圈極為常見。哈佛大學定量社會科學研究所所長（Director of the Institute for Quantitative Social Science at Harvard University）Gary King 即曾戲稱，其被退的論文已經多到可以當成壁紙貼在家裡牆上（to wallpaper his house；引自 Walker, 2019: 46）；

第二，除了避免沉默不語外也勿孤立自己，尤須努力尋覓願意聆聽並提供意見的同儕協助。除了同一工作單位外，相同或不同領域的資深同仁常也樂於傾聽並提供想法，雙方甚至可以發展出新的研究計畫〔可參閱李連江（2018）與其導師 O'Brien 教授間的合作經驗〕，重點在於務必開誠布公地討論投稿論文之優劣；

第三，年輕學術研究者因退稿經驗較少，常易陷在評審帶有批判意味的意見而難自拔，以致延宕修改或進行新的投稿計畫。若能仔細閱讀這些意見後隨即發展「解決問題策略」（problem-solving strategy），或者重起爐灶改投其他學刊或者加入新的素材重寫全文皆可。有建設性的評審意見常能讓投稿人茅塞頓開，若能尊重並從中學習當有助益。

四、影響抗壓性的因素

　　投稿人一旦遭逢退稿的打擊甚而面對評審的酸言酸語要如何保持抗壓性？Chan, Trevor, Mazzucchelli, & Rees（2021）的近作曾經透過「半結構式訪談」（semi-structured interviews）研究途徑，探詢八位女性與四位男性澳大利亞醫療衛生科學研究者接到退稿與審查意見後的情緒處理策略。其研究發現，影響抗壓性的最重要因素有「學術經驗的多寡」（years of academic experience）、「個人信念與價值」以及「外在情境」（如大學學術環境）等。

　　舉例來說，愈是資深的研究者或是愈能無懼於被別人批評而樂於視評審意見為自我成長的機會，則愈能適時地調整情緒面對退稿而快速地重燃鬥志尋求新的發表機會；這項結果也呼應了前引李連江（2018：199-202）所稱的「三心」（信心、耐心、恆心）。李連江（2018：180）甚而曾經強調：「學術界是個傷痕累累世界，……活下來的人，每個人都是傷痕累累，關鍵是你怎麼看這些傷痕，……遇到自己走不過的坎，一道鞭子下來，我就過去了」，其正面、樂觀、進取的心態，正是能屈能伸的「抗壓性」最佳寫照。

　　Chan et al.（2021）進一步歸納資深研究者調整情緒的手法包括：將自己從退稿抽離改做其他事情（如提早回家、定期運動、找朋友談心），直到能理性且從容地面對退稿；改變認知藉此說服自己，每篇投稿論文可能都要歷經四、五次退稿才獲通過；學習使用類似「往前走，克服它」（"toughen up buttercup"）、「重新站起來」（"dust yourself off"）、「別管它了」（"shake it off"）等話語自我勉勵。

　　而在「個人信念與價值」面向，Chan et al.（2021）發現對學術工作與知識的投入（commitment）常促成受訪者無懼於寫作與投稿的艱難，尤其是能與同儕共同進行研究一起創意發想，更是金錢、名聲與地位難以取代的回報。

　　但另一方面，面對來自評審的批評也應避免將其言「內化」（ruminate）為對自己的物議與非難（如「認為自己不行」、「無法做好研究」、「比不上別人」）或以偏蓋全（overgeneralize）地同意評審所講都對，反可改採「還可以如何改進」的自問自答方式，肯定過去以來的努力與上進。

　　至於「外在情境」對抗壓性多寡的影響，多來自同儕競爭是否激烈、大學校園是否積極推動「不發表即出局」制度、能否組成研究團隊共同面對退稿並一起解讀評審意見、個人對學刊投稿「可控性」（controllability）的認知等。

　　一般來說，大學若能設置類似前述「教師寫作中心」以提供專業支援與協助，無論新手或資深的投稿人面對退稿時的抗壓能力都當遠較「單打獨鬥」來得優異。另一方面，若是校園競爭激烈、工作負擔過重、壓力過大，則研究者的抗壓力就相形較低。

　　整體而言，Chan et al.（2021）歸納其研究所得並與其他相關文獻對照後認為，原則上年輕且猶在生手階段的研究者面臨退稿時最易鑽牛角尖往負面自我批評。隨著時間推移且投稿經驗積累則抗壓性就會增強，一旦成為「老練者」（more seasoned academics）後就能扭轉心情，多往正面思考退稿的意涵。

五、小結：吸收評審意見並尋覓同儕聆聽

　　對大多數投稿人而言，退稿皆屬重大打擊。但如本小節所引相關研究所示，資深者較能吸收評審意見而革故鼎新，新手研究者則多陷溺其中無以解脫。而由這些文獻觀之，若能從錯誤中自我精進並正面地處理退稿而非耽溺於負面情緒，久之當能扭轉劣勢、反敗為勝。

　　尋求共事同僚的協助與指點，尤其有助於客觀地剖析文稿之不足而可提升原稿水準。但重點仍在學習調整情緒，不為評審意見或退稿所「動」，勤於一試再試，長久以後終將順應學術寫作與投稿的節奏與步調而漸趨成功。

第五節　本章小結：從心理適應到寫作能力的自我調整

　　延續前章分別論述之學刊「外在影響因素」（如其流變與生態鍊結；見第二章）與「內在審查制度」（如審查機制與審查人；見第三章），本章以「投稿人」角度討論其「寫作與投稿前」、「修改論文期間」以及「接到退

稿通知」後的心理應對策略與可能抒解途徑。

　　如本章各節討論所示，向學刊投稿論文並持續發表乃是學術生涯無可迴避的使命與任務，而在此過程經歷的諸多艱辛與折磨，時時刻刻地深切影響著每位投稿人。心理適應較弱者（尤其新手投稿人）常因處置不當而致身心疲倦，久之容易萌生退意不復致志於研究工作轉而追求其他興趣，長久抑鬱後形同學術圈的「外人」或則格格不入或則形同陌路，影響堪稱重大。

　　本章將投稿學刊論文之歷程略分為上述「寫作與投稿前」、「修改投稿論文」以及「收到退稿信函」等三個階段，次第檢討各階段可能面對之心理壓力與因應方法（參見表4.1）。舉例來說，在階段一「寫作與投稿前」（見第二節），本章借用 Jensen（2017）與 Belcher（2009）兩位學術寫作專家之著作，討論如何審慎調適心情並激勵自我來逐步完成發表學刊論文。

▶ 表 4.1　投稿人在不同時期的心理適應途徑 *

寫作與投稿前 心理整備	修改投稿論文 心理調適	收到退稿信函 信心重建

停止自責或怪罪環境
建立優異的工匠精神
　（把活做好，而不是修成完人）
堅持寫作，持續往前擴張
去除心魔、正向以對
　（停止負面幻覺，拒絕加戲）
　（與他人分享寫作，維持激情）
養成良好的寫作習慣
　（循序漸進、按部就班地練習）
學習與同儕討論寫作
　（懂得分享寫作情緒）
　（持續與他人建構「對話」）

保持寫作的昂揚鬥志
仔細且認真地分析評語
透過新稿以示己有所悟
與評審翔實說明己見
盡己所能地改到最好
信心、耐心、恆心地改稿
強化自己的解決問題能力
超越憤慨與灰心
接受評審指正
慎重處理每一個評審意見
分門別類依序回覆
　（有系統地重組評審意見）
　（仔細對照建議與修改內容）

擺正投稿心態
擬定後續投稿策略
避免產生心／生理疾病
　（無法融入學術圈子）
　（與「典型」不合）
　（學術身分受威脅）
　（貼上研究不力標籤）
　（從學術活動退卻）
　（減少與他人互動）
　（對做研究產生敵意）
　（無助與倦怠）
「重構」認知
建立教師寫作中心
　（提供良師益友）
改進制度
避免悶不吭聲
找到同儕協助
仔細閱讀評審意見
找到自我勉勵話語

* 本表所列均出自本章各節討論並隨意排序，字體較小者為相關現象。

　　合併兩位作者之言可知，「堅持寫作且持續往前擴張寫作計畫」、「去除庸人自擾的心魔而正向以對」、「學習與同儕友人對話分享寫作心得」以及「建立工匠精神關注把事情做好而避免折磨自己」應是在此階段保持正向、樂觀心情的祕方與捷徑，從而得以整備心境對完成寫作持續注入激情（見表 4.1 左邊各項）。

　　而在「修改投稿論文」階段，由於論文初稿業經學刊主編與評審過目並提出意見送回投稿人以期修改、調整內容，「昂揚鬥志」並「堅強以對」應是最為重要的心理調適基調。

　　此即意味著投稿人務須仔細並認真地分析評審意見，而後以李連江（2018）所言之「信心、耐心、恆心」等三心努力改稿，審慎且有系統地處理每個意見，盡己所能地修改文稿到最佳地步以示尊重評審。如不能苟同所得評議，亦可翔實說明己見藉此建構「對話」機會，展現業已領悟不足之處並願重新出發，從而超越一般投稿人遭逢退稿後常見的憤慨與灰心（見表4.1 中間欄位）。

　　而若在投稿過程不幸遭逢退稿（見表 4.1 右邊各項），則應著力於「重建信心」，透過類似「教師寫作中心」尋求同儕的傾聽與協助，試從退稿評語裡找到建設性意見進而發展新的改寫計畫。心理上則應放鬆、沉澱心情或將自己暫時抽離文稿，等待能理性且無虞地面對評審的批判性意見時，客觀分析文稿之不足從而發展修改策略，重燃鬥志並尋求新的發表機會。

　　綜合表 4.1 所示可知，投稿人在不同寫作與投稿階段皆應預期此一歷程之挑戰與艱難，保持高昂士氣積極地清除各種藉口與不安感，全力關注如何盡力做到最好。針對評審意見則應建／重構認知，瞭解其言皆「對事不對人」，無須因其過於嚴厲而內化自認比不上別人或無法做好研究，反而應當尋找他人協助閱讀原稿後提供想法與建議，共同尋覓方法以調整內容進而重新投稿。

　　然而延續上述有關各階段心理調適策略之討論可知，若要斧底抽薪地避免類似情緒機能異常（dysfunctional），首要之務仍在投稿前將文稿整理得符合學術／刊寫作基本要求，以期減少主編與評審對基本格式的不悅與失望。

　　話雖如此，對尚未熟悉學術寫作的新手投稿人而言，要寫出符合學術體例的論文並非易事（參見下章討論），只有具備某些「後設能力」（指「知

道如何應用知識的知識」，又稱「反思能力」，見 Schön, 1987, 1983；參見本書第七章第三節）方能看得出自己所寫的缺失而自我改進（有關寫作的後設能力培養，參見鍾蔚文、臧國仁、陳百齡，1996）。

如 McKercher, Law, Weber, Song, & Hsu（2007）曾以內容分析途徑剖析 35 份「餐旅與觀光」學刊（hospitality and tourism journals）的 373 篇評審意見，發現其曾列舉平均每篇論文 6.2 個缺陷，最常見的文稿問題為研究方法（74%），無法闡述研究重要性（*significance and/or "so what" issue*）則為 60%，寫作瑕疵也有近六成（58%），另有一半（50%）學術作品的文獻探討則被指正為深度不足。

McKercher et al.（2007: 467）認為，這些文稿出現的「溝通缺失」（communication's problems）早在投稿前就應由作者先行妥善處理，諸如寫作不夠流暢、校對不佳、資訊不足、納入不相關內容、文獻探討廣度不夠、故事寫作情節不完整等；若其顯而易見卻未及修正，到了主編或評審手裡幾無例外地皆常逕以退稿處理。

尤以「故事寫作情節不完整」最令 McKercher et al.（2007）嘆惜。他們認為，學術寫作與其他非虛構寫作並無不同，除須有核心論點外亦須提供清晰的故事情節，不但寫作內容不能有破綻罅漏，邏輯也應貫通流暢而讀來毫無艱澀、阻礙。無論引言、問題意識、文獻探討、研究步驟以及研究結果與討論皆須前後呼應、首尾相繼，共同組成有內聚力的寫作文脈，讓學術作品亦能產生如閱讀故事般的樂趣而非「無意識的信筆亂寫」（a rambling stream of conscious thoughts with no point；p. 467；參見下章第四節）。

前引 Belcher（2009: 69-81）亦曾列舉眾多易於引起主編或評審挑剔、找碴的寫作誤失：「研究題材過窄或過寬」、「離題」、「學術性不夠」（not scholarly）、「故意大量引述重要學者之言以示閱讀廣泛」、「不夠原創」、「結構不良」、「重要性不夠」、「理論或研究方法有瑕疵」、「論點／辯（argument）不足」等。

綜合觀之，McKercher et al.（2007），Belcher（2009）以及其他一些研究者（如辜美安、呂明錡，2017）所述之論文退稿歸因可整理為三：其一屬技術性問題，如寫作體例有誤、錯別字過多、邏輯不通或與投稿學刊宗旨不合；其二則是學術性不足，如理論整理（文獻檢索）歸納能力或研究方法（資料呈現或研究步驟）所述不盡詳備而多有疏漏。再者則是缺乏「論點／

辯建構」（construct an argument），無法凸顯所欲呈現的理論與研究價值，而「研究所得」亦難以回歸「研究目的」以致進一步削弱了前述「寫作文脈」或「故事邏輯」。

　　此三者環環相扣且彼此息息相關，缺一就易導致主編與評審閱讀文稿時深感疲憊不耐，常連送審的機會都無〔此稱「直接退稿」或「直接拒稿」（desk rejection），見李連江，2018：186〕。但對學術寫作生手（如研究生）來說，三者如能掌握其一即已不易（如確保投稿論文無錯別字），遑論駕馭所有要點且應付裕如；但學術寫作正如前述之工匠技藝本無捷徑更無祕方，惟長期精鍊而已。[17]

　　前引 McKercher et al.（2007: 468；添加語句出自本書）曾經強調：「學術寫作既是藝術亦是科學，而可【在學刊上】發表的文稿必須【寫作】技術純熟，概念、方法與分析無誤，同時更應以引人入勝的方式敘述完整故事，由關鍵理論與文獻探討初始，而以回答研究問題與尋得具有洞察力的結論為終。」

　　顯然對這些作者來說，學術／刊寫作亦當如一般寫作同樣強調自然流暢、邏輯完整、情節發展有其節奏且易讀易懂。但對一些原就不甚擅長一般寫作的投稿人來說，面對學術寫作之長篇大論若無法掌握其意，則退稿也就不意外了。

　　因而本章雖以「心理適應」為主調，但在深入分析其前因後果後仍建議回歸與投稿學刊最為關鍵的要素，即如何寫出近乎無懈可擊的論文以期符合學刊／術論文的基本要求。唯有如此，投稿人走過寫作、投稿、修改與退稿的艱難書寫歷程後仍應掌握其核心要素，即寫出可讓主編與評審樂於接受的學術論文；此即下章討論重點。

---

[17] Bordage（2001）亦曾以內容分析途徑調查 151 份在 1997-1998 年間投稿《學術醫學》（*Academic Medicine*）的文稿，發現被拒的主要原因有：統計分析不當或不確實、過度解釋研究發現、不合適或不理想的檢測、抽樣太少或有偏頗、文字難以理解等。作者認為，前兩者缺失猶可彌補或送回作者修改（接近此處所言之「論點建構」），一些有關「忽略相關文獻」、「寫作不佳」等「技術性問題」與「學術性不足」之致命缺失則必遭退稿。

學刊／術寫作之體例（style）特色與學術意涵

-- 前言：本章概述 —— 學刊／術論文寫作的基本要求
-- 一般寫作體例與專業寫作體例
-- 學刊／術寫作的「學術性」
-- 以「敘事論」為基礎的學刊／術寫作提議
-- 本章小結：反思與檢討 —— 試析學術寫作「學術性」之多樣性

第一節　前言：本章概述 —— 學刊／術論文寫作的基本要求

　　根據方偉達（2017：65），近代三百多年來的許多重要科學發現均曾在諸如《自然》（Nature）與《科學》（Science）等科學期刊先行公開發表而後始能廣為周知，包括牛頓的 1704 年光學理論、1935 年諾貝爾物理獎得主 J. Chadwick（1891-1974）的中子理論、1962 年諾貝爾生物獎得主 James D. Watson（1928- ）的 DNA 雙螺旋結構等皆是，使得科學研究成果與科學期刊（scientific journals）間的關係素來密切。

　　其後科學期刊擴展收錄論文的範圍而逐步演變成今日的學刊（academic journals），指「……經過同儕評審（peer review）的科學研究論文的定期出版刊物，包括了定量型自然科學期刊、定量研究型社會科學期刊、人文科學期刊以及定性研究型的社會科學期刊」（方偉達，2017：65）。

　　延續上述定義以及前章討論可知，今日的學刊就是科學研究者發表原創結晶的出版園地，透過同儕相互匿名審查而展示彼此學術成果、接受質疑

挑戰，旨在促進學術社區成員的互通有無，藉此彼此砥礪而有利於知識的成長與發展（見第二章）。在學刊萌芽階段其作用即已備受肯定，如今更可視在學刊發表論文為學術表現的代名詞，亦是學術傳播的關鍵所在（見第三章）。

　　然而對投稿人而言，緣於學刊通過率甚低（如第四章提及某些頂級學刊僅有一成），能通過審查而發表論文確常產生如第二章所述之「虛榮感」，其因多在整個寫作、投稿、修改、送回、再審、再改過程十分冗長且其間充滿變數難以掌握，一旦順利刊出就成為可供向人炫耀的成就，此乃人之常情無可厚非。

　　誠如上章所示，能獲刊的投稿論文僅是少數，使得審稿過程對大部分投稿人而言均倍感壓力，「抗壓性」低者易於就此鑽牛角尖而多自我批評，有升等、覓職、評鑑或畢業壓力者更常鬱悶，嚴重者甚而會因頻遭退稿而意氣消沉，不復積極參與任何研究計畫而就此離群索居、自我放棄（見第四章）。

　　由此觀之，任何投稿人想在投稿學刊的園地裡覓得一方淨土，勢必經過長時間的努力不懈，篤信前引 Jensen（2017／姜昊騫譯，2020）提出的鍥而不捨且持之以恆地寫作而後賡續投稿，長久保持穩定心情而無畏於困阻橫逆，久之或能漸入佳境。

　　此章撰寫〈前言〉時刻，正巧收到目前任教於國內大學的某位年輕教師來信，回顧其從博士生階段就開始的投稿歷程，讀來感慨不已。早年他因不甚熟悉學刊生態，即便熱中學術寫作卻曾遭遇不少挫折，退稿幾是家常便飯。

　　回想起來，他卻認為這段屢敗屢戰的寫作、投稿過程有正面意涵：「每次看到評審那麼用心地點評自己的文章，就又覺得若好好地學習、修改、再突破，何嘗不是美事一樁」。尤當所寫論文終得面世，相較於初稿的簡陋已有天壤之別，「就很感動自我的成長，因而才能一次又一次好奇地、熱情地拋出研究的點子、再耐心地成文」；如此奮進昂揚地面對投稿一事，足為其他有志者取法借鏡。

　　這位年輕教師最後寫到，「……走到現在，我有感覺自己【走過】的每一部分似乎可以慢慢銜接起來，不管是研究或教學，都長出自己的風格。也能用我符合本性的方式去呈現，這是令我感到非常喜悅與安慰的事，也許就

是【常聽人】說的，『進入了享受做研究的樂趣了吧！』」（添加語句出自本書）。

如今離這位年輕教師的才華初露已有十餘年光陰，歷經多次失敗後誠可謂苦盡甘來，漸如上章所示找到投稿節奏與步調，不但已能多次通過科技部專題計畫審查，結案後也能持續改寫而漸為學刊接受。回想來時路，正是一段「從生手到準專家」（鍾蔚文、臧國仁，1994）的艱辛經驗，冷暖自知而難為人道耳。

亦如上章小結所言，若要在學刊發表論文，勢必得要寫出近乎無懈可擊的論文以能符合其基本要求，兼顧寫作體例、學術性並能提出獨具創見之論點。但何謂學術寫作、其專業體例要點為何、投稿人如何確保其書寫符合學刊基本要求，而此基本要求所指為何，此皆本章討論要點。

第二節首先檢討一般寫作與專業寫作體例（如新聞寫作與學刊／術寫作）並說明其重要性，次則論辯何謂學刊／術寫作的「學術性」，第四節以「敘事論」為基礎討論如何／是否得以「說故事」方式書寫學刊／術論文；最後是本章小結。

此章初以「學刊／術論文」寫作為題，雖然已如前述學術寫作之涵蓋面向較學刊寫作為廣，涉及諸如研究生畢業論文、專書、研討會論文等不同類型之論述方式。但兩者實有眾多重疊，體例亦常互換，因而可交替使用。

第二節　一般寫作體例與專業寫作體例

所謂「體例」，其字典定義是「著作的編寫格式或文章的組織形式」，[1] 常透過「格式手冊」（style manual 或 style guide；或稱「編採手冊」）來提供寫作準則與方針，[2] 期使不同作者所寫有一致風貌而不致於混淆讀者。一般

---

[1] 出自「教育百科」：https://pedia.cloud.edu.tw/Entry/Detail/?title=%E9%AB%94%E4%BE%8B（上網時間：2021. 02. 08）。

[2] https://zh.wikipedia.org/wiki/Wikipedia:%E6%A0%BC%E5%BC%8F%E6%89%8B%E5%86%8C 見中文維基百科「格式手冊」詞條（上網時間：2021. 02. 08）。

而言，從一般寫作到專業寫作（如新聞報導、學術寫作）都有其專屬體例而呈現在與其相關之「格式手冊」，所含範圍既有重疊亦有殊異（見下說明）。

　　本節分別介紹一般寫作、新聞寫作與學術寫作之體例，藉此鋪陳下節所擬探討之學刊／術寫作「學術性」。

一、一般寫作體例

　　最早提及一般寫作體例之專書當屬 Strunk, Jr. & White 所著 *The elements of style*（中譯《風格的要素》），原是第一作者 W. Strunk, Jr. 在康乃爾大學講述英文寫作規則與常例的上課教材。首版於 1919 年出版時原僅 43 頁，[3] 而後由其學生（即第二作者）E. B. White（美國著名作家與普立茲獎得主）應出版商之邀協助擴編、增寫、修訂，而於 1959 年出版（擴編增寫第五章後為 85 頁），並於 1972 年再版、1979 年三版，隨即風行一時成為暢銷書總共賣出一千兩百萬冊，曾被《時代》雜誌譽為「1923 年以來以英語撰寫的 100 本最具影響力的書之一」。[4]

　　此書內容多在討論如何寫出精闢、簡練又正確的英文，亦即寫出具備「普通英語風格的主要條件」（見 p. vii），兼及經常遭人誤用的一些寫作結構。書中首章列舉寫作 22 條「規則」（rules）且備有正反實例對照，簡明扼要、提綱挈領、要言不煩，常被稱頌為「英文寫作聖經」（陳湘陽譯，2018）、「美國英語作家的語法與文體指導手冊」，[5] 適用「所有美國大一學

---

[3] 「首版僅 43 頁」出自第二作者 White 於該書 1979 年版本之〈前言〉（introduction, p. xi）。White 曾謂，此書出版時校園多以「小書」（*"little book"*）稱之，即連 Strunk 教授也自嘲其「小」（薄），White 卻謂其「雖小卻是未為人知的傑作」（*parvum opus*）、「藏金量甚高」，且在「五十二年後的今天【擴編時】，活力絲毫未減，……即便我（按，指 White）擅自更動了內容且其仍然很小，卻是幾乎未曾失去任何光澤的寶石」，可謂讚譽有加（p. xii；添加語句出自本書）。

[4] 出自英文維基：https://en.wikipedia.org/wiki/The_Elements_of_Style；上網時間：2021. 01. 30。

[5] 出自 E. B. White 英文維基（https://en.wikipedia.org/wiki/E._B._White；上網時間：2021. 01. 30。

生」練習寫作之用。[6]

　　然而將此書中譯為《風格》（style：見許智雅，2017 書名），卻可能讓人誤以為其內容是在談「藝術形式」[7]或是「表現作者才性或時代特性而形成的藝術格式」，[8] 實則不然。

　　誠如資深新聞編輯康文炳臉書貼文所示，「『style』一詞比較接近中文的『（寫作）規範』，指涉的是格式、體例、慣用語法的範疇，而不是所謂『文風』的『寫作風格』」（括號出自原文）[9]，可定義為讓（英文）文字拼法、字母應否大寫以及標點符號與縮寫均有其一貫性的寫作方式（李子堅，1998：153），符合語言學或社會語言學所稱，說話者（或寫作者）表達語言的獨特之處，或是個人或團體的特殊語言使用習慣（施祖琪，2000：132；括號內出自原文），有匡正用語之效。

　　舉例來說，《風格的要素》曾經如此描述英文寫作的基本要點（見規則17：p. 23）：「若要筆鋒有力（vigorous）就須簡明。句子不應包含不必要的單詞、段落不應包含不必要的句子，其因與繪圖不應包含不必要的線條，而機器不應裝置不必要的組件一樣。這並非要求作者簡化所有句子，也非只寫概要而避開所有細節，只是要講清楚每個字」；White 稱 Strunk, Jr.「用這63 個英文字就改變了世界」（p. xiv），讓學習者從此瞭解任何寫作務必精簡扼要，並也淘汰、刪減無用字語。

　　由此即知，這本「小書」所寫皆是 Strunk, Jr. 建議如何寫作的一些慣例、成規、主張，但因其長久為人誤用或誤寫而須指正以免以訛傳訛。然而其所示既非絕對要求亦非靜態法條，僅是作者 Strunk, Jr. 的喜好（preference，見p. xv）且常隨時代演進而變化。

---

[6] 見該書第三版封底 *St. Paul Dispatch-Pioneer Press* 的推薦文。

[7] 見漢語網（http://www.chinesewords.org/dict/333522-281.html；上網時間：2021. 01. 30）。

[8] 見教育部國語辭典「風格」詞條（http://dict.revised.moe.edu.tw/cgi-bin/cbdic/gsweb.cgi?ccd=P8stJq&o=e0&sec=sec1&op=v&view=0-1；上網時間：2021. 01. 30）。

[9] https://www.facebook.com/wenbeingkong/posts/2274041116176993/；上網時間：2021. 01. 30。

　　無論如何，Strunk, Jr. 將此書引為上課教材意在協助學習者寫出文字簡潔、論述有力的文章，極力強調使用「主動語態」（active verbs；見規則 14，p. 18），即因其能讓所寫內容顯得「鏗鏘有力」。如在 "*My first visit to Boston will always be remembered by me*" 就遠不及 "*I shall always remember my first visit to Boston*"（「我永遠難忘首次赴波士頓之旅」）來得直接、活潑且語氣明確（emphatic）。

　　除上述多用主動語態的建議外，該書也提出一些英文寫作的「基本使用原則」（elementary rules of usage），包括：

-- 若是並列三個以上的詞語，就須在每個詞語之後加上逗號，但最後一個除外，如：red, white, and blue（紅、白與藍色）等（規則 2，p. 2）；

-- 附加說明要放在兩個逗號之間，如：*The best way to see a country, unless you are pressed for time, is to travel on foot*（除非趕時間，瞭解一個國家的最佳方式就是徒步旅行；見規則 3，p. 2），此句的 *unless you are pressed for time*（除非趕時間）即屬附加說明；

-- 在引導「對等子句」的連接詞前應加逗號，如：*The situation is perilous, but there is still one chance of escape*（情況危險，但仍有機會逃脫；規則 4，p. 5），此句的連接詞 "but" 之前應有逗號；

--「獨立子句」間不應加上逗號，如：*It is nearly half past five, we cannot reach town before dark*（快五點半了，天黑前我們無法抵達鎮上；規則 5，p. 6），因前後兩句皆是獨立子句，上例宜改用分號而非逗號（或在 we 前加上 so 等連接詞）；

-- 不可拆開句子（亦即不要用句號取代逗號），如：*He was an interesting talker. A man who had traveled all over the world and lived in half a dozen countries*（他是個有趣的講者。曾經周遊列國並在超過六個國家待過；規則 6，p. 7）；兩句實為一句，故應將句號改為逗號並將 A man 改寫為 a man；

-- 儘量使用肯定語態，如 *He was not very often on time*（他不常準時；此處的「不常」是否定詞）宜改為 *He usually came late*（他經常遲到；規則 15，p. 19）；

-- 儘量刪除贅字，如 *there is no doubt that* 可逕寫為 no doubt 或
doubtless（規則 17，pp. 23-24）而刪除 there is。

由上述諸例觀之，此書講述的各項規則不僅適用於英文寫作，即便中
文行文亦可參考。如其強調多用「主動語態」以使寫作鮮明易懂、儘量使用
「肯定語態」以及儘量刪除冗贅字詞等原則，對一般中文撰稿人以及學術論
文作者均有實用價值，可避免用詞單調乏味不易閱讀或枯燥無趣而令人生
厭。總之，視寫作為溝通工具而常「擦拭」讓其「發亮」以能引人閱讀，任
何作者皆有其難以迴避的責任。

二、專業寫作之例一：新聞寫作體例

另本同樣膾炙人口且影響深遠的英文書寫規範手冊《美聯社寫作指南》
（*The Associated Press Stylebook*；以下簡稱 *AP Stylebook*；見 Winkler, 1970;
Goldstein, 1998），[10] 原是協助美國新聞記者確保其所寫正確無誤的參考工
具，卻因應用廣泛而成為各大學新聞科系教導文法、拼音、標點符號、大小
寫、縮寫與數字的主要依據，也是首版於 1953 年出版後超過半世紀以來的
最重要新聞寫作索引。[11]

緣於其出自美國（全世界）規模最大且歷史最悠久的新聞通訊社（美聯
社），凡訂閱其報導之大眾媒體皆須參酌使用其所建議的諸項指南，因而初
期雖僅供內部編輯與記者使用且按 A-Z 的字母排列方便檢索，影響力實則
遍及全國（全世界），至今業已售出兩百五十萬冊。

而為了因應語言變遷，其所選、條列超過 5,000 項的使用範例與規則均
定期（每年）檢討，以期新聞工作者（以及相關產業人士）寫出正確字詞、
國家或組織名稱、常用商標從而避開容易誤用的詞彙等。

---

[10] 此書於 1970 年初版的書名為《美聯社寫作指南》（見 Winkler, 1970），1998
年更名為《美聯社寫作指南與誹謗手冊》（見 Goldstein, 1998），2000 年再
次更名為《美聯社寫作指南與媒體法規簡介》（見 Goldstein & Stepanovich,
2000），至 2020 年止已經更新五十五版。

[11] 引自維基百科 *AP Stylebook* 詞條：https://en.wikipedia.org/wiki/AP_Stylebook（上
網時間：2021. 02. 05）。

　　舉例來說，書中建議用阿拉伯數字指稱「年紀」（ages），如：*a 5-year-old boy*（一位五歲男孩）或 *the boy is 5 years old*（男孩五歲）。另種寫法則是：*the boy, 7, has a sister, 10*（七歲男孩有個十歲姐姐），或是：*the woman, 26, has a daughter 2 months old*（二十六歲的女士有個兩歲女兒）。

　　此些由 *AP Stylebook* 認可並推廣的諸種寫法如今早已廣為一般大眾接受，舉凡小說作家、劇本編劇、雜誌或公關公司也都以其體例為準，足以顯示此本參考工具的影響力，謂其「新聞工作者的聖經」（the journalist's bible）實不為過。[12]

　　另如數字（numerals，見 p. 144-146）的寫法，此書亦有詳盡指引：

-- 拼出（spell out）一到九的序列，十以上則用數字，如：*They had three sons, 10 dogs, and 97 hamsters*（他們有三個兒子、十隻狗以及 97 隻倉鼠）；

-- 如數字較大則應拼出並以連字號分隔，如 31 應寫成 *thirty-one*，而 1,155 是 *one thousand one hundred fifty-five*（p. 145）；

-- 拼出並改寫每個句子之首的數字以避免誤讀，如 *993 freshmen entered the college last year* 應改為：*Last year 993 freshmen entered the college*（去年有 993 位新生進入學院）；

-- 有關金額的寫法：*5 cents, $1.05, $650,000, $2.45 million*；

-- 百分比的寫法：*0.6 percent, 1 percent, 6.5 percent*。

　　這本工具書的原有厚度為 233 頁（1998 年版），新版附有體育新聞寫作指南、財經新聞寫作指南、英文標點符號指南、【避免】誹謗手冊、【美國】資訊自由法案（Freedom of Information Act）、圖片說明寫法、校對記號以及美聯社內部作業說明等，總頁數已達 334，無論所含內容、編排方式、寫作對象都與 Strunk, Jr. & White（1979）大異其趣，是針對新聞專業人士而修纂的英文「編採【體例】手冊」。

　　而臺灣中文新聞寫作的「編採手冊」最早由《中華日報》於 1971 年出

---

[12] 出自 Goldstein（1998）頁底之介紹專文。

版（1997 年更新；見孫曼蘋，1998），《聯合報》（1974 年初版、1983 年修訂再版）與中央通訊社（1977 年初版、1985 年再版、1990 年改版）也各曾在 1970 年代中期推出類似工具書，除闡述各媒體機構篤信之專業意理及規範外，絕大多數篇幅均詳細解析採訪寫作的技巧與中文語言修辭，尤其如何使用（中文）字詞語句、段落、標點符號等以期展現「獨特特徵」（臧國仁、施祖琪，1998：9）或「編採作業需求」（孫曼蘋，1998：301）；其所含要項與前述 *AP Stylebook* 相近。

　　合併觀之，這些中文新聞編採手冊「共同反映了【臺灣】新聞行業【在 1970-2000 年間】所特有與共享的一套語文系統」（臧國仁、施祖琪，1999：30；添加語句出自本書），屬於同一媒介組織甚至新聞行業「共同遵循的準繩，……也是【可】供經常翻閱的參考工具書」（孫曼蘋，1998：302；添加語句出自本書），其力求建立新聞風格之一貫性作用亦與 *AP Stylebook* 並無二致。

三、專業寫作之例二：學刊／術寫作體例

　　至於英文學術書寫的體例，歷年來多由不同領域之專業學會各自出版適用其專屬學刊之格式，如「美國醫學學會」（American Medical Association, AMA）、「美國化學學會」（American Chemical Society, ACS）、「美國心理學會」（American Psychological Association, APA）、「現代語言學會」（The Modern Language Association, MLA）、「國際醫學學刊主編委員會」（The International Committee of Medical Journal Editors, ICMJE）等均有其行之多年的學刊參考工具書。[13]

---

[13] 引自 https://www.enago.com/academy/how-to-choose-a-style-guide-for-academic-writing/（上網時間：2021. 02. 07）。該網站亦列出 *The National Library of Medicine*（NLM）*Style Guide*; *Scientific Style and Format*（SSF）; *The CSE Manual for Authors, Editors, and Publishers*; *Turabian Manual for Writers of Research Papers, Theses, and Dissertations* 等學術寫作工具書。另有《芝加哥格式手冊》（*Chicago Manual of Style*, CMOS）業已更新十七版（2017 年），多用在人文與社會領域，尤以歷史與藝術領域為最。參閱邱炯友（2010：193）表 6.2 之比較。

以社會科學領域來說，上列「美國心理學會」專屬出版手冊（見陳玉玲、王明傑，2011；以下簡稱 *APA Stylebook*）使用最為廣泛，1929 年問世時係隨當期《心理學期刊》刊登且僅 7 頁。1952 年首次出版專冊，而後分於 1974, 1983, 1994, 2001, 2010 各年改版並由臺北雙葉書廊譯介。最新版本為 2020 年出版之第七版，改用全彩封面以及卡式螺旋裝訂方式（tabbed spiral-bound version）。

即以第六版來說，內容除涉及「出版倫理」、「智慧財產權」與「學術知識的正確性」等概述外（見第一章），其餘各章分別闡明「學術寫作格式、文法與用法」（第三章）、「標點符號、拼字、大寫、縮寫、數字寫法」（第四章）、「如何呈現研究結果」（第五章）、「如何引用並改寫論文手稿」（第六章）、「如何撰寫參考文獻」（第七章）。另有專章討論「如何準備手稿」（第二章）以及「出版歷程中的編輯與作者責任」（第八章；以上篇名均出自陳玉玲、王明傑譯，2011）。

觀其內容，此本專注於學術寫作的手冊與前引 Strunk, Jr. & White（1979）同樣強調「用字精鍊」（陳玉玲、王明傑譯，2011：82；以下頁碼均出自中譯本），包括「刪除不必要的重複、瑣碎的句子、特殊術語、含糊其詞的說法，被動語態的過度使用以及避免使用婉轉的說法、粗俗的散文等」（頁 82），顯示無論一般寫作或學術論文同樣皆在追求寫出讓人賞心悅目的作品，不但講究遣辭用句，更要避免累贅、冗長、重複用語，務求選字精確、清楚而無偏見。

然而 *APA Stylebook* 仍多次強調學術作品與「創作性寫作」（頁 80）或「文學寫作」（頁 82）不同（參見本章第四節討論），既不常使用修辭手法（如前述 Strunk, Jr. & White, 1979 之規則 3「附加說明」*unless you are pressed for time* 即應減少使用），亦應避免在同一段落隨意改變動詞時態或人稱以免「混淆讀者」，因而在「文獻探討」或「研究結果」章節使用過去式，而在討論「研究意涵與結論」改用現在式書寫就屬恰當且適切，能讓讀者瞭解所寫文意的來龍去脈而不顯突兀。

而在寫作格式的規範上，*APA Stylebook* 與前引 *AP Stylebook* 皆曾詳加說明標點符號、拼字、大小寫、縮寫、數字等項目，彼此所述無分軒輊。如規定逗號、冒號、分號之後以及參考文獻所含句號後皆應留有空格（頁 120），但縮寫字（如 e.g., a.m., i.e.）的句號與逗號間則不加空格（頁

121）。

　　特別值得學術論文投稿人重視的章節則屬第六章的「原始資料的聲譽」，乃因其涉及了學術寫作如何引述的重要議題，若是援引不夠謹慎就易引發「剽竊」爭議。此章開宗明義地指出，「『學術性知識』代表著許多研究者長時間以來所累積的成就。【學術】寫作過程中的關鍵部分是藉由『引證【那些】影響您的研究者』來幫助讀者將您的貢獻放置在【寫作】脈絡中」（頁 232；添加語句出自本書）。

　　因而若要納入他人所寫，則可「直接引用」（direct quote）或另以「間接引用」方式「轉述」或「改寫」他人所述。前者務必詳列作者、出版時間、頁碼（頁 234）且須與原引完全一致不得任意增刪（若有，即須註明），而若引文超過 40 字（指英文），就應以「獨立方塊版面」（freestanding block）重起一段並縮排。間接引用之規定則較寬鬆，僅須列出作者姓名與出版時間以供讀者查閱。

　　此章（第六章）隨之詳列學術寫作的「參考文獻」（references）寫法（頁 248-268），並於第七章提供範例，強調正確且完整地列出所有使用過的資料有其重要性，「……便於讓讀者確認及檢索每一項出處的資料」（頁 248）；但也只有可供回覆查閱的資料列在文末，個人通訊（如信件、備忘錄或非正式的電子通訊）則否。這些資料必須「謹慎地檢查【其】是否與原始的出版物相同」（頁 238；添加語句出自本書），乃因唯有如此方能「幫助【作者】建立作為『謹慎【學術】研究者』的可信性」（頁 239；添加語句出自本書）。

　　與前引兩本體例專書相較，*APA Stylebook* 涵蓋範圍廣闊，除一般寫作建議與格式技巧之規範外，亦曾簡短描述「行為和社會科學寫作」的文章類型（第一章）以及投稿論文的編排方式（第二章）。但也因其所含括的內容過於細緻入微而難參用，坊間另有根據各版而寫的入門指南，如 Houghton, Houghton, & Pratt（2005；針對第五版）、Rossiter（2010；針對第六版）、Hatala（2020；針對第七版）等皆是，藉此協助投稿人快速地瞭解有關學術寫作的變化與基本規則。

　　中文學術寫作之體例多年來均由學刊各自發展而未見統一格式，直至 2010 年方由「臺灣大學寫作教學中心」專案助理教授蔡柏盈根據其開授「學術論文寫作」（原名「學術中文寫作」）課程之經驗出版專著（2019 年再

版），旨在「由字句到結構，作為一本有效指引『寫作』的學術論文寫作書」（頁 3）。

其內容兼及「如何寫作學術論文」（如第一、二章）、「學術論文寫作的結構」（第三、四章）以及寫作文法（第五、六章），各章附有「寫作練習」與「練習與討論」，多出自上述課程修習學生之實際問題與反應，實用性頗高。惟其能否如上引 *APA Stylebook* 廣為臺灣各中文學刊接受並一體適用，有待持續觀察。

小結本節所述可知，有關寫作體例之鑽研過去已有多本暢銷專書出版，從一般寫作乃至專業寫作（如新聞與學術領域）多在討論如何寫出精闢、簡練又正確的文章（中英文皆然），而其內容係在「規範」（雖然名為建議）作者（或編者）有關寫作的正確語法（包括用詞用字、段落、篇章；見蔡柏盈，2019：第五章）、文法與用法、格式技巧（見陳玉玲、王明傑譯，2011 / APA, 2010：第四章）等。而學術寫作的編採手冊如 *APA Stylebook* 則特別關注如何精準且前後相互連貫地呈現研究成果、正確引證、完整列出參考文獻（見陳玉玲、王明傑譯，2011 / APA, 2010：第五至七章）。

由此觀之，從一般寫作、新聞寫作到學術論文寫作之間既有共享的體例特色（如均強調寫作清晰易懂），亦有各自「特殊特徵」（如學術寫作格外關注如何引用資料），期能藉由體例與格式的規範而展現各自的獨有「風格」（參見表 5.1）。

對學術論文作者而言，最大挑戰當在熟悉從一般寫作到專屬領域寫作的異同，投稿前不僅應如前章結論所提力求減少「技術性問題」（如體例有誤、錯別字過多、遺漏參考文獻出處等），更要留意如何增強論文之「學術性」（如理論與研究方法間之脈絡連貫），甚應建構具有理論與研究創意價值的「論點／辯」，如此或可較易受到學刊主編／評審重視，增加上稿發表的機會。

惟本章尚未討論何謂學術寫作之「學術性」以及其要點為何，此為下節重點。

▶ 表 5.1　有關幾本寫作體例專書之比較

	一般寫作體例（Elements of Style）	新聞寫作體例（AP Stylebook）	學術寫作體例（APA Stylebook）	中文學術寫作體例（蔡柏盈）
初次出版時間與最新版本	1959 年（2009年第五版）	1953 年（2020年第五十五版）	1929 年（2020年第七版）	2010 年（2019年再版五刷）
寫作對象	一般大學生	新聞專業人士	學術論文之著者	中文學術論文之著者
核心內容	如何寫出精闢又簡練的英文	確保新聞寫作恰當無誤	學術寫作格式、如何引用、如何撰寫參考文獻等	培養對學術寫作特性的認識與瞭解
特色（風格）	輕薄短小（43頁），22條規則均備有正反實例對照	內容按照 A-Z 字母排列	內容過於細緻入微而難參用	每章結尾附有練習與討論以及寫作練習
要點	提出英文寫作基本使用原則，強調主動語態、肯定語態、儘量刪除贅字、筆鋒有力並簡明	關注字詞語句、拼音、標點符號、大小寫、縮寫與數字的用法	強調正確「引述」資料的重要性，避免剽竊、詳列參考文獻來源	由寫作籌劃到寫作結構再到寫作文法，可搭配教學使用
重要性	1923 年以來最具影響力的英語寫作書籍	新聞工作者的聖經	為學術交流提供有效基礎，協助投稿人清晰、準確且全面地表達想法[14]	僅有之中文學術寫作參考工具手冊，實用性高

---

[14] 出自 https://apastyle.apa.org/about-apa-style；上網時間：2021. 02. 11。

第三節　學刊／術寫作的「學術性」

　　延續上節有關寫作體例的說明與比較，本節要點有二：學刊／術寫作與一般寫作有何不同以及其具體涵蓋內容為何。針對學刊／術寫作，劉曙光（2009；底線與添加語詞出自本書）曾經如此描述，可謂一語中的：

> ……作者對要投稿的學術期刊應有一定的瞭解，……選題不僅要有創新，而且要大小適中，既不要湊熱鬧，也不要刻意報【爆】冷門，更不要功利性太強。參考文獻應規範、真實、準確，既體現對別人勞動成果的尊重，也要體現作者治學態度的誠實、嚴謹；既要註明出處，又不能變相抄襲、剽竊。論文寫作應深入淺出，通俗易懂，語言要生動、簡潔，不能把簡單的事情說複雜、把誰都明白的道理弄得不明白。

　　但此事不易，投稿人在如劉曙光所述「對要投稿的學術期刊應有一定的瞭解」之前，猶應探析其所書寫是否符合學刊認可的「學術性」，深入瞭解其與一般寫作差異何在，兩者一旦混淆不清就易因所寫缺少知識內涵而遽遭退稿。

　　因而本節擬先討論一般寫作之特色，續則論述學刊／術寫作的「學術性」。

一、一般寫作：定義、類型與意涵

　　何謂寫作，又何謂學術寫作？相關研究若何？

　　「寫作」之字典定義即為「撰述、創作」，[15]「百科知識」網站的界說則較複雜：「寫作，是指為了表達感情、傳播思想，作者在對客觀的自然現象和社會生活的觀察、體驗、理解的基礎上，運用語言，把自己的感受、認識、理解形諸文字而創造出文章的過程。寫作的目的是創制文章，只有這樣

---

[15] 見教育部國語辭典：http://dict.revised.moe.edu.tw/cgi-bin/cbdic/gsweb.cgi?ccd=MKqbDZ&o=e0&sec=sec1&op=v&view=0-1（上網時間：2021. 02. 13）。

的『寫』才叫『寫作』」（底線出自本書）。

　　或者，「寫作是運用語言文字符號反映客觀事物、表達思想感情、傳遞知識資訊的創造性腦力勞動過程。寫作活動具有如下一些顯著特徵：1. 目的性；2. 創新性；3. 綜合性；4. 實踐性。」[16]

　　由上引字典與百科知識網站的簡要說明觀之，「寫作」之旨乃在以文字表達一己想法，藉此抒發情感、釋放情緒、傳達想法，期能與閱者產生共鳴甚至引發人際互動行為（如參加新書發表會等），進而為作者所寫喝采、鼓舞甚而受到激勵而對生活愈發感到滿足。

　　寫作因而常有上引所稱之「目的性」，力求將作者所欲達成的任務付諸實現、促進溝通、提升交流。寫作尤其有助於將內在知識結構具體化為外在表徵（即文章內容），進而連結不同概念並提升思考能力（胡瑞萍、林陳湧，2002）。

　　一般來說，寫作類型（或稱文體）多以「描寫」、「敘述」、「說明」、「議論」四者名之。[17]Grabe & Kaplan（1996: 4-5）則將其分成「有組織」與「無組織」兩類，前者係將文句整理為前後連貫、與眾不同、文意清晰的架構，並可依其究係「知識陳述」（knowledge telling）或「知識轉移」（knowledge transforming）而細分。如個人日記、個人信件、上課大綱（教案）、教堂布道等即屬前者，指作者對其所述已有所知，故可透過寫作傳達己意。而小說、戲劇、詩作等則屬「知識轉移」，乃因作者寫作前並無具體預擬架構，須將眾多題材並置（juxtaposition）兼而權衡其間輕重後，方能將有意探索的事物轉換為文字以供他人閱讀。[18]

　　以上說法俱屬有趣，但是否掌握其要領就能完成一篇篇佳作恐又不然，至少視「寫作」（動詞）與「文本」（名詞）同義（亦即寫作就是寫出好文章），就可能低估了其所具備的深邃意涵（陳鳳如，2008）。

　　正如西諺所言，「寫作始於思考與分析」（writing begins with thinking

---

[16] 以上兩段引文出自 https://www.easyatm.com.tw/wiki/%E5%AF%AB%E4%BD%9C（上網時間：2021. 02. 13）。

[17] 出自 https://kknews.cc/zh-tw/news/gblz6kl.html（上網時間：2021. 02. 13）。

[18]「知識陳述」與「知識轉換」原是認知學者 Bereiter & Scardamalia（1987）提出之寫作模式。

and analysis），古人亦云「學而不思則罔」，其意皆在強調寫作能力的培養首重思考邏輯的訓練。若侷限於「經驗傳承」並鼓吹「寫多了就會」，常易過於關注技巧與格式體例，而忽略寫作實乃複雜認知歷程且涉及繁複知識內涵（陳鳳如，2008）。

二、學術論文寫作：定義、類型與意涵

依字典定義，「學術論文」乃是完成科學研究後，用以描述並呈現其內涵與成果的文章，具有觀點鮮明、結構合理、邏輯嚴密等特性。[19] 淡江大學歐洲研究所張福昌教授則謂：「學術論文是種『嚴密思考的訓練』，<u>不同於報導文章</u>」；「學術論文是種『重質不重量的精神產物』，不能做量化（標準）」；「學術論文是種『（高價值性）專業知識的剪輯』，【且是】去蕪存精【菁】、濃縮成形的精緻產品……」[20]（底線與括號內均出自原文，添加語句出自本書）。

但究竟其如何／為何不同於「【一般】報導文章」（見底線）張福昌則未論及，僅強調學術寫作須符合上節所述之「學術格式規範」（如 *APA Stylebook*），顯然其認為寫作若能對應這些「格式規範」即屬具備「學術性」，理當嚴肅以對。

實則翻閱一般學術圈所常使用且如上節討論之「格式規範」，迄無任何「學術性」定義。如上節所引之蔡柏盈（2014：22）僅曾說明，「學術論文的寫作目的，乃在於闡釋或論述作者所關注的研究論題、研究過程及結果，……因應不同類型的學術論文，在撰寫上可能採取不同走向，……期刊論文注重單一議題的深入分析評論……」，終究置而不問何謂「學術論文」以及其「學術」之意。

此外，臺大政治系教授陳德禹亦曾如此描述：「所謂學術論文，乃將自己研究的結果，以理論的型態表現的東西，期為學術領域帶來新的知見。……學術論文，<u>終究以其研究成果的內容為根本，表現的技術其次</u>。好

---

19 改寫自維基百科「論文」詞條：https://zh.wikipedia.org/wiki/%E8%AE%BA%E6%96%87（上網時間：2021. 02. 12）。

20 出自 http://wenku.baidu.com/view/eac7fac9a1c7aa00b52acbba.html（上網時間：2020. 02. 12）。

的論文，文章就是不高明也有學問的說服力。可是，貧乏的內容，形式不論如何齊全，也沒有說服力。但是好的內容由於齊備好的形式，確可倍增其說服力」（底線出自本書）。[21]

陳德禹隨後提出了幾個警言，包括「不要寫成讀書報告」（如摘要式地介紹一本書或一篇論文）、「不要【寫得】像是調查報告」、「避免文不對題」、「避免以量取勝」、「研究過程不即是成果」、「不一定非要寫出【研究】建議不可」、「最好指明本研究的學術價值」（括號內均出自原文，添加語句出自本書）。

上述張福昌與陳德禹俱都提及了學術論文與雜誌、報刊所寫文章不同，顯示其「類型」特色實屬學術中人獨有，可暫時定義為：「由研究者依據學術寫作規範（如上節所示之注釋、參考文獻、引用等格式），就各領域所能接受之理論型態寫就研究所得，或爲重要議題之思辨與討論，或爲實證資料之演繹與歸納，或爲針對某些思潮之批判與詮釋，因而有助於學術領域之創新、成長與改變」（此由本書作者所擬）。

此一簡單定義除了表明學術寫作乃在鋪陳研究過程與所得外，其主要類型當也包括思辨與討論、演繹與歸納、批判與詮釋，與一般報章雜誌所寫多在呈現或反映社會事件的最新發展殊爲不同。

尤以陳德禹所述「學術寫作並非調查報告」最能說明其與一般書寫迥異就在於並非只是資料呈現，而更是與學理（理論）或文獻（指業已發表之相關主題研究）間之對話與連結（此即前述「知識堆疊」），尤應延伸學術發現之理論意涵與日常應用價值。換言之，任何學術寫作之重點皆在能由理論演繹與推演、由方法歸納與驗證、由實務應用與創新；此當即「學術性」之底蘊了。

其次，陳德禹所指「避免文不對題」乃在強調學術寫作之「連貫性」（coherence）與「邏輯性」，前者指論文寫作必須注意章節安排、段落整齊、文字清晰，務使其具可讀性（蔡柏盈，2014）。後者（邏輯性）則論及學術寫作應注意研究發想（問題意識）、文獻探討、研究設計、資料分析、

---

[21] 出自 http://ilms.cjcu.edu.tw/sys/read_attach.php?id=228386（上網時間：2020. 02. 12）。

研究報告、研究意涵間之脈絡與體系，一路鋪陳總要前後呼應、環環相扣；一旦問題意識與研究設計間妄生扞格，則其學術價值與潛在貢獻必受如匿名評審的挑戰。因而學術寫作不僅是文字的連貫、章節的通順，更也是論證之緊扣、論理之創新、方法之明晰了然。

「避免以量取勝」則在說明學術論文貴在「精」而非長篇大論，力求簡潔凝練、明晰而有創見，且須在有限篇幅內完成論理與分析，「只要刪除而無礙文章的連貫」就當考慮「該刪就刪」；此點與前引《風格的要素》所言完全一致。

此外，「研究過程不即是成果」之意在於學術論文寫作不應只是如前述資料的堆疊或分析成果的綜述；如何將此成果與理論連結並產生新意，方是「學術性」的發揮與闡釋。

「最好指明本研究的學術價值」係指凡學術論文均當指出其學理「重要性」（significance of the study）為何，如此方能為讀者（如匿名評審）瞭解其研究是否具有潛在貢獻；一旦語焉不詳，則常遭到質疑與挑戰。

至於學術寫作不要寫成「教科書」的形式，乃因大多數教科書的目標對象均是「初學者」，所述簡要、廣博而難深入，此點恰與學術論文旨在仔細剖析研究主題有異。但此說並非否定教科書的價值，許多國外教科書常成為重要入門書籍，如傳播領域的經典《人類傳播理論》（見 Littlejohn, Foss, & Oetzel, 2016）迄今已經出到第十一版即為一例。

上述過程猶可整理如圖 5.1：一般學術寫作多由「研究緣起」（或稱「研究動機」與「背景」）起始兼要說明「問題意識」（即闡釋「研究主題」的學術重要性），繼而參閱他人先前所做並歸納核心議題（見圖 5.1 之「文獻整理與概念化」），據此提出「研究目的」與「研究問題」，接續發展「研究步驟之進程（此稱「研究設計與操作化」或「探詢的方法」），進而分析相關資料並整理所得，終而在結束一節摘述整體研究流程並反思猶可延伸、改進之處（此稱「研究意涵」與「反思」）。

當然，如圖 5.1 之寫作流程並不適用所有學術論著，乃因某些寫作類型純屬論理性質而無研究設計，亦無研究方法（參見本書第七章案例）。但大體來說，凡有資料分析之學術寫作多依圖 5.1 所示由「緣起」而至「結論」（包括反思與研究意涵），尤以研究生之畢業論文為然（參閱張進上，2007所列「論文撰寫步驟」）。

▸ 圖 5.1　學術論文之主要寫作結構 *

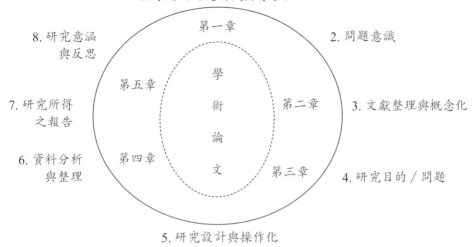

1. 緣起（研究動機與背景）

8. 研究意涵　　　　　　　　　　第一章　　　　　　　　2. 問題意識
　　與反思

　　　　　　　　第五章　　　學術論文　　　第二章

7. 研究所得　　　　　　　　　　　　　　　　　　　　3. 文獻整理與概念化
　　之報告

6. 資料分析　　　　第四章　　　　　　第三章
　　與整理　　　　　　　　　　　　　　　　　4. 研究目的／問題

5. 研究設計與操作化

* 內圈為研究生畢業論文含括項目，外圈為一般學刊論文常有內涵，兩者之間以
　虛線表示其有對應關係。

　　而圖 5.1 所示寫作流程看似按部就班、循序漸進且層次井然，實則卻常
參差不齊、毫無章法甚至顛來倒去，可能先寫文獻而後才寫動機，或已有初
步研究設計才反向找到可資說明設計合理之文獻；此皆常見（參見胡紹嘉，
2006：289 所說，「緒論往往是最後才寫成的，……常常是已決定的研究方
法有施行上的困難，回頭找其他文獻改變原有的方法，甚或合理化已施行的
研究方法……」）。

　　因而學術論文成品雖如圖 5.1 所繪看似前後布局疏密相間，錯落有致，
但此「知識堆疊」過程實則來來回回不斷調整、梳理，常至交出的最後一刻
方才定稿。何況，一般學刊論文多受限文長而難暢所欲言，尤當其非實證研
究而屬論理辨析性質為然，取捨之間不斷考驗著寫作者究竟如何「布局」
（emplotment; 又譯「情節化」，出自 Ricoeur, 1984-1988；續見下節討論）。

　　小結本小節所言，乃在強調學術寫作之內涵不僅在於前述之技術性規
範，更在於能否提出論理、思辨、批判等要領，藉此顯示研究之可能學術貢
獻。

　　林淑馨（2013：163）認為，「論文是一種學術性文章，用字遣詞要清

楚明白，平鋪直述，不必採用抒情文方式增加文章的可讀性和生動性，也不要加入個人情緒與想像，儘量保持中立客觀，不要太過咬文嚼字。……」

　　但如前述，寫作類型本不限於純客觀性的「敘述」與「說明」，尚有評論性質的「議論」與抒情性質的「描寫」。學術論文加上抒情的寫作方式是否違背其規範，此為下節討論重點。

三、學術寫作之「學術性」內涵

　　有關學術寫作之學術（理論）性探索早在上世紀末即已展開。如前引應用語言學者 Grabe & Kaplan（1996: 116；添加語句出自本書）即曾引用寫作認知心理學者 Flower 之言強調，「……在大學【教育】中，重點顯而易見地並非寫作類型或寫作習慣（conventions）而是目標：如何在寫作中建立自我導向的批判性探究目標、或透過寫作來思考真正的問題或議題、或利用寫作來面對想像的同儕社群以練習個人修辭目標，這些都是學術寫作與【其他】有限的理解與回應有所區分之處」；其言值得正視。

　　Flower（見 Flower & Hayes, 2004）因而認為，「寫作活動是個目標導向的思考歷程，……由作者自己正在成長中的寫作目標所引導」（引自李靜修，2010：26）。而寫作者在此歷程受到諸多「情境」限制（如各種寫作任務包括課堂練習、課外投稿、專業要求等），不同「情境」就會導引出不同寫作目標從而寫就不同內容。

　　而學術論文寫作者的首要工作即在面對情境限制（如所欲投稿的學刊宗旨）擬定寫作目標，包括與其對應之寫作體例格式、論文結構等。好的投稿人在此限制下猶能掌握所欲書寫的內容，甚至靈活運用情境資源（包括參照相關體例格式）以能游刃有餘地展現符合情境所須之文稿（Grabe & Kaplan, 1996: 116）。

　　英國應用語言學者 Hyland（2002）長期關注學術寫作內涵，近作曾深入討論學術論述日趨「非正式」之成因與變化（見 Hyland & Jiang, 2017）。首先，Hyland 長篇累牘地檢討了何謂「非正式」（以及何謂「正式」）寫作，包括是否使用第一、第二人稱、起始句首是否使用連接詞或連接副詞如 "and"、句尾是否使用介詞如 "about" 等、是否使用省略字如 "ain't" 或 "won't" 等、是否使用驚嘆號或直接問句等，可謂洋洋灑灑。

　　其後 Hyland & Jiang（2017）分從應用語言學、社會學、生物學、電機

學等領域各自挑選五個頂尖學刊，並在 1965, 1985, 2015 等三個年分任意選出 6 篇論文，總計共達 360 篇論文、220 萬字，藉此分析上述幾個學術論文寫作的「非正式」特徵。

經過如此龐大且跨時代、跨領域的嚴謹分析，Hyland & Jiang（2017）認為其結果只能稱之「不確定」（it depends, p. 17），亦即雖然學術論文寫作的確漸趨「非正式」，但其勢並不明顯（僅有 2%）且在不同學術領域高低有別。

簡單地說，較趨「非正式」者為科學與電機（而社會科學領域則反之），其表徵多在使用較多「第一人稱代名詞」（如 "I"）、起始句為連接詞或連接副詞、「未指定之回指代名詞」（unattended anaphoric pronouns，如 "this," "that," "it" 等），原因則多出自「硬科學」（hard science）領域近來極力促進與讀者間的互動期能增強研究成果之說服力，兼而改善科學作品「沒有人情味」（impersonality）之詬病；此點對下節有意發展之「學術寫作之敘事轉向」有重大啟示作用。

由本節所引文獻可知，相關領域如認知心理學、應用語言學、寫作心理學、教育心理學過去均曾深入探索寫作（包括學術寫作）之知識背景與理論意涵，顯示其非僅是文字技巧更非純屬語言表達而已，實則涉及了諸多心理與語言（包括文字）之互動與技能展現。

尤以學術寫作本應是轉換知識之重要途徑，但相關研究者以及實踐者過去絕少從理論層面探索，遑論引進社會科學哲學如「語言轉向」（the linguistic turn）、「敘事轉向」（the narrative turn）或「建構主義」（the social constructivism）等並思考其所可能隱含之知識內容。

延續此一脈絡，下節擬討論學術寫作是否亦有「說故事」的理論意涵與成分，而寫作者（無論資深研究者或仍在模仿階段的研究生）能否亦以「說故事者」（storytellers）自居，而將其研究所得依情節安排、分類、詳述藉此讓人「一目了然」，其間困難何在又該如何修正。

第四節　以「敘事論」為基礎的學刊／術寫作提議

　　所謂「敘事論」（或稱敘事研究、敘事理論、敘事典範），係指探討如何「說故事」的學術研究，早期係以文學與修辭學取向為重並受結構主義影響甚鉅（參見 Bal, 2004 各章），關注小說或戲劇等虛構文學作者如何創作劇本情節、如何展現其意、如何創建不同文本類型、如何掌握讀者／閱聽眾心理。

　　其後敘事論者深受詮釋學影響轉而重視語言、符號、文化情境對「故事」與「論述」的影響（Chatman, 1978），認為任何文本（無論口語、文字、符號、圖像）均有「故事」形式且透過不同方式論述／講述／轉述，從而開展成為多元且內涵豐富之學術範疇，自此建立了專注於探究文本深層意涵之後現代研究傳統（Josselson, 2007）。

　　誠如 Denzin（2000: xi）所稱，「敘事論」在上世紀八零年代廣受重視後（參見 Hyvärinen, 2017），業已促使社會科學領域發展出了眾多新理論、新方法以及諸多討論自我與社會相關性之新途徑，此稱「敘事轉向」（the narrative turn; Riessman, 2005），對現今學術發展影響重大。

　　臧國仁、蔡琰（2009）即曾藉由「敘事論」嘗試建立「媒介寫作課」之基本架構，其核心論點就在於這類書寫（包括新聞寫作、劇本寫作、廣告文案寫作）亦如文學領域俱屬「說故事」本領之展現，代表了寫作者透過其所建構之故事文本（如新聞報導）模擬、重述、再述真實世界之人物、事件、情景。

　　然而不同寫作者面對的真實世界不盡相同，而其撰述時所擷取的事件片段亦頗分歧，使得故事講述內容（如新聞報導）鮮能一致，此乃無可避免之符號「再現」（representation）結果而非個人偏見所致。實際上，「所有的傳媒寫作，都是敘事，都是說故事；敘事的邊界，就是世界的邊界」（政大傳院媒介寫作教學小組，2007：v）。

　　以下擬從「敘事取徑」、「故事寫法」與「後設敘事」等面向討論學術寫作如何得以納入素富人文底蘊之敘事論以增進其可讀性（參見上節所引 Hyland & Jiang, 2017 之研究發現）。

一、敘事取徑

敘事取徑常被歸為「質化研究」（王勇智、鄧明宇，2003／Riessman, 1993；蔡敏玲、余曉雯，2003／Clandinin & Connelly, 2000），其因不難理解。如 Murray（2003: 115）之建議，「敘事」可定義為「有條理地詮釋序列事件」（an organized interpretation of a sequence of events），其因多在於人生本屬雜亂無序，唯有透過故事述說（即「敘事」）方得將此「無序」組合成前後「有序」之文本脈絡，而為聽者（讀者）所能接受與理解。

此一過程最早出自 Ricoeur（1984-1988）提出之前述「布局」（情節化）概念，旨在說明如何將外在事件轉換為有頭有尾之情節敘述過程，一般均依亞里斯多德所言而簡化這個過程為「開端」、「中段」與「結尾」等三幕式結構。

實際分析時，其內涵則頗複雜，如 Labov & Waletzky（1997/1966）之「敘事語言完整形式」就包含了六個基本結構元素，如：「摘要」、「狀態」、「複雜行動」、「評價」、「解決方式」、「結局」等（引自王勇智、鄧明宇譯，2003：40／Riessman, 1993）。而蔡琰、臧國仁（1999）之新聞敘事結構則更分為四個層次（layers），單是最底層就有多達十三個元素如「歷史」、「背景」、「衛星事件」等，涵蓋面向既廣又深。

因而敘事分析傳統上均被視為質化研究，多以「敘事訪談」（narrative interviewing；見 Jovchelovitch & Bauer, 2000）途徑來探析少量、個人以及與受訪者生命內涵有關之第一手素材，細緻地剖析所得文本可能透露之線索以期能從受訪者所述演繹出值得分享與報告之學術發現。

對敘事訪談的研究者而言，只要是受訪者「所言」（故事）都有值得分析的潛力，而研究者與受訪者如何在交流過程「共同」完成訪談並取得可資分析的故事方是重點。訪談過程中，彼此可隨時切入對方所言亦不介意話題臨時變換，如何分（共）享生命經驗才是旨趣所在。

但也因各自陳述生命經驗（故事）時，常易觸及往事（事件）片段而激起「情緒（感）互動」以致影響訪談之流暢與順利。即便如此，這種交流仍有助於雙方建立共識進而產生更多言說互動，可謂立基於尊重受訪者而發展的訪談歷程，非如實證研究習視受訪者如「數字」或「工具」且嚴格規定訪談流程與用語之標準化，有其重要人文意涵與價值。

　　由此觀之，以故事述說為本之學術研究途徑與傳統實證研究強調之客觀思維迥然不同甚至有相互矛盾之處，此皆可歸之於兩者對世界本質的基本「信念」（此常稱「本體論」）與「觀點」（此即「知識論」）分歧甚大，而執行研究的方法與設計（「方法論」）當然也就涇渭分明（參見 Lincoln, Lynham & Guba, 2018，針對不同研究典範之「知識論」、「方法論」與「主體論」之詳細比較以及下節說明）。以下續以「敘事論」為基底之學術寫作可能方向討論之。

二、學術寫作的故事寫法

　　Nash（2004: 7）認為，以述說個人故事來撰寫學術寫作（scholarly personal narrative，簡稱 SPN）並非「異態」，反因其常採「第一人稱」且透過「自傳式寫作」（autobiographic writing）而彰顯學術與讀者間的互動。其觀點可謂將傳統學術書寫方式一舉從客觀第三人稱「解放」（liberating）出來，有著重大理論意涵（胡紹嘉，2006；Goodal, 2019; Richardson & St. Pierre, 2018 均持相同意見）。

　　Nash（2004）全書因而均以「我」（I）及「我們」（we）貫穿，也不斷講述包括其出生背景之故事期能拉近與讀者的距離。他強調，以個人述說來撰寫學術寫作可以協助讀者瞭解「我們的歷史、形塑我們的命運、發展我們的道德想像、給予我們生死以顧的理由」（p. 2；參見 Bochner & Ellis, 2016 提出之「啟發式自傳、民族誌」或 evocative autoethnography 概念）。

　　當然，此一撰寫方式與一般學術寫作格式要求「作者噤聲」（silent authorship；見 Denshire, 2013: 1）有異，不同領域之學刊評審能否接受仍待檢驗（參見上引林淑馨，2013）。但 Nash（2004）所言（以及 Goodall, 2019）顯已打開大門，未來學術寫作者皆可嘗試以類似「說故事」方式撰寫研究論文，乃因其本就是「人類的傳播基本形式」（出自 Fisher, 1987: 64；轉引自臧國仁、蔡琰，2013：170），無論學術寫作或一般寫作皆然。如此一來，用述說故事的方式在學術寫作加強可讀性當屬可行也有必要（參見上引 Hyland & Jiang, 2017，所述之「非正式學術論文寫作」研究結果）。

（一）以小說（敘事）體撰寫學術論文

上節所引 Nash（2004）之 SPN 建議，可舉胡紹嘉（2006：279）專文為例說明，文中強調「他【指胡氏自己】想作的其實就是從小說敘事研究的角度，來反省學術寫作的成規，並提出另一種【學術】論文寫作的可能——『論文不能小說化』嗎？他不確定，但確實感到隱隱然的某種不安」（添加語句出自本書）。為此，胡氏專文一開始如此書寫（以下所錄均出自原文，包括刪節號）：

> 事情正是如此，如果不是作為論文的評審人，眼前的這篇文章不見得會在審查結果出來後的某一天，為你所閱讀，就像你所曾錯過的那場與大雨同時上演的午后電影。
>
> 此刻，你（您）是坐著的。
>
> 同平常上課時的習慣一樣，桌上還放了杯熱茶。
>
> 先啜一口。這是今天看過的 N 份論文了，如果沒有前面的論文題目和研究摘要提醒，看到現在，你也許很難想像這是一篇投稿《中華傳播學刊》的論文。不習慣？是……喔，倒也不盡然，可就是說不上哪兒覺得怪。
>
> 你想站起來。客廳的電視還開著，離開的人總是沒有習慣將電視關掉；廚房還在燒熱水；隔壁的隔壁又在整修房子了；四點半記得準時出門去接小孩放學……然後……。什麼都不要再想了，就讓事情照著它們原來的軌道繼續運行吧！還是先找個舒服的姿勢，趁著這一個鐘頭的空檔，開始讀這篇，你所不知道的匿名的某人所寫的〈逆想人文社會科學寫作——來自小說敘事研究的啟迪與演示〉吧！
>
> 〈逆想人文社會科學寫作〉，怎麼逆想法？你蹙著眉，這事兒似乎不比之前的那幾件事來得輕鬆，尤其看到了副標題——「來自小說敘事研究的啟迪與演示」後。「古裏古怪的哩！」你心裡嘀咕著……（頁 276）。

如此以近乎小說寫作的筆觸來撰述學術主題，呼應了前引 Nash（2004）之說並非「異態」觀點而實有創新意涵，尤以該文採用「第二人稱」之「你」

（或您、你們，指「隱含讀者」與論文評論人，見頁 283）貫穿全文，目的乃在「把讀者也拉到了席上，使敘述語氣顯得更為親切一些」（頁 283），此與 Nash 觀點幾近一致，足可為本章提出之學術寫作的敘事論基礎提供初步佐證。

結論一節（該文此節標題並未使用「結論」一詞而用「就是這個光！──從遺忘到甦醒」，其意當在打破學術論文之慣用語），胡氏特別指出，「……將小說與【學術】論文兩者作這樣的婚配和混血的基礎與可能，正在於兩者都同樣是一種文本，儘管它們不見得是同一種文本……，此文本的產生，不可避免的投射出某種意向活動的結果」（頁 296；添加語詞出自本書）。

由以上節錄可知，胡氏之嘗試頗具閱讀吸引力，形式上除仍遵循嚴謹「學術性」（從其「主題」、「鋪陳方式」、「文獻引用」兼具理論深度與廣度可知）外，猶能透過類似小說體的敘述方式而獲評審推崇並經學刊刊登，誠屬不易。

（二）敘事體寫作之真誠（實）性

洪瑞斌、陳筱婷、莊騏嘉（2012）專文則曾進一步闡釋敘事研究（該文使用「敘說研究」）之「真誠性」（authenticity），強調「……其他典範學者對於此類【指敘事研究】論文的不易接受是對於【其】正當性的質疑，而正當性建立於相關社群形成的共識。故……敘說研究社群應該開始對論文品質標準、寫作形式等對話討論，漸漸形成自身研究社群之共識」（頁 19，摘要；添加語句出自本書）。

在該文之「緣起」，洪瑞斌等（2012）描述了一位碩士生完成了「自我敘說」（narrative of the self 或 personal narrative，指以第一人稱自述生命故事，其意類同上引 SPN 寫作）的畢業論文後，卻在專業學會年會報告時受到某位資深教授質疑：「如何確認你說的故事是真的，會不會只是自說自話？或是虛構故事博取同情？如果這樣你如何證明研究的信效度呢？」（底線出自本書）。

由此出發，洪瑞斌等（2012）闡釋了「哲學本體論的真實」議題，旨在說明自我敘說研究倚賴的詮釋典範追求的是「敘說真理」（narrative truth），本屬主觀建構所得並為「事實與虛構的混合體」（頁 25），與旨

在「致力發現現象背後一套共通、普遍的法則，並能在環境中應用以預測與控制世界」（頁24）的主流實證典範之真實概念與真理宣稱殊異。

洪瑞斌等（2012）認為，自我敘說研究經常「透過生命書寫……重構或擴增既有觀點來判斷其研究品質」（頁41），而其學術價值則常奠基於「對特定或不特定讀者（他者）具有相當的吸引力或召喚力……，不僅感通自己，進而能夠感通或感動他人」（頁42；括號內出自原文）。

作法上，洪瑞斌等（2012）強調自我敘說研究多透過「厚描」（thick description）與「主顯節」（epiphany，指對重要事物之頓悟，參見 Ellis, Adams, & Bochner, 2011）的特性，以故事撰述方式表現並述說「生命關鍵事件」或「轉折點」等重要時刻。

實則對此類以「自述生命故事」的研究而言，故事是／能否反映真相或真實事件之實並非重點，乃因故事講述者所能追憶／追述之生命經驗常隨時間推移而難原封不動或一成不變，反常加油添醋或加枝添葉。

是故研究者所須關注之對象乃在「故事是否前後連貫」、「能否連結敘事者與閱聽／讀者」、「能否協助閱聽／讀者與他人溝通互動」、「其用途為何」等，顯然敘事體寫作之真誠（實）性與傳統實證論有極大差異（Ellis et al., 2001: 10）。

合併上述胡紹嘉（2006）與洪瑞斌等（2012）之嘗試，以敘事（小說）體來撰寫學術論文是否得宜尚待更多突破與討論，但其至少代表了對話與反思的舉步與邁開。未來猶可由此出發，推動更多敘事（小說）體以外但具有可讀性的學術寫作創新途徑，藉此豐富學術研究的多樣性。

如 Ellis et al.（2001）所稱，「……研究與寫作乃屬社會正義之行動而非可事先規範之正確舉動，其目標在於產生有分析性且可接近之文本，旨在讓我們與我們生活的世界變得更好」，誠哉斯言。

三、後設敘事

實則任何學術論文的書寫者亦當如其他虛構寫作類型的敘事者（如小說家、劇作家、詩人），同樣得要深入地安排與其創作（研究）主題有關之素材，包括將閱讀不同研究文獻所得穿插寫入「文獻整理與概念化」一節（仍見圖 5.1），次則將取自不同研究途徑之分析所得依照某種邏輯關係寫入「資料分析與整理」章節，最後尚須費心地對照上述兩者（指文獻回顧與資

料分析）以能取得理論延伸並回答研究問題（或研究假設）；此一過程與故事撰述者在其作品內均須審慎安排時序與空間、人物角色出場秩序、事件前後邏輯關係等「布局」如出一轍。

Gannon（2009: 80-81）稱此手法「後設敘事」（meta-narrative；葛忠明，2007 稱此「元故事」或 metastory）的組織方式，指針對「歸屬」與否（belonging vs. not belonging）之二分法所創建之「故事線」（storylines），亦即將文本所納不同事件依其與主題是否有關（歸屬），而依序整理成有連貫性的前後脈絡。

依 Gannon 之意，學術論文寫作亦當同樣有此「後設敘事」作用，即整理一些與核心議題（即研究問題）有關的素材，依照前述「歸屬」與否而調整為有前後述說關係之整體性以利閱讀。

Gannon（2009）此處所言與前引陳德禹提議之「避免文不對題」亦頗接近，兩者皆在強調學術寫作之「連貫性」與「邏輯性」，前者指論文寫作必須注意章節之安排、段落之整齊、文字之清晰，務使其具「可讀性」（蔡柏盈，2010）。而後者（「邏輯性」）則論及學術書寫理應注意研究發想（問題意識）、文獻探討、研究設計、資料分析、研究報告、研究意涵間之脈絡與體系，彼此之間務須交相輝映、緊密連結。

廣西民族大學文學院教授范秀娟（2017. 06. 15）曾經闡述學術寫作的邏輯性，認為其是「嚴格按照緒論、本論、結論的邏輯順序進行結構的，其程序是先提出問題，再分析論證，最後得出結論，亦步亦趨，中規中矩，不講究曲折變化」，不能顛倒亦不能錯置；此一說法與圖 5.1 的「學術論文寫作結構」有異曲同工之妙，亦不脫離前引亞里斯多德的「開端」、「中段」與「結尾」等三幕式敘事結構。

由此觀之，學術寫作不僅如前述是文字的連貫、章節的通順，更也是論證之緊扣、論理之創新、方法之明晰了然，無可偏廢。而若以小說式的書寫則更應掌握前述「訪談敘事」特色以期透過生命故事之實例來啟發（evocate）閱者，從故事中找到其所熟悉的「故事線」尚未展示之人生展望與理論方向；即便學術寫作亦然（Bochner & Ellis, 2016），此或就是其能否彰顯創見之關鍵所在。

四、小結：學術寫作之故事意涵

　　小結本節所言乃在強調學術論文之寫作內涵不僅在於滿足前述偏向「技術性」（工具性）之學術寫作規範（如寫作格式），更在於透過「說故事」方式提出論理、思辨、批判要領以能展現所寫之學術性兼而有可讀性，藉此打動人心進而吸引讀者閱讀並能從中領悟、學習，與其他如科學、宗教、田野觀察等同為取得知識之重要途徑（ways of knowing；見 Elliott & Squire, 2017）。

第五節　本章小結：反思與檢討 ── 試析學術寫作「學術性」之多樣性

　　延續上章有關學刊投稿人不同時期心理適應的討論，本章接續說明並建議投稿前應將文稿整理得符合學術／刊寫作要求，以期減少主編與評審對基本格式的不悅與失望。本章由此深入剖析何謂學術寫作、其體例要點為何、投稿人如何確保其書寫符合學刊基本要求而此基本要求所指為何等議題，進而指出若要能在學刊發表論文，勢必兼顧寫作體例、學術性並能提出獨具創見之論點。

　　如前引臺北大學公共行政暨政策學系林淑馨教授（2013）曾謂，一篇好的學術論文總要選題新穎、觀點新穎、研究方法新穎；但對多數投稿人而言，三者若能得一即屬不易，如何三者兼備？尤其學術寫作規範如此繁複（見本章第一節），不同學刊又常發展各自格式手冊，直可謂眼花撩亂矣。

　　而最值得討論者則仍屬學術寫作之特殊體例，如強調多以「第三人稱」全知觀點撰述而少論辯，此乃取其嚴謹度而言，總須「有幾分證據說幾分話」，以致強調個人生活（存）經驗之第一人稱故事寫作方式一向被視為「非學術寫作」所應追求之「慣例」（routines）。

　　但近些年來，此一「客觀」、「第三人稱」、「純理性書寫」的學術寫作方式業已引發檢討與反思。除如前述 Nash（2004）、Goodall（2019）、胡紹嘉（2006）、洪瑞斌等（2012）初步展開了以第一人稱之小說體撰寫學術論文外，王宜燕（2006. 07. 12-14）專文亦曾檢索學術社區素來奉為圭

桌之 *APA Stylebook*，發現該書並未指陳不得以「非第三人稱單數」敘述（亦即未曾反對以「我」為撰述主體），反而認為以此述說有助於寫作清晰明確。

王宜燕因而強調，「學術寫作因襲已久的非人稱寫作格式並非規範，而是一種『必須接受，視為理所當然的──生活形式』……，是整個學術社群共享的實踐，……這是研究主體及其所處的脈絡共【同】形構的過程」（頁22；添加語句出自本書）。

換言之，王氏認為學術寫作慣以「第三人稱」書寫而少以「我」為主體，其乃出自以此代表其見解乃屬「學術社群集體之眼」，而非撰者個人獨有觀點，有其來自實證論點之特殊「客觀」論理考量。

延續王氏（2006）之觀點，本章認為學術寫作未來亦可嘗試以第一人稱述說從問題意識到蒐集研究素材，以及從資料分析復到結論的「情節鋪陳」與「轉錄」（transcribing，指將受訪者所說轉換成文字或圖像）過程（見葛忠明，2007），其重點並非在於「人稱」而是在書寫過程裡能否讓讀者（包括匿名評審）感受其不僅有類似一般寫作之「整體性」、「連貫性」與「前後脈絡」（邏輯性），亦有故事述說特有之人文情感價值，甚至可能因寫作者使用第一人稱而有助於產生閱讀「故事」之同樣樂趣，藉此超越傳統學術寫作之「理性」、「旁觀」、「中立」特質，進而也有與類似小說寫作般的審美趣味。

尤如 Richardson & St. Pierre（2018: 819）所言，實證研究的學術書寫方式過去多偏重呈現統計表格而無視於寫作本屬「動態創意過程」，可謂其「機械式之科學觀」（mechanistic scientism）。[22] 但對質性研究的學術論文而言，「寫作」就是探問知識的主要途徑而研究者即其寫作「工具」（instrument），愈能將此工具（指寫作者）「磨」得鋒利（指寫出有學術價值之論文）就愈能展現研究實力；因而對學術初學者而言，如何培養寫作能力乃為此類研究首要之務。

范秀娟（2017. 06. 15）認為，學術論文固然講求整齊單一的陳述句，卻也不排斥「新鮮、活潑、富有文采，易於吸引人、打動人，也就是說，學術論文也應該講究語言表達的生動性，這樣論文語言才會達到良好的表達效

---

[22] 本書第七章第三節引述 Polanyi 的「內隱知識」時，其亦有類似觀點。

果」，甚至柏拉圖哲學論著展現的對話式結構也能在「生動平易中見其深遠，……結構形式輕鬆靈活自如，沒有一般哲學論著的森嚴外觀和複雜結構」；顯然除了傳統用詞嚴謹且推理縝密的書寫體例格式外，猶有眾多生動的表達句式等待開發與嘗試。

　　然而在學術論文寫作摻入過多趣味是否易於引發如煽情之負面情緒或愛恨涉入感，此應列為下一階段猶可深入探究之議題。另如除了敘事體（小說體）以外之審美趣味學術寫作方式還有哪些，而以「第三人稱」方式之學術寫作是否亦可關注並促進具有審美趣味之書寫，均值得繼續探討、延續。

第六章

從寫稿、投稿、審稿到發表學刊論文：實例釋疑

-- 前言：本章概述 —— 從 R. L. Glass 主編虛擬的一封信函談起
-- 階段一之「發想」與「萌芽」（構思「人文取向」的內涵）
-- 階段二之「寫稿」與「投稿」（從年會宣讀到初擬學刊論文）
-- 階段三之「審稿」與「回應」（「心靈相契」之評審歷程）
-- 階段四之「通過」與「刊出」（以「人老傳播」取代「老人傳播」）
-- 本章小結：從發想構思到審查通過的漫長學術投稿歷程

第一節　前言：本章概述 —— 從 R. L. Glass 主編虛擬的一封信函談起

前章業已分別闡述了學刊論文之內外部影響因素、投稿人的心理適應、學刊／術寫作的體例格式與意涵等要點，本章擬續以本書作者於 2020 年刊出的一篇論文為例，說明其寫作發想與萌芽背景、寫稿與投稿經過、審查歷程以及最後刊出文稿，藉此整理前章所述內容以期畢其功於一役。

在此之前，猶可回顧 2000 年刊登在 *Journal of Systems and Software*（《系統與軟體學刊》）由主編 R. L. Glass 所寫之「主編一隅」（Editor's Corner）專欄文章。

　　依英文維基百科，[1]Glass 是美國著名軟體系統工程師，曾長期協助波音公司（Boeing Company）發展可供技術專家使用的軟體，也曾在西雅圖大學開授研究所課程，1995 年獲瑞典 Linkoping University 頒贈榮譽博士學位。迄 2011 年止，Glass 共發表 200 篇專文並出版 25 本專書，其後仍然多產，現為該學刊榮譽主編。

　　在這篇名為 "A letter from the frustrated author of a journal paper"（〈一封來自某學刊沮喪作者的來函〉）文章裡，[2]Glass 虛擬了一位歷經多次修審而備受打擊的學刊投稿人，因對評審心生怨懟無處發洩只好寫信給主編訴苦兼發牢騷，其內容頗具趣味值得全文引述如下（譯文與添加語句均出自本書）。[3]

　　親愛的先生、女士或其他人：附件是我們論文的最新修—修—修—修訂版本（re-re-re-revised revision），勉強用它罷（choke on it）。我們已經從頭到尾都重寫過了，甚至改變了該死的逐頁標題（the g-d-running head），希望我們受夠的苦難如今能滿足你與嗜血的評審。

　　【在這篇回應裡】，我無意逐點討論評審的每一項修改【建議】，畢竟你的匿名評審對科學程序細節明顯地不感興趣，卻藉由施虐我們這些不幸落入魔掌的倒楣投稿人來尋求某種瘋狂的歡樂，從而解決他們的性格問題與性飢渴（sexual frustrations）。

　　我們知道，你的編委會【充斥】一些令人厭惡的精神病患者（misanthropic psychopaths）。請繼續向他們發送論文罷，因為若不審稿他們就可能出去搶劫老太太或用棍棒打死小海豹。

---

[1] 以下說明出自維基百科 Robert L. Glass 詞條，「其後仍然多產」出自 ResearchGate，https://www.researchgate.net/scientific-contributions/Robert-L-Glass-49605167，其最新學刊論著於 2014 年（時 82 歲）刊出，係與 T. Dybå & N. Maiden 合撰（上網時間：2021. 02. 18）。

[2] https://ciencias.ulisboa.pt/sites/default/files/fcul/outros/A-Letter-from-the-Frustrated-Author-of-a-Journal-paper.pdf（上網時間：2021. 02. 18）。

[3] 引用此文並翻譯全文（僅一頁）已獲 Elsevier 出版商授權，同意書見〈附錄一〉。

而在這些評審中，C顯然最具敵意，務必不要讓他審閱這一版的修正稿。事實上，我們已經寄出郵件炸彈（letter bombs）給四、五位可能是評審C的傢伙；若將修訂文稿寄給他們，評審過程勢必延宕。

【至於】有些評審的意見，我們實在無能為力。如評審C建議，如果我的某些近代祖先的確來自其他物種（species），要改變這點著實也為時已晚。其他一些建議則已完成，文稿因而有所改進並受益良多。此外，你建議我們刪節手稿五頁左右，我們已經調整邊距並用其他字體以及較小字級而有效地完成這點；如此一來，文稿確如你所說的好多了。

評審B的建議13-28令人困惑。如果你在寄來【編委會】決議前確曾費心地閱讀評審意見就當記得，他／她列出了十六篇我們應在文稿引用的文獻，涉及不同主題卻與我們的論文毫無關連，其中一篇有關美西戰爭的文章【僅曾】發表在高中文學雜誌。唯一共同點是這十六篇都出自同一作者，可能是評審B讚賞且認為其應廣泛引用。

為此我們修改了引言，並在閱讀相關文獻後增寫了「回顧無關文獻」的小節，討論相關文章兼及其他兩位評審提出的愚蠢建議（asinine suggestions）。

我們希望你會滿意修正後的手稿，終也認為其值得刊出。若非如此，那麼你就是個無恥、腐敗又毫無人性尊嚴（human decency）的怪物，應該關在籠子裡。無論你的天賦何來，祝你成為下個種族笑話的對象。

但若你願意接受本文，我們樂於謝謝你在此過程的耐心與智慧，並對你的學術睿見銘感五內，也樂於協助你審查【他人文稿】以資報答，請提供任何一位本文審查人寄給貴刊的文稿。

一旦你接受本文，我們也將加註感謝你，同時指出受限於你曾用「編輯的獵槍」（editorial shotgun）強迫我們亂砍（chop）、重組、躲閃（hedge）、擴大、縮短而將一篇有肉有料的文章改得像是一盤清炒時蔬，不然我們會更喜歡原稿；若非你的意見，我們無法（也不會）做到這一點。

雖是虛構，這份極盡嘲諷戲謔的捏造信函誠然道盡了作者與評審間的恩怨情仇，一篇網路貼文甚至曾用「不共戴天」一詞來形容兩者的互動關係，[4]幾如愛恨糾纏的百味人生。

此外，香港大學法學院教授賀欣也曾回憶其稿件被評審慘批為「作者花了兩個月的時間進行田野調查，悲摧的（pathetic）是提交出這樣零星而沒有多少原創性的材料」。另篇則被挖苦，「文章在選題和收【蒐】集材料方面的努力是可嘉的，但文章的組織和結構像它的標題一樣『運轉不良』」。有位評審更尖酸地指出，「本文的文獻述評是如此膚淺，好像是描繪了一幅卡通」（底線與添加語句皆出自本書）。[5]

顯然投稿後究竟會遇上心存善意、慈悲為懷抑或心狠手辣、殘酷無情的評審皆屬機緣，無從逆料也難揣測，即便猜到恐也無法證實。最好的對應方式還是如賀欣教授所言，「在讀這些評論前，深吸一口氣，告訴自己這個世界沒有跨不過去的坎，時間終將改變一切。讀完之後，把它放下。兩、三個星期後拿出來再讀，這時它的殺傷力已經降低，或者說我的免疫力有所提升。又再給自己一段時間消化，慢慢地就可以開始冷靜地分析……」，其言與本書前章建議並無二致。

所幸下節所附的本書作者實例論文投稿過程未曾遭逢任何磨刀霍霍的殺手級評審，其意見反而極具建設性，以致最後一稿與原稿相較雖不敢妄稱其間有天壤之別，但經其等指正後確有畫龍點睛之效。

以下以四節說明實例：第一稿（原稿）與最後一稿（三稿）則以附錄呈現，〈附錄二〉為投稿原稿，而〈附錄三〉為學刊接受稿。

選擇此篇論文之因有二：

其一，該文刊出時間為 2020 年 6 月，距離本書撰寫時間相近，發想與寫稿的來龍去脈皆記憶猶新，回想、推論並不困難。[6]

其二，此稿雖曾來回三次，但由作者與編委會的往來書信觀之，實則二

---

[4]　https://kknews.cc/zh-tw/news/qlj8zz8.html（上網時間：2021. 02. 16）。

[5]　以上引述（含雙引號與英文原文）皆出自：https://mp.weixin.qq.com/s/ixmPyie0bxVwGD-Fn5tySA（上網時間：2021. 02. 16）。

[6]　最後在《中華傳播學刊》刊出之稿件，見 http://cjctaiwan.org/word/5754612020.pdf（上網時間：2021. 04. 05）。

審後當已「修刊」（如評審二意見為：「本文內容經修改後更爲精進細緻，尤其大幅修改後的結論更鏗鏘有力、發人深省，建議編委會同意刊登」，顯已通過），以其為例來說明論文投稿的具體經過應無糾纏疑難之處，相互對照即可瞭解此文（以下簡稱「實例論文」）作者與評審間的互動始末。

　　反之若改以歷經四、五審始獲通過的他篇論文為例說明，勢必附上前後多篇文稿方得彰顯彼此間的攻防往來，其字數顯當因每稿皆近 2 萬字而遠逾本書上限。而若採已遭退稿之文稿為例解析，則其未經進一步修改勢必無甚參考價值，亦無借鑑作用。

　　多方考量後，隨即決定以臧國仁、蔡琰（2020；見上註連結）為實例藉此說明其從發想到刊出的整體流程。又因下節內容皆在追溯此一案例的書寫經驗，擬仿前（第五）章第四節所述之「自傳式寫作」（見 Nash, 2004）方式，改以「第一人稱」回顧其如何啟動（第二節）、寫作歷程如何布局鋪陳（第三節）、其後如何回應評審意見並修改原稿（第四節）又如何完成整體發表流程。

　　原稿係由本書作者與蔡琰（原政治大學廣電系教授）合撰完成，因而以下所寫皆視須要或以「我們」（指本書作者與蔡琰教授）或「我」（指本書作者）具名。

第二節　階段一之「發想」與「萌芽」（構思「人文取向」的內涵）[7]

一、緣起與發想：從不足到重啟

（一）前緣：《敘事傳播》專書出版前後

　　若要追溯實例論文之起源，理應重溫我們出版《敘事傳播——故事／人文觀點》（臧國仁、蔡琰，2017）專書後的一段機緣。

　　依該書〈前言〉所述，首篇以「敘事傳播」為名的專文出自更早之前

7　本節所引文字出自實例論文文稿，不另註明出處。

發表的一篇學刊論文（見臧國仁、蔡琰，2013），初次指出並定義大眾傳播為「『在某些特定時空情境，透過中介人造物件並常藉由大眾媒介管道述說故事的歷程』，旨在抒發情感、激發想像、促進彼此傾聽以建立社區感，進而體驗人生、瞭解生命意義、創造美好生活」（頁159），其意顯與傳統傳播理論一向追求「資訊與媒介效果取向」（information and media effects oriented）之思維截然不同。

其後我們就以「主持人」與「共同主持人」名義向科技部提出為期三年（2013-2016）之「專書寫作計畫」（NSC 102-2410-H-004 -072 -MY3）且幸蒙通過，於2016年夏天完成結案報告後隨之改寫其為專書初稿共十二章。

次（2017）年7月，經再次調整、刪節內容，全書以九章共20萬字左右定稿並由五南圖書公司出版，終能完成此一耗時五年力求鋪陳「傳播研究者要如何除舊布新【並】提出與前不同理論」之宏旨（臧國仁、蔡琰，2017：v）。

此書強調，所有傳播文本之產出皆可視為「說故事」（storytelling）之歷程，而文本產出後更為精彩的互動與交換方才開始。而當新興科技早已主導著現代社會之日常生活時，每個人正也時時刻刻地透過不同媒介載具與媒材向他人講述自己的故事、轉述聽聞自他人的故事、評論所見所聞的故事；顯然，以「故事」為本之傳播行動方是新世紀影響社會大眾最為深遠的因子。

（二）緣起：「偶然」讀書會

專書出版後不久（2017年10月），我們有幸受邀在政治大學「創新創造力中心未來力實驗室」主辦的「偶然」讀書會分享心得。其成員來自不同學院（包括教師、研究生與行政人員），不定時召開且不拘形式。在此之前，我們也曾多次參加其他成員的分享與報告，因而欣然赴約，透過多張投影片說明此書的成因與內容，並以「人生少有『必然』而多『偶然』，亦少『因果』而多『因緣』。『偶然』與『因緣』之後就是（說）故事的開端」為旨分享著書所得，並以「人生即故事，故事即人生」（臧國仁、蔡琰，2005：14）寓意總結。

會後的問答時段互動熱烈甚而有些欲罷不能。承蒙主持人吳思華教授（政大商學院科技管理與智慧財產研究所）告知，其專題研究計畫也正勾勒

「人文創新生態系」的風貌以期推動「未來教育的圖像」，包括「發揚人文精神」、「積極宣揚普世價值，嘗試與國際對話，建立多元尊重與包容的文化」等（吳思華主編，2020：14-16；參見 Wu & Lin, 2019: Chap. 6），與我們專書的理路頗為意氣相投。

然而吳教授的提問卻讓我們豁然頓悟：專書全力發展以「敘事論」為核心的新傳播典範之餘，猶未著墨「人文」之意，亦未完整介紹書名副標所寫的「人文觀點／取向」（humanistic approaches）要義，內涵與架構更付之闕如，亟待補全。

當然，「敘事論」本就出自人文社會思潮的「結構主義」以及其後延伸發展的「後結構主義」。如老人敘事學者 Randall & McKim（2004）就曾指出，其早期曾深受結構主義啟發而立志探索老人如何述說故事、其故事結構為何、聽者如何解讀故事，從而領悟故事內容多來自日常生活與個人經驗，透過講述與聆聽就可相互學習從而融合、貫通生命意義，而愈多聽／講故事就愈能體會「人生（尤其老齡）之詩性美」（the poetic aging；臧國仁、蔡琰，2005：18），十足反映了深具人文意涵的美學旨趣。

因而若以「敘事論」為本，無須指明就可知其帶有濃厚人文色彩，是以「說故事者」（storytellers）為主體，透過不同媒介與媒材之講述與聆聽而與他人建立互動關係，進而揭示美好生活的願景；此點與前述傳統大眾傳播研究之「訊息及效果取向」觀點大異其趣。

由此觀之，除了立意提出「傳播即說故事」的基本立場外，我們未來仍應深入探究、剖析何謂人文取向的傳播行動及其所含要項，以期彌補專書未竟之志；此即本章實例論文（臧國仁、蔡琰，2020）的發軔所在。

（三）發想：重啟基本提問

心思既定，我們隨即回到兩人主持多年的「老人／人老傳播研究群」，並於 2017 年 12 月 30 日的例會提出有關「大眾傳播研究人文取向」的初步觀察，包括以下幾個基本提問（出自該週會議紀錄）：

-- 何謂「人文取向」？
-- 其他領域曾經如何發展人文取向？

-- 「大眾傳播研究人文取向」的可能內涵為何？其以故事而非訊息為核心研究題旨的合法與合理性為何？傳播研究是否亦可探索說故事者的心靈活動？生命故事（life stories）議題何以納入傳播研究？

-- 「人文取向」的大眾傳播研究可能面臨哪些挑戰與困境？

如今回顧這份距「偶然」讀書會分享僅約三個月的構思，顯已含括其後漸次發展實例論文的諸多重要議題，喻其重啟了整個研究的問題意識亦不為過。但何以至此？

實則「老人／人老傳播研究群」的前身早在 2000 年秋天成立，[8] 初期僅有我們兩位主持人加上學生寥寥數人，成員單薄且研究旨趣猶在摸索。其後陸續加入多位來自不同院校相關領域的師生，背景殊異但理想相近，皆樂於不拘形式地自由發想、相互提問。後期成員人數倍增，每次開會幾如研究所上課般地發言踴躍，師生皆曾沉浸於知識交換之濃郁氣氛而難歇息，逾時「下課」幾為常態。

因而每次報告後的各自抒發己見常有欲罷不能之樂，而暢所欲言、高談闊論的內容皆屬彌足珍貴而常引發共鳴，精彩程度雖經近二十年間成員持續更迭而未衰，不但是我們申請不同年度專題研究計畫之素材，亦是眾多碩、博士生推進畢業論文的助力。

由是成員們（包括我們）從最初的發想到分享討論，又從分享討論復到產出成品，研究群總是提出創新想法的最佳試煉園地，乃因「平等共享、學術共構、情感交流、相互砥礪」本就是其能維繫多年而未曾停歇的寫照。

此次亦不例外，一旦啟動了延伸「人文取向」的心思，首要課題當就是回到研究群提出上述構想兼而說明如下：「我們的專書對於何謂傳播研究之人文取向以及傳播研究應如何持續發展人文取向的論辯仍感淺薄，未來當以『人本主義心理學』為師，窮盡洪荒之力深入解析以能持續發展傳播學之

8　研究群成立之初名為「新聞美學研究群」，2005 年更名為「老人傳播研究群」，2013 年再次調整為「人老傳播研究群」以迄而未更動，期間多隨兩位主持人之專題計畫而發展不同研究旨趣。2020 年春，源於兩位主持人均自教學崗位退休而劃下休止符，可參閱蔡琰、臧國仁（2011）回顧研究群前十年之發展契機。

『人本主義』論點」（出自 2017. 12. 30 例會會議紀錄），同時籲請成員協助籌組團隊以期次年春天合力齊向 2018 年中華傳播學會年會申請「專題討論」（panel）。

二、萌芽：完成「專題討論」的組隊與宣讀

　　二月春節過後，團隊組成並也順利提出大綱經審查通過，共含 6 篇短文（各約 5-10 頁長度），分從「回歸自身」、「論醫學、護理學與傳播學的相似性」、「傳播研究的『表演』（performing）取向」、「論『畫畫』如何擴充敘事研究之方法」、「中國大陸體育綜藝節目的人文精神之體現」等面向探索傳播與人文間的可能構連，期能在年會報告時籲請傳播研究者關注此一議題之重要性。

　　年會於 2018 年 6 月 30 日至 7 月 1 日在新竹市玄奘大學舉行，專題討論團隊全員出席並也接受現場提問。我們所寫的引文僅約 10 頁，論及經初步文獻檢索後發現，其他社會科學相關領域如「心理學」、「老人學」、「社會學」以及「醫學」等皆已次第引進「人文取向」，正可作為往下延伸探索大眾傳播研究如何「向人文轉」（the humanistic turn）的借鏡，以能接續展開下一階段的撰寫工作。

第三節　　階段二之「寫稿」與「投稿」（從年會宣讀到初擬學刊論文）

一、寫作初探：發想「以人為本」之傳播概念

　　階段二的書寫始自改寫上述 panel 引文，完成後（從 10 頁增寫至約 30 頁）隨即投稿該年 7 月 13-15 日在成都市四川大學召開之「中國新聞史學會新聞傳播思想史研究委員會」2018 年年會，並也幸獲通過惜無回饋意見。

　　此次年會經匿名審查後共有研究論文數十篇分成多組報告與回應，參與者眾，會場熱鬧非凡。我們的論文在年會宣讀後隨即受到《湖南師範大學學報》（簡稱《湖南學報》）主編之邀在其十二月號刊出（蔡琰、臧國仁，

2018b），恐是少數（若非唯一）獲此殊榮的作品，深感受寵若驚。

　　此文首先定義「人文取向」，指其乃是以「人」為中心的生活認知與素養能力，意在凸顯「人」之獨特性乃在其能「文」，即能書寫並表述的美而雅致易於吸收，傳遞屬於人的知性與社會普遍的情性；此即傳播人文意涵可資延伸的重點（改寫自蔡琰、臧國仁，2018a：6）。

　　梳理眾多文獻後，此文接著檢討「人本心理學」（humanistic psychology）、「人文老人學」（humanistic gerontology）、「人本主義地理學」（humanistic geography）的眾多研究者曾經如何另闢蹊徑地引入人文概念並發展新意。[9]

　　舉例來說，心理學因受行為主義影響甚深，傳統上較為關注認知、態度與行為，卻廣泛地忽略了人之靈性。而「人本心理學」轉而探析「心靈」與「存在」等議題與心理學的可能連結並曾出版專屬學刊，因而能與行為主義學派與精神分析學派等主流思想分庭抗禮。

　　而老人（學）研究延續其專注老人心理（geropsychology）之學理背景，提出「超自然」、「心靈民族誌」、「意義」等面向之人文研究。人本主義地理學則反其道而行，對傳統文化之「五行八卦」地理知識不屑一顧，期能跳脫「玄學」之外貌轉而回歸科學研究精神。

　　至於大眾傳播研究若要發展人文取向，其所涉面向理應善加規劃。早期曾有學者關注如何在新聞學引進人文社會科學（humanistic social science）的涵養，強調其（新聞學）功能原在孕育民主社會並促成對語言與表達的認識以及對敘述形式的理解，因而常與政治、文學、歷史、哲學、藝術等人文相關學門互動密切。但其後在大眾傳播研究者力倡實證主義影響下，本與新聞學水乳交融的人文情懷卻因凡事講求科學驗證而漸銷聲匿跡，誠然令人惋惜（參閱 Parks, 2019）。

　　此文接續討論若以大眾傳播研究為例描繪其可能含括之人文內涵，則可分從核心、面向與情境等層次說明。如在「核心」層面即應引入敘事論

9　人本心理學亦常譯為「人本主義心理學」，但人本主義地理學（或人文地理學）則鮮少譯為「人本地理學」；「人本」與「人文」原文均為 humanistic，本章互用。

為其知識論與本體論基調，體現「傳播即生命故事之講述與交換」的主張（頁 17）。凡涉入故事講述與交換的「敘事者」與「受敘者」（narrators/narratees）均可平等地分享與彼此生命有關之生活經驗，並視「大眾傳播」為講述故事的管道，藉此共構彼此生命價值與生存意義。

　　在結論一節，此文力主在傳播領域提出另一學術典範（academic paradigm）的必要性（即敘事典範），以期傳達「以人為本」之核心概念，視其內涵俱與「生活」、「存在」、「生命」本質有關。互動雙方（或多方）彼此尊重並視他方為獨特且與己不同之個體，各自述說生命經驗以能追求真誠自我之實現，從而樂於追求更好的人生目標並止於至善。此一典範因而強調，傳播內容並非僅在傳遞訊息以能產生效果，而更在反映人生積極意義與生活樂趣，或體會人生苦難卻持續追求生存真諦。

二、寫作初刊：受邀在《湖南學報》發表

　　返臺後，我們重新審閱了全文，除調整題目為「試析『大眾傳播研究』之人文取向」（原為：「初探『大眾傳播研究』之人文取向：回顧與展望」）外，亦曾刪節部分文字並省略原稿之「附錄一」。整體而言，《湖南學報》刊出的版本與年會宣讀論文幾近一致，由此結束了有關「傳播研究人文取向」的初步寫作歷程。

　　但受惠於此階段針對「人文取向」（尤其人本心理學）的探索，新的書寫計畫隨之啟動，並延伸討論如何省思「老人傳播研究」。

三、年會投稿：2019 年 6 月的中華傳播學會

（一）初識 A. Maslow

　　撰寫上述論文時，我們曾經廣泛閱讀文獻並累積筆記多達數十頁，從而注意到心理學者 A. Maslow 頻頻出現在人本心理學的相關論著。但其究係如何與其他研究者共同開啟了人本心理學思維、貢獻曾經為何、核心論點有哪些，則是初閱文獻的疑惑與不解。

　　對大多數社會科學領域的學習者而言，Maslow 名聲如雷貫耳，多因其在 1954 年出版的巨著 *Motivation and personality*（《動機與人格》）提出了「需求層次論」（hierarchy of needs），從最低層次的「生理與安全」需求

到最高層次的「自我實現」（self-actualization）依次發展，唯有滿足低層次後方得進行到下一層次；其發展有如金字塔狀，最低層次座落於底部而第五層次則在尖端。

　　Maslow 理論的重點在於指陳人們總是不斷地產生「需求」欲望，稍事滿足後往往又迅速地出現新的欲求。這種內在動機因而成為貫穿整體人格的表現形式，也是人們終其一生持續發展的心理特點（劉燁編譯，2006）。

　　凡讀過心理學教科書當都對此金字塔狀所示的理論內涵不感陌生，謂其最常引用的心理學概念亦不為過。但令人惋惜的是，教科書著者多侷限於上述「需求五層次」論點，卻長期漠視 Maslow 其後接續提出的第六層次修正觀點「超自我實現」（self-transcendence，或譯「自我超越」）。一般學習者不察，也就跟著這些教科書而無視於其較為成熟且與一般心理學者大異其趣之立論。尤以 Maslow 的諸多觀點雖長期引用於管理與組織溝通領域，其甚具開創性之 Z 理論卻始終藏諸名山而少人聞問，有賴後進學者據其筆記整理成冊方得逐漸見諸於世。

　　儘管曾經沉寂而遭忽視多年，Maslow 的影響力卻從未稍減，反而在新世紀前後延伸出幾個新的心理學子領域，如「正向心理學」（positive psychology；或譯「積極心理學」）追求的三大支柱「快樂生活」、「美好生活」、「有意義的人生」無一不有 Maslow 的「全人」（fully human）概念身影（Seligman, 2005）。

　　而由心理學家 Csikszentmihalyi（1990／張定綺，1993：7）提出的「心流」（the flow）概念亦受惠於 Maslow 的「高峰／高原經驗」（the peak/plateau experiences），指當人沉浸於某種活動（如寫作、冥思）時常會帶來「最優經驗」（the optimal experience），類似孩童在沒有事先計畫下即興創作歌曲、舞蹈、圖畫、劇本或遊戲時出現的喜悅感，「孩童們張大著天真、不帶批評的眼睛看世界，只注意事情的本來面目，既不爭辯，也不堅持事情是別的樣子」（引自呂明、陳紅雯譯，1992：33）。

　　Maslow 最為讚許「像孩子一樣」（childlike，或譯「童心」）的心態，指的就是這種脫離時空且陶醉於專注與定心的超越自我狀態，常是「創造性思考」的主要來源（見 Arons & Richards, 2015）。

　　經由廣泛地接觸這些論及 Maslow 後期發展的第六層次需求後，我們對於如何開展新的寫作計畫也漸有了頭緒，即以其曾協助發展（或帶動）的

「人本心理學」與「超個人心理學」為反思起點，探索老人傳播研究如何得能更為精進。

（二）「人老傳播」議題的浮現

　　「老人傳播研究」是我們早在新世紀之始就已開啟的研究路徑，初期曾經申請專題研究計畫（見蔡琰、臧國仁，2001-2003）以期檢視老人觀賞電視劇的心理特質與接收行為。其後據此陸續發表多篇學刊論文，分別觸及「老人接收新聞訊息之情感與記憶」（即老人如何閱讀新聞）、「熟年世代網際網路之使用」（老人的科技使用習慣）、「爺爺奶奶的部落格」（老人敘事）等研究議題，並出版《老人傳播：理論、研究與教學實例》專書（蔡琰、臧國仁，2012）。

　　此後我們持續寫就數篇專文延伸討論。如臧國仁、蔡琰（2014）即曾指出，「老人傳播研究」與一般「老人（學）研究」相較顯有不足，眾多研究者自成體系而少與其他次領域互動，既不熱衷理論建構亦無意於建立研究主體性，以致研究主題日趨狹隘（多僅限於人際傳播）而無助於此一領域之健全發展。

　　而在結論一節我們提出了以下觀察：「『老人傳播研究』乃觀察老人如何從自我、人際與社會三個層面講述生命故事之研究歷程，或可改稱其『人老傳播』（aging communication）之研究領域」（頁475），首次揭示了此一學術名詞；惟限於篇幅以及思慮猶有不周，猶僅止於想法而未及延展其意。

　　實則「人老傳播」一詞最早係於研究群2013年3月16日例會提出，但直至2013年6月15日初步交換意見後，始才認為其旨在於瞭解任何年齡的「老化」（aging）過程，兼而省思生命經驗、提倡積極樂觀有智慧的生活，期能透過交換故事而創造每個人的獨一無二人生，而非如「老人傳播研究」多僅專注於老人族群（the aged）的溝通表現（均見會議紀錄）。

　　但整體而言，有關「人老傳播」的內在意涵為何迄未啟動正式探索。其後雖曾調整研究群之名為「人老傳播」，實則仍未系統性地指稱其內涵為何、與原名「老人傳播」有何異同、兩者取向之別何在等，直至2018年底著手撰寫新的論文方得延續並正式納入前述「以人為本」的傳播概念。

四、啟動「反思『人老傳播』研究」的專文

翻閱當時留存的筆記可知，撰寫此文過程中我們曾經關注心理學如何改從以下幾個較新面向處理情緒問題，如：「正念」（mindfulness; Shapiro, 2009）、抗壓力（resilience，或譯復原力，見本書第四章討論；何秀玉、李雅玲、胡文郁，2012）、超越自我（常稱 Z 理論或 theory of Z；林曉君，2010）等，甚受啟發，從而確認老人傳播研究若向這些後起次領域取經，當能形成與前不同的研究蘊意。

此文除前言略述老人傳播研究的發展起因與本質外，第一部分皆在討論其研究侷限，如有關「研究對象」之定義與內涵、傳統持實證論點之研究者「世界觀」（亦即「後設想法」）以及「研究設計」如何不足等。第二部分則借鑑心理學的三個反思經驗，包括：「敘事心理學」、「人本心理學」與「正向心理學」，期能有助於老人傳播研究推進更具開創性的發展軌跡（參閱〈附錄二〉）。

此三者雖與「老人」議題未有直接關連，但研究內容實多有牽連。舉例來說，敘事老人學（narrative gerontology）研究者即常提及其多受益於前述敘事心理學之「生活即敘事」根喻（root metaphor），因而樂於引入諸多敘事觀點如自我、認同、生命等具有人文色彩的概念，以期探索生命歷程（lifespan）議題。

而在結論，此文啟用「從『老人傳播』到『人老傳播』」小標，指出從「方法學」（methodology）角度切入之旨乃在「提醒研究者（含本文作者），做研究是與自己的學術生命以及同儕相互間的互動與對話。唯有領悟此點，老人（人老）傳播研究才能直入核心找到值得安身立命之源頭」（頁23；括號內出自原文）。

因而研究老人傳播實則除了研究老齡族群（即他者）外，也在透過與受訪對象的訪談「回頭檢視自己、觀察他人、體驗生命」，從而領悟如何在研究過程避免帶有對「老齡」或「年齡」的刻板印象或偏見，而應藉由自問自答的方式來瞭解做研究的盲點；此當即從事「人老傳播研究」的真諦了。

2019 年初，此文初稿完成後隨即投寄中華傳播學會年會，期盼得到回饋從而確認此文之學術價值，幸運地獲得以下評審意見因而信心大增：

本文……作者書寫流暢、表達清晰，論文結構和推論均屬嚴謹的上乘作品。通篇文章讀來啟發與創意不斷。唯一後續可以再拓展之處，應是在心理學觀點和相關研究對於老人／人老傳播的啟發和貢獻；亦即，心理學與老人／人老傳播的接合。作者目前當然有處理到此。不過就整篇論文的分量比重而言，這個理論的接合迄今看來稍顯薄弱。期待作者對此有更豐富的討論。

由於年會評審意見僅為參考之用無須回應，雖經指出了此文缺失，但一時之間猶未找出修改方式，因而決定投稿《中華傳播學刊》以期透過正式審查過程獲取更為具體的建議。

五、正式投稿《中華傳播學刊》

選擇《中華傳播學刊》並非考量其他因素，而係當時已有一篇稿件業經《新聞學研究》通過即將出版（蔡琰、臧國仁，2019），按照學術慣例轉投其他學刊較為適合，以免勞動同一學刊編委會過多。

稿件投寄後隨即收到《中華傳播學刊》寄來如下「形式審查表」：

▶▶ 表 6.1　《中華傳播學刊》形式審查確認表 [10]

論文題目　反思「老人傳播」研究的方法學途徑：兼向心理學的相關經驗借鑑

◎撤稿或改正		
項目	符合	不符
研究論文字數 15,000-20,000 字	◎	
研究論文以《中華傳播學刊》格式撰寫		◎請參見說明
論文中的注釋以 10 個為宜		◎
論文中的圖表表格以 10 個為限	◎	
研究論文內文中不得透露作者資訊	◎	

---

[10] 此表出處 http://cjctaiwan.org/submission03.asp（上網時間：2021. 03. 08）。

◎得由作者稍後刪除或補充		
論文應附上中英文論文題目與摘要	◎	
中文摘要 150-200 字、英文摘要 100-150 字、關鍵詞 6 個以內		◎
封面註明論文題目	◎	
封面註明作者相關資訊	◎	

（以上說明部分截取自本刊體例，詳細說明請參考本刊已刊登之文章，以及本刊完整體例說明 http://cjc.nccu.edu.tw/word/5313672013.pdf），請依《中華傳播學刊》體例一一修正。

　　此「形式審查表」即前（第三）章提及之「預審」，須依該刊體例逐一修改。而我們過去曾多次投稿因而熟諳其體例與流程，初稿僅有部分格式不合（如中英文摘要長度稍逾規定），略經修改後就寄回編委會，隨即收到回覆信函表示正式進入審稿流程。

第四節　階段三之「審稿」與「回應」（「心靈相契」之評審歷程）[11]

一、一審

　　不出意料，一審所獲兩位評審之建議甚多，且從字裡行間觀之甚具善意，對拙作有諸多美言佳句，讀來頗受啟發極為受用，按其所述依次修改即可。

　　舉例來說，「評審一」語多嘉許，認為此文「具有其學術貢獻性」，而「評審二」則稱「本文的問題意識清晰，且深富理論創新，……顯見作者在相關領域的浸淫之深、旁徵博引文獻之廣，及立論觀點之新，不僅另闢……

---

[11] 本節所錄兩位評審意見皆經《中華傳播學刊》編委會代為聯繫後獲其首肯使用，非常感謝。

蹊徑，也對相關研究方向提出更高層次的哲學性思考與理論意涵，令人讚佩」，閱後頗有「高山流水遇知音，彩雲追月得知己」的心靈相契之感。

　　策略上則如前章所引相關文獻建議，先行列印兩位評審所有意見並仔細閱讀，後依修改難易程度逐筆調整。如「評審二」意見 1（見表 6.2）指陳本文「針對 methodology 一詞譯法交錯使用『方法學』與『方法論』」就可立即修改。其餘不符論文體例之處（如評審二之意見 2）無論修正或替換均無難處，可逕行改之。

　　作法上，依次仔細回應所有評審意見，若與其觀點不盡相符亦詳加說明。如「評審一」意見 2 曾建議將「老人傳播」改為「傳播老人」而非「人老傳播」，因不符原文有意強調之「生命變化歷程」初衷，故回應時強調「上述調整之旨似難達成」；好在「評審一」並未堅持，二審未再提出類似建議。

　　以下列表（見表 6.2）對照評審意見與作者回應，右欄附加本書說明解釋其時為何如此回應。表 6.2 左欄之「綜合說明」原置於作者回應首頁，旨在提綱挈領地綜述盼能有助於評審瞭解回應所寫（底線皆為本書所加）。

▶ 表 6.2　評審意見與作者回應之對照表

	評審一之意見	作者回應	本書說明
綜合說明		感謝《中華傳播學刊》匿名評審在盛夏溽暑中費神審閱拙稿〈反思「老人傳播」研究的方法學途徑：兼向心理學的相關經驗借鑑〉，得蒙指正並受肯定，甚感榮幸。 本文撰寫耗時甚久，卻常苦於難尋同儕意見，以致順暢與否難以自我判定。送審後承兩位評審不吝，分別指出眾多未能周全顧及之盲點與文意漏洞，感激之情實難言述，僅能盡力修正以期不負冀望。	共五段，原置於「作者回應」第一頁，旨在綜述評審意見與作者回應以收見微知著之效。

	評審一之意見	作者回應	本書說明
		整體而言，「評審一」與「評審二」皆曾對本文一稿之第二部分多有建言，因而改寫幅度較多（尤其「二、心理學反思經驗之二—T. R. Sarbin 與「敘事心理學」」一節）；「肆、結論」亦已重寫。 次者，有鑑於兩位評審均曾指出本文之人文與後現代意涵，作者決定稍加修改各節標題，如全文主標調整為「兼向心理學之人文轉向經驗借鑑」，第參節小標改為：「參、向心理學的人文反思經驗學習」、第肆節改為「結論：從『老人傳播』到『人老傳播』之人文轉向意涵」，是否允當，仍請審閱。	
意見1	本文文旨符合現代哲學與心理學的潮流，旨於從現代結構連貫量化到後現代後結構斷裂質化的典範轉移來反思老人傳播的研究方法之途徑，以消除潛藏已久的年齡歧視觀，從而讓老人長者獲得主體性、主權性，其彰顯出其生命的價值與經驗，可謂創新，具有其學術貢獻性。	感謝「評審一」之謬讚。	針對評審一的綜述，無須冗詞贅句，感謝其美言佳句即可。

	評審一之意見	作者回應	本書說明
意見 2	作者在文中指出「老人傳播」應該更改爲「人老傳播」。個人淺見，建議應該改爲「傳播老人」，因爲「老人傳播」之中，老人爲形容詞，傳播爲主詞，形成老人是客體傳播爲主體，所以老人傳播之中，老人喪失其主體性，而成爲客體而被評判，而失去闡述其生命故事的主權。 然而，更改爲人老傳播，人老仍爲形容詞，傳播仍爲主詞，其困境依舊，仍未能翻轉。所以，建議作者應該更改爲「傳播老人」，傳播爲動詞，老人爲主詞，以彰顯老人之主體性及其獨特之生命故事，傳播爲動詞以服務老人以闡述老人的生命故事。	「評審一」睿見令人讚佩，乃因作者過去未曾從「主詞」或「動詞」（主體、客體）角度思考。但如本文一稿頁 2-3 所述，調整「老人傳播」爲「人老傳播」之因，在於有意藉此脫離「年齡族群」（無論稱其「老人」、「老齡」、「銀髮」、「樂齡」或其他美譽）之桎梏：「實則『老人傳播』研究之關心對象並非某個特定年齡族群的『溝通問題』，而是上述『生命歷程』之變化與適應議題，……」（見頁 3）；而若改以「傳播老人」爲之，則上述調整之旨似難達成。考慮再三，作者仍盼能以「人老傳播」爲題，旨在說明此一取向除關心傳統與老人溝通有關之研究議題外，更在強調「生命變化歷程」所出現的眾多「親身」與「耳聞」故事講述經驗，藉此相互砥礪、彼此學習、充實人生。	作者回應底線一（睿見令人讚佩）所述乃在避免評審一認爲本文作者推託無意修改。 底線二（上述調整之旨似難達成）仍在說明評審建議與原文題旨不合。 底線三（強調「生命變化歷程」）再次指稱本文意在說明「生命變化歷程」，而非評審所說「老人主體性」，無論「老人」爲名詞或動詞皆非本文重點。
意見 3.1	例如：教育學界亦有類似的反思，過去是「老人教育」，後改爲「樂齡教育」，更改爲「樂齡學習」，其實或許應該要改爲「學習樂齡」才對。因爲「樂齡學習」還是蘊藏著對長者是弱勢的年齡歧視觀，而認爲長者應該要	誠如上述，本文之旨在於提出老人傳播研究理應擴大視野，不復專注於特定族群（無論稱其「老齡」、「樂齡」、「銀髮」或其他中立詞彙）之傳播議題，而在從「生命歷程」之故事講述經驗著手，旨在說明「人生即藝術品」（a life is	評審一此處繼續延伸其上述意見 2 之想法，但謙稱「個人淺見」（見底線）。 作者爲此也禮貌性的讚其建議爲「新意，

	評審一之意見	作者回應	本書說明
	去學習新知，以跟上社會之潮流。「學習樂齡」才是擺脫了年齡歧視觀，認為長者是主體，是具有豐富人生經驗，是有其生命故事，值得我們來學習。當然，以上，乃個人淺見，作者是否要接受「傳播老人」的名稱，還是採取「案主自決」的模式了。	a work of art），值得與他人分享也值得講述乃因每個人生俱屬獨一無二而有其特殊內涵與意義」（頁5）。 如此一來，由生命之動態變化來觀察「老人」以及其他年齡族群如何透過故事講述進而建立人際關係，透過親身講述而建立自身之年齡認同（self identities，如認老、服老、享受老齡），其所涉及之理論幅度似較寬廣。 但無論如何，感謝「評審一」之新意，此乃從未思考過之角度，誠屬有趣。	乃從未思考過之角度，誠屬有趣」（見底線），禮尚往來也。 即便如此，本文仍盼維持原稿寫法。
意見3.2	對於圖一內的「個人自我」被置於左側，個人淺見認為應該與「家庭敘事」互換，「個人自我」應該要置中，「代間溝通」搬到第一和二框之間，因為代間是包含家庭內外的。當然，這也是個人淺見了。	「評審一」上述建議亦屬洞見，顯然「圖一」之三個敘事元素（個人、家庭、社會）彼此關係易生誤解（見原圖）。 經再三省視後，決定將原在中間之圖框刪除（見新圖），藉此說明內圖三個敘事元素乃平行且地位均等，從「個人」（增寫「敘事」，見黃底）至「家庭」再至「社會」依次發展，此舉或可避免原圖過於凸顯「家庭敘事」之嫌。 此外，圖一下方之「生命歷程」亦如「評審二」之「提問7」建議改為單向（見黃底），而「代間（跨世代）溝通」移至「人際互動」之	源於一稿原圖與二稿新圖無法置於此處故皆省略不附（一稿原圖可參閱〈附錄二〉）。 〈附錄三〉之圖一係經「評審一」的二審新建議，與此處所寫新圖不同（見底線）。 又，此處「作者回應」所寫「見黃底」（如底線所列）因無法納

	評審一之意見	作者回應	本書說明
		下（見黃底）。 以上即爲回應「評審一」提問 3 之調整，是否妥適，仍請指正。	入本書故均取消。
意見 4	作者在「（三）反思之三：研究設計—以 Erikson 之『心理社會發展階段論』爲例」的批判力度不足，就個人理解作者可能意欲批判目前之研究設計以短期橫斷式與量化研究爲主，作者認爲這樣的研究設計無法彰顯老人的生命故事與其價值性，作者以 Erikson 長期縱貫式與質化研究爲例，欲指出其爲老人研究之典範，直指與反思老人之研究當以「長期縱貫式與質化研究」之設計爲主。建議作者的批判力度可以更聚焦，強烈與明確些，以避免失焦，以及讀者無法理解其文旨。	感謝「評審一」之提醒，此處確爲思考不周，增寫如下（見黃底：第一、二段文字挪自一稿之註釋 5）： （以下共四段文字省略）	〈附錄三〉之圖二以下從「*實則類似 Erickson 老年報告……*」至「*……此類長期之縱貫式資料蒐集與解讀*」共四段文字均爲新增。此四段均針對評審一所述之「*批判力度不足，……可以更聚焦，強烈與明確些，以避免失焦*」（見意見 4 底線）。 作者回應所寫之「黃底」（見底線）亦省略。
意見 5	本文前半部，從研究對象，研究者世界觀，到研究設計之反思，充滿對於現況的省思與批判之力道，讀來引人入勝。然而，進入後半部「三、向心理學的三個反思經驗借鑑」時，作者舉了三個心理學研究典範轉移的故	感謝「評審一」之直言，「評審二」之提問 10, 11 亦有類似建議（尤其建議刪除「正向心理學」相關說明），合併答覆如下： 第一，同意「評審二」之建議刪除「正向心理學」，但將部分文字挪移至結論一節（見第五段）；	評審一所稱「似乎失去了文章的反思與批判力道，讀來有如閱讀教科書般的感受，實屬可惜」（見意見 5 底線）有

評審一之意見	作者回應	本書說明
事，以七頁的篇幅平鋪直敘這三個心理學的故事，似乎失去了文章的反思與<u>批判力道，讀來有如閱讀教科書般的感受，實屬可惜</u>。個人淺見，建議不宜過多，或許從三個心理學研究典範轉移故事之中，僅擇一個故事即可，深入聚焦其轉移之因果，與引申至老人傳播研究途徑上的一些具體性的建議，以使未來「老人／人老傳播」在研究對象上，研究者世界觀上，到研究設計上，也都能夠產生研究典範的轉移，以讓長者成為主體，而能夠自我發聲，自我述說其生命之故事。	第二，調整結論之小標為「肆、結論：從『老人傳播』到『人老傳播』之人文轉向意涵」； 第三，同意「評審二」之建議對調「人本心理學」與「敘事心理學」之次序，且在「參」之引言改寫下列文字（見黃底）： 如葉浩生（2006：8-9）所言，心理學自始就熱衷於仿效、崇拜自然科學的科學觀與方法論以致領域日趨分裂與破碎，其後諸多心理學者受到後現代思潮影響而相繼另闢蹊徑方才出現如下引之人文取向研究熱潮，其核心議題多在「確認人的主體價值並以此論斷之為人乃在其能學習、自我改正、追求善良、增進美好社會以及生命的豐富性」（蔡琰、臧國仁，2018：142）：此一路徑顯與心理學之主流實證論點極為不同，有助於老人傳播研究開拓新局。 第四，改寫有關「敘事心理學」全小節如下： （以下共十一段文字省略）	如當頭棒喝，感觸甚深，因而痛下決心大幅度調整文字（共增寫十一段，參閱〈附錄三〉）。

　　小結「評審一」的一審意見雖僅五點但對本文多有期許，語氣委婉不難修改（如意見 3.1 自謙「以上，乃個人淺見，作者是否要接受……還是採取『案主自決』的模式了」，而 3.2 則謂「當然，這也是個人淺見了」），因而樂於儘量依其建議調整內容。

以下列表「評審二」的一審意見，共十二項（另有前言三段）。

	評審二之意見	作者回應	本書說明
前言 1	〈反思「老人傳播」研究的方法學途徑：兼向心理學的相關經驗借鑑〉一文旨在從方法論角度剖析當前以高齡、老人為主題的傳播研究之困境與未來展望，不僅本身的研究主軸深具重要性與前瞻性，也與《中華傳播學刊》重視人文與思辨精神、鼓勵多元視野的傳播學術研究之宗旨相契合。	感謝「評審二」之謬讚。	美言甚多，無須贅句冗詞，感謝即可。
前言 2	整體而言，本文問題意識清晰，且深富理論創新（如從「老人傳播」跨越到「人老傳播」，文字本身不動僅動順序，然而意境卻更深遠遼闊），點出「老人」這個身分與眾不同之處，更將敘事研究、老人傳播與心理學的研究成果冶為一爐且無縫整合，顯見作者在相關領域的浸淫之深、旁徵博引文獻之廣，及立論觀點之新。本文的貢獻不僅在於另闢傳播學或老人傳播學之蹊徑，也對相關研究方向提出更高層次的哲學性思考與理論意涵，令人讚佩。	再次感謝。	同上。

	評審二之意見	作者回應	本書說明
前言3	本文初稿已具備刊登之品質，但評審基於職責仍必須盡可能給予修改建議，以力求本文之臻於完善。故以下臚列十二項疑問或建議，敬請作者卓參。若有雞蛋挑骨頭之嫌或是誤解作者之意，尚望作者海涵。	感謝「評審二」費心指陳，作者盡力調整。	同上。
意見1	用詞統一：針對methodology一詞，本文標題譯為「方法學」，然而摘要與關鍵字則將此名詞譯為「方法論」，內文（尤其是結論）與圖對此的譯名則是將兩者交錯使用。建議作者或可擇一使用，僅在內文初次提到此名詞時將兩種譯名並陳（如作者在前言第三段的既有安排），但後續則固定使用同一譯名。依評審拙見，或許「方法論」譯名更適合用於本文脈絡。	感謝「評審二」提醒，已調整並統一寫法為「方法論」（共調整四處，皆已加註黃底）。	評審建議極具建設性且不難修改，依其所述統一用語即可（黃底省略）。
意見1.1	其次，內文p.5之次標題（二）反思之二：研究者之研究「世界觀」（perspectives），選用的英文是perspectives，但同頁倒數第二段又用了worldview。建議作者統一使用這些英文詞彙，且似乎worldview比perspectives更貼近本文所指。	已刪除perspective，僅留worldview並已加註黃底。	接受評審建議，稍事修改即可（黃底省略）。

	評審二之意見	作者回應	本書說明
意見 1.2	另外，自內文 p.13 起，提到知名心理學大師 Maslow 時，同樣亦是交錯使用 Maslow 與「馬斯洛」於各段敘述和圖三中，如 p.15 第一段與第二段開頭均提到 Maslow，第四段又改為「馬斯洛」。建議在使用上可統一。	感謝提醒，已統一使用 Maslow 藉此避免不同譯名可能產生之差異（見頁 14 兩處黃底）。	同上。
意見 2	論文體例：《中華傳播學刊》的論文體例「四、正文」之「（三）子目與段落」規定，子目依：壹、一、（一）、1、(1) 等順序編排，而本文內文子目的第一項為「一、前言」……，與本刊體例規定不符，顯有將子目重新調整之必要。	感謝提醒，已調整（見黃底）。	體例之修改並不困難，略微調整即可（黃底省略）。
意見 3	內文 p. 2 第二段提及，一些生物醫學研究卻因慣於認定「老即衰敗」而多出現如 *Estes & Associates (2001)* 所稱之「老化之生物醫學化」（*biomedicalization of aging*）現象，將「老化」議題逕與「病體」或「生病」連結，進而推論如要延續生命就應透過良好的醫學與護理專業照顧，因而成為法國哲學家 *Foucault (1973: 29; 引自 Hooyman & Kiyak, 2008: 326)* 所言之「醫學凝視」（*medical gaze*）或「專家凝視」（*expert gaze*）掌控對象。	感謝「評審二」之意見，作者一稿文字書寫不夠流暢，或有引起誤解之虞。釜底抽薪之計當在省略其中所引之 Hooyman & Kiyak（2008）改而直接引用原屬文獻，畢竟此處所寫原就出自 Estes & Associates（2001: 46-48）與 Foucault（1973: 29）而殆無疑義。改寫後之文字如下：一些生物醫學研究卻因慣於認定「老即衰敗」而多出現如 *Estes & Associates*（*2001: 46-48*）所稱之「老化之生物醫學化」（*biomedicalization of aging*）現象，將「老化」議題逕與「病體」或「生	依評審建議，將「轉引」改為直接引述原文出處。

	評審二之意見	作者回應	本書說明
	據審查人瞭解，Hooyman & Kiyak（2008: 326）並未在其書中直陳「醫學凝視」（medical gaze）或「專家凝視」（expert gaze）是 Foucault 所言，而是說 Foucault 的概念深深衝擊社會科學各領域，以及對於專業權力與高齡議題的分析至為重要。這兩位作者接著提到，「儘管 Foucualt 未明確處理老年學理論，但若干老年學家用了他（Foucault）的著作來解構關於高齡的常見預設。」而這些源自 Foucault 著作核心的概念就是「專家凝視」。 或許本文作者的原意也非指「醫學凝視」或「專家凝視」是 Foucault 所言，但這一段的敘述有可能引起讀者誤解。	病」連結，進而推論如要延續生命就應透過良好的醫學與護理專業照顧，因而成為法國哲學家 *Foucault*（*1973: 29*）所言之「醫學凝視」（*medical gaze*）或「專家凝視」（*expert gaze*）掌控對象，「客體化」了老人從而建立眾多醫學規訓以使其服膺於專業工作所需並也易於管理，但老化之積極、正面、樂觀生命意義與醫療極限等倫理議題卻備受忽視（*Estes & Binney, 1989; Kaufman, Shim, & Russ, 2004*）。	
意見 4	作者接著在下一段提到，*而老人傳播研究者未能察覺此類陷阱，也常重蹈覆轍地認為其研究對象必然產生人際或社會「溝通問題」*（*如 Nussbaum et al., 2000, Chap. 11: Barriers to conversation facing elderly people*），*同樣淪於上述迷思而多強調一旦上了某個年紀（如前述 65 歲）就易產生溝通障礙……*本文這一段的見解至為精闢，點出當前老人傳播的	簡單地說，如社會心理學者邱天助（2002：5）所言，老人學研究者習以實證量化途徑而將「年齡」納為重要變項，以致產生「工具理性」（instrumental reason）之缺失，即便此舉得以引起政府機構重視甚而獲得學術研究之補助，卻讓老人賠上「烙印」（stigma），年齡也成為原罪，而老人成為了社會問題所在。 同理，如傳播學者 Williams	此處因評審閱讀仔細，回應似應好整以暇，故以四段文字為之，旨在說明傳播領域的研究者「*為何重蹈覆轍*」（見意見 4 底線），並增寫一段「老人歧視」（見作者回應之斜體）。

評審二之意見	作者回應	本書說明
迷思與困境。但想請教作者，是否曾思考過「老人傳播研究者未能察覺此類陷阱」的原因可能為何？是因為早期的老人傳播研究追隨老年醫學、老年護理學研究之腳步？抑或有其他原因？	& Coupland（1998）所稱，老人傳播研究者常假設行為及臨床之測量（大多為溝通變項）可區分老人為「正常【溝通】」與「不正常【溝通】」之個人，前者指符合所有成人之標準（norm），即「在晚年時期無任何不能行動之病痛或任何功能的不足或任何癥候」。但此定義實有「引喻失義」之嫌，乃因人老了之後就像是嬰兒時期無法用一般成人標準衡量其「正常」與否。 傳播研究者（尤其實證研究者）為了符合如上引所稱之「工具理性」而將另個「烙印」套在老人身上（如上段「正常老人」vs.「不正常老人」），使得其所關注之議題常如老人研究學者一樣，常集中於負面向度如「會話障礙」、「溝通調適」等。 以上即「評審二」所引一稿「老人傳播研究者未能察覺此類陷阱，也常重蹈覆轍地」之意，顯示傳播學者如一般老人學研究者慣以「工具理性」看待「年齡」（老齡），導致兩者如出一轍地陷入了「年齡歧視」（ageism）情懷。 為此，頁2該段最後一行增寫「顯與一般老人學研究者同樣易於陷入『老人歧	

	評審二之意見	作者回應	本書說明
		視』（the ageism; Nelson, 2002）或老年偏見（elder discrimination：蔡麗紅、鄭幸宜、湯士滄、黃月芳，2010）之情懷」。	
意見 5.1	內文 p. 3 第二段與第三段，以及圖一皆提到一個較罕見的專有名詞「老人意識」，但內文似未對此做清楚的界定與交代。從圖一與第三段的敘述依稀可推斷，作者似乎認為「老人意識」就是「動態之生命歷程變化意涵」與「如何感知其自身變老」，但這兩項敘述似乎還需要一些連結與說明。	經查原引，「如何建立自己與他人的『老人意識』（邱天助，2002）」，似有錯誤，應是邱天助，2007，已在二稿修正（見頁 3 黃底）。但該書內文並未申論何謂「老人意識」，無法如「評審二」之建議詳加說明。 另查蔡琰、臧國仁（2010）有較多引述，如該文頁 247 曾提及「我意識」（老人自我形象或 me-ness），而頁 238-239 亦曾引用老人學者彭駕騂（1999）之言認為，從老人特色及老人心理、人格、情緒等面向觀之，其「皆曾經驗一般自我意識，且在步入老年後持續發展……，但對健康且人格健全的老人而言，面對老年現實之時猶可調適自我意識來面對新方向……」。 由以上所述可知，本文所稱之「老人意識」原指「老人之自我意識」（me-ness），即在心理、人格、情緒等面向所發展之自我知覺，由此而可調適因年齡愈長所帶來之生活新方向。	同上，依評審意見增寫並調整文字（黃底省略）。

	評審二之意見	作者回應	本書說明
		因而頁 3 此段文字修改為「*在心理、人格、情緒等相關面向發展之自我形象知覺（"me-ness"），常用來調適因年齡愈長所帶來之不同生活方式，進而瞭解『動態之生命歷程變化意涵』（見圖一第二層），當屬學術研究與日常生活皆應審慎省思之重大議題*」（黃底字為新加）。	
意見 5.2	此外，第二段寫道：「*如何建立自己與他人的『老人意識』（邱天助，2002）從而瞭解『動態之生命歷程變化意涵』，當屬學術研究與日常生活皆應審慎省思之重大議題。*」這樣的敘述似乎是將「老人意識」與「動態之生命歷程變化意涵」區隔開來，否則如果是指涉同一件事，這樣的敘述似乎顯得重複。建議作者或可在注釋另立一項說明之。	如上述修改方式是否得當（是否重複），請再示之。	此段合併上述意見 5.1，未再修改。
意見 6	內文 p.3 最後一段最後一句：「*進而樂於改變或調整人生路徑甚至釋放應有路徑或認知。*」想請教，「釋放」在此的意思為何？	感謝提醒，顯然此句不易瞭解，因而擬修正為「*甚而重新發展與前不同之成功老化生活與歷程*」。是否妥適，仍請指正。	文字調整而已（見斜體）。
意見 7	圖一最下方的生命歷程，作者以雙箭頭的一條線呈現。在下覺得，生命歷程若依照作者所用的心理學家 Erikson 生命週期論，似	感謝提醒，已如回應「評審一」之提問 3 所示，改為單箭頭。	接受評審二建議，微調附圖（此圖未附）。

	評審二之意見	作者回應	本書說明
	乎應以單箭頭的直線呈現為佳。若以雙箭頭呈現，似指人生階段可以重來或回到過去。		
意見8	內文 p. 6 第二段提及專有名詞「第二次轉型」，或許可再介紹何謂「第一次轉型」。否則讀者可能會和評審有同樣的疑惑，有「第二次」但爲何未見到「第一次」？	感謝提醒，已在頁 6 增加「註二」（見文末頁 31）如下： *根據 Hooyman & Kiyak（2002／林歐貴英、郭鐘隆譯，2003：第八章），1961 年之前的社會老人學係以「角色」（role theory）與「活動」（activity theory）理論爲主，旨在回答「個人如何適應年紀相關的變化」（頁 414），包括社會角色與生活形態等面向。其後，著名之「隔離理論」（disengagement）首開先河地主張，人到了某個特定年齡老人就會從社會「隔離」或「撤離」，如住進安養院或退休賦閒在家，轉而關注於自身的內在生活而漸從社會活動撤退。這個「隔離理論」因而成爲社會老人學的「重要轉捩點」，是「第一個全面的、清楚的將各相關領域的理論引進」（頁 416），包括「符號互動論」、「年齡階層論」、「社會交換論」、「老年政治經濟學」等，是爲「第一次轉型」（the first transformation）。*	接受評審建議，增寫註二（見斜體）。

	評審二之意見	作者回應	本書說明
意見 9	內文 p. 6 第三段，作者以頗多篇幅介紹 Gubrium & Holstein（1999: 288-292）的觀點，實因其採用的是關於「老化」的建構論。故建議作者可在敘述上略微加字，如改為： 依 Gubrium & Holstein（1999: 288-292），老化的社會建構論主要論點有以下三者：……	感謝提醒，此處作者原稿顯有文意漏洞，因而增寫下列語句（見黃底）：其意對「老化」（aging）均極具參考作用。	稍加調整文意。
意見 10	本文在「三、向心理學的三個反思經驗借鑑」中，依序提到敘事心理學、人本心理學與正向心理學，但若如作者在內文 p.13 所述，「*敘事心理學延續並擴大了上世紀年代 1970 由 A. Maslow 等心理學前驅研究者所引發的『人本心理學』浪潮。*」那麼是否在行文順序上，先敘述（二）人本心理學，再敘述（一）敘事心理學為宜？	已調整次序，除刪除「正向心理學」外，改將「人本心理學」置前。	已如前述「評審一」意見 5 的建議調整。
意見 11	本文的「三、向心理學的三個反思經驗借鑑」，堪稱是本文迥異於當前老人傳播研究主流論述的一項重要論述或貢獻，重要性僅次於反思老人傳播研究的方法學途徑。前兩項反思經驗（敘事心理學、人本心理學）皆與作者的主張若合符節，唯獨第三項反思經驗（正向心理學）似乎有些格格不入。	感謝「評審二」之建議，業已在回應「評審一」之意見 5 詳加說明，此處不再重複。	同上

	評審二之意見	作者回應	本書說明
	正如作者引述 Diener（2009: 8-9）所言（p. 19 二段），正向心理學「過度重視個人幸福感的研究傾向無形中鼓勵了個人主義的興起……」，且「*仍應以『社會科學研究方法』（指實證量化研究法）為本以能提出新的理論與假設，此點顯與前述『敘事心理學』與『人本心理學』不同*」。 就審查人所知，個人幸福感一直是主流老年學研究常見的一項重要議題，且確實多採實證量化途徑。在這樣的情況下，作者將「正向心理學」與「敘事心理學」、「人本心理學」並立，堅稱「正向心理學」對於老人傳播或人老傳播研究有正面影響力，似有些牽強。 若作者仍認為「正向心理學」對於老人傳播或人老傳播的貢獻是瑕不掩瑜，可能需要在「三、向心理學的三個反思經驗借鑑」或「四、小結」中多做一些說明。目前「三、向心理學的三個反思經驗借鑑」在這方面的論述似過於簡略。		

	評審二之意見	作者回應	本書說明
意見12	本文既以文獻檢閱作為主要的分析方式並強調反思之重要性，是否考慮在結論中用較多篇幅來闡述作者的論點？目前的結論僅約一頁，以質性研究的一般規格來說似乎略為簡短。另外，目前的結論（p. 21）倒數第二段提到：總之，如 Randall（2001）所示，人生真諦必須透過故事的一再講述與互換方能體會，而在此講述與再述（以及聆聽）的過程裡，我們得有機會回頭檢視自己、觀察他人、體驗生命。但 Randall（2001）的這筆文獻是在結論才首次出現，先前的方法學反思並未觸及。作者似乎可以考慮在二、「老人傳播研究之方法學反思」中先檢閱 Randall（2001）這筆文獻，然後再於結論做進一步的摘要或引申。	感謝「評審二」之建言，作者受益甚多，決定改寫「結論」（含微調「標題」）如下，是否得當仍請斧正（Randall, 2001 這篇文獻業已調整位置，閱讀起來當可稍減突兀，並在頁 5 增列這篇文獻，見黃底）：以下省略，可逕參閱本書〈附錄三〉之結論一節	接受評審意見大幅度增寫結論一節（參閱〈附錄三〉）以強化內容（黃底省略）。

綜觀「評審二」的十二項建議部分與「評審一」所見略同，尤其兩者針對一稿「三、向心理學的反思經驗借鑑」小節均認為所引三個「經驗」過於繁瑣。二稿（未附，可參見〈附錄三〉的三稿）除刪節、後移「正向心理學」小節部分內容至結論外，並曾對調「敘事心理學」與「人本心理學」次序以能與前節連貫（可參酌前述中華傳播學會年會評審意見）。

二、二審

以下列表評審一的二審意見。

	評審一之意見	作者回應	本書說明
意見 1	作者依據審稿拙見修改論文，讓論文旨更加清晰明瞭，以彰顯出老人傳播典範轉移之必要性與迫切性，從而能夠除去年齡歧視觀點，以進行尊重長者主體性的「人老傳播」研究方法。對於老人傳播之學術精進具有其創新性與貢獻性。	感謝評審一之肯定。	評審美言無須贅詞，感謝即可。
意見 2	對於圖一，想再給一些淺見以供作者參考。 在圖一內，作者以直線形呈現「個人／家庭／一般」的三者關係。事實上，人生是不可能如此直線性發展的，而是相互交錯發展的，因而建議這三者的關係，可以用正三角形來呈現，個人置於上方，家庭／一般則置於下方的左右兩側。更者，「個人／家庭／一般」的三個圓形，採正三角形擺設時，其圓形亦可以加大到兩兩相互交集，以織出人生的故事，這樣或許可以更接近於真實的人生。 不知作者是否同意呢？同樣地，還是充分尊重作者的原意，以上僅屬於個人淺見而已。	再次感謝評審一之卓見，已重新繪圖見下表，並於表下方之說明感謝評審之建議。	接受評審建議修改圖一，將原有直線式的發展動態面向改為三角形（見〈附錄三〉圖一），此處省略。

	評審一之意見	作者回應	本書說明
意見3	作者在「參、向心理學之人文反思經驗學習」與「肆、結論」之中，做了不少的修改，讓論文有著更為明確的論點。 其中，在第二十二頁與二十三頁之中，有著「其一」與「其二」的結論。「其一」的論點似乎就是對本論文前半段「研究對象」反思的呼應與總結；「其二」的論點似乎則是對本論文前半段「研究者世界觀」反思的呼應與總結。 然而，在前半段研究方法的反思之中，是包含著「研究對象／研究者世界觀／研究設計」等三大方面的反思。為何在結論的部分僅只有兩點的結論，似乎只針對研究對象與研究者世界觀進行呼應與總結呢？為何未能夠對「研究設計」也進行相對應的呼應與總結呢？ 不知是個人的理解有誤，抑或是作者無法對「研究設計」進行前後相互對照的呼應與總結呢？	經查，頁22-23並無評審一所指之「其一」與「其二」，實際出現之處為頁23，旨在說明兩個心理學次領域之反思心得，「其一」對應於「人本心理學」，而其二對應於「敘事心理學」。 但頁22-23反思本文第一部分之「研究對象／研究者世界觀／研究設計」時，的確未曾提及「研究方法」，故擬於頁22增寫如下（見黃底）： *尤應嘗試以研究時間較為長久之「縱貫式」資料蒐集方式解讀並說明人老傳播之意涵，藉此避免陷入年齡偏見之謬誤（參見蔡琰、臧國仁，2019）。*	接受評審建議並增寫一段（見斜體；黃底省略）。

以下列表評審二的二審意見：

	評審二之意見	作者回應	本書說明
意見1	本文內容經修改後更為精進細緻，尤其大幅修改後的結論更鏗鏘有力、發人深省。建議編委會同意刊登。	感謝評審二之肯定。	評審美言無須贅語，感謝即可。

　　概而言之，二審新增建議不多，惟「評審一」針對圖一的新增意見頗為中肯，對此文修改助益甚大而樂於依其所言逕改之，亦因屢次加寫以致字／頁數略增（見表6.3）。

第五節　第四階段之「通過」與「刊出」（以「人老傳播」取代「老人傳播」）

　　二審後之三稿送回《中華傳播學刊》不久即收到通過信函，但正式刊登信函延至次（2020）年2月始才發送，隨後展開校對，而至6月順利刊出。如自投稿開始計算，整體流程約耗時一年，而若從「前緣」算起則長達三年（2017.07-2020.06），過程堪稱曲折、漫長（見表6.3），但其對任何學術論文而言應屬常態而非特例。

▶ 表6.3　本章所引實例論文之發展歷程

階段一			
前緣 2017. 07	緣起 2017. 09	發想 2017. 09	萌芽 2018. 02
2017出版《敘事傳播》專書	「偶然」讀書會分享	人老傳播研究群的報告	中華傳播學會專題討論提案
20萬字	ppt	ppt	10頁

階段二			
初探 2018.07	初刊 2018.12	年會投稿 2019.02	正式投稿 2019.05
四川大學思想史學會年會報告	《湖南師範大學社會科學學報》邀稿	中華傳播學會年會投稿	《中華傳播學刊》投稿一稿
ppt＋38 頁	30 頁	31 頁	31 頁
階段三			
一審 2019.06	二審 2019.07	三審 2019.07	
回應一審意見	回應二審意見	修改後寄回編委會	
31 頁 16,573 字	36 頁 19,218 字	35 頁 19,293 字	
階段四			
通過 2019.07	刊登信函 2020.02	正式刊出 2020.06	
初步通知	正式通知	《中華傳播學刊》第 37 期，頁 259-289	

第六節　本章小結：從發想構思到審查通過的漫長學術投稿歷程

　　本章不厭其煩地解析了實例論文如何從發想到萌芽，又如何從撰寫年會論文到投稿學刊，經評審提供諸多意見後酌予修改再經複閱、再改，終能獲得發表機會。若從最初發想開始（2017 年初在「偶然」讀書會分享新書）到在學刊正式刊出已歷三年餘，不可謂其不長也。

　　但學術成品本就是長時間醞釀所得，鮮少有立竿見影之作。我們從出版《敘事傳播：故事／人文取向》專書後即開始擘劃如何鋪陳「人文」概念，最終以「反思老人傳播研究的方法論」為對象探究其研究困境為何、人文取向為何，從而引進了心理學的經驗，建議調整「老人傳播」為「人老傳播」

以期凸顯「人」的變老與成長過程方是研究主體〔而非年（老）齡〕，唯有如此改變主體論與知識論等後設意涵，相關研究題旨的真正學術價值方得顯現；其構想與動念並非一蹴而就，乃是歷經多次再思與重構方能逐步推進。

回到前（第四）章 Belcher（2009）專書所述「改寫」方是投稿學刊論文的重點，上述實例論文的發展歷程實可印證其言不虛：從一開始在讀書會（以及研究群）口頭報告後，組隊以「專題討論」（panel）形式在「中華傳播學會年會」撰寫簡短引文，其後改寫為正式學術論文並向四川大學2018 年年會投稿，隨即應邀在《湖南師範大學學報》發表。由此重啟新的寫作方向並經審查通過而在「中華傳播學會年會」宣讀，全文隨後投稿《中華傳播學刊》並蒙刊出，其間歷經多次改寫方得逐步落實所感所悟而為學刊論文（見圖 6.1）。

當然，其他潛在來源尚有如「專題計畫結案報告」、「專題計畫提案」（見本章第二節），本次實例論文雖未使用但過去的確亦常改寫其為會議論文並漸次投稿、刊出。而一般在學研究生的投稿論文最常出自「課堂作業」與「畢業論文」，若有機會改寫、投稿當能增添自信（未在本書所示的改寫係以虛線表示，見圖 6.1）。

但如圖 6.1 所示，如能累積學刊論文後繼續撰書出版，當能完成一家之論進而成為「經典著作（專書）」（語出陳世敏，2000：3），畢竟學術工作的遠程目標常在建構理論體系以期產出獨特見解，無論人文或社會科學皆然。而在學刊發表論文僅是漫漫學術之旅的歇腳之處，總要完成專著則推理立論方能告一段落，更新的研究構想或可由此而起，從而開啟新的知識探索旅程。

如本章所載實例論文即出自臧國仁、蔡琰（2012b）專書，經多時醞釀（如臧國仁、蔡琰，2014, 2013）後方又產生新的研究構想（見圖 6.1 右方），如本章所示修正「老人傳播」概念為「人老傳播」而後終能再次為文並在學刊發表（臧國仁、蔡琰，2020），未來或有機會繼續以此（「人老傳播」）為題發展為下一本專書再次開展新的創新研究之旅。

此點陳世敏（2000）已有類似說法，即一般而言學術創作的歷程多由學術論文或專題研究計畫起始而後由學刊論文接手，等到思慮成熟且可引文獻逐步到位後方能撰書立言。陳世敏認為，「……要瞭解……學術發展，從出版的觀點，僅依賴學術研討會和期刊論文是不夠的。一般博碩士論文和專題

▶ 圖 6.1　本書實例論文所示之學刊改寫投稿路徑 *

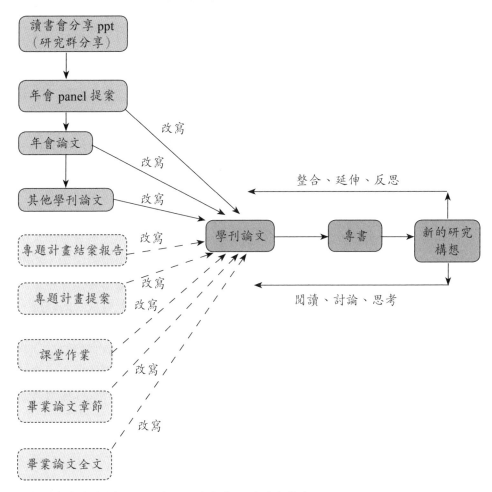

* 未及在本章實例引用之論文，改寫來源悉以虛線表示。

研究報告，又未經正式出版，只限於私人流傳。書籍有其先天優勢……」
（頁 16）。陳氏並用「第四戰場」來形容書籍出版的重要性，強調知識的創造和累積應不限於期刊論文、學位論文、專題研究報告三者。

　　另如前章所述，任何投稿人（包括我們）常遭退稿幾可謂之家常便飯。如某次我們寄出稿件後旋遭退回，既無任何評審意見亦無編委會說明，無以追究其因只能「摸摸鼻子認了」。隨後轉投另一學刊，未料一審後就已收到

通過信函，還蒙主編在信中提及「兩位評審對各位的大作均讚譽有加」，略感補償。

另次投稿有關教學創新作法至某教育學刊，卻遭評審以「沒有明確的研究目的與待答問題，因此不可能設定適當之研究方法，文中所提之教學評鑑工具並未述明信效度，未檢定其結果是否顯著」為由退稿；實則此文並非量化研究，當然沒有信效度檢驗亦無顯著與否的檢定。

以量化研究的標準否定此文所提的教學理念、核心議題、教學策略以及學生評鑑結果，實有「風馬牛不相及」之憾。無奈之餘，我們去信主編懇請另找審查人卻遭拒絕，上網查閱方知學刊新換了主編，原有兼容並蓄的編輯方針（指兼納質化與量化研究的投稿論文）雖尚未調整，但實際作法卻已改為純量化方向，只能再次「摸摸鼻子認了」免得自討沒趣。

類似例子如前章所述所在多有，其因甚多。除委之投稿人自身寫作水準不足外，眾多主編或因經驗不足或因對投稿人尊重不足皆是可能因素。如本書前（第三）章曾經述及教育學界的惡質評審，實則主編是否勝任編務工作或能否以服務學術社區的態度主持編務，亦（更）是學刊是否成功的關鍵。

北京清華大學出版社編輯韓燕麗（2012）曾以該社出版的 *Nano Research*（中國大陸譯為《納米研究》）為例指出，主編要有強烈的辦刊意願，也要能組成學術團隊共同全心投入才能發揮作用。而主編的做事風格與品格更是學刊走向的決定性因素，「有什麼樣的主編，就有什麼樣的刊物」（頁 34），其可說是辦刊的「靈魂」所在。

惜乎國內眾多學刊財源不足以致人少事雜，僅能採輪流制一任一至兩年。頻頻更換主編極易導致經驗無法傳承且刊物風格難以建立，少能培養高屋建瓴、視野宏闊、氣度開放的編務負責人願以「禮賢下士」的恢弘氣度面對投稿人，反常一昧地追求高退稿率以示其刊物高人一等；此點在前章亦已多有提及。

因而如前（第三章）結論曾引述嚴竹蓮（2016）之建議增設「評審評鑑系統」（peer review evaluation；參見 Horbach & Halffman, 2020），定期檢視包含學刊主編在內的審查流程以期提升同儕審閱的透明公正度與專業度。目前相關研究有限（如翁秀琪，2013 曾透過訪談學刊主編以探索學刊表現與困境），未來亦可探討主編之辦刊風格與作用以期共同尋求並提升更為公開且良善的學術風氣。

　　總之，本章以一篇由本書作者親撰的論文為例，完整鋪陳其從發想到在學刊成功發表的流程，或可提供有志者參閱並樂於以與眾不同之自我表述手法寫出有獨創見解的學術論文。

第七章

結論：學刊的知識轉換與倫理守則

-- 前言：本章概述──北京清華大學校長的宣示
-- 本書摘述與整理：學刊知識鍊結的相關組件
-- 知識的轉移：內隱知識（即默識）的外顯化
-- 學刊發表的學術倫理議題
-- 本章概述與全書總結：多元發展時代的學刊角色

第一節　前言：本章概述──北京清華大學校長的宣示

　　就在本章構思、起筆之刻，北京清華大學校長邱勇於 2021 年 2 月底在其校內職員工大會公開宣示，「學生畢業、教師評價，不再強調論文數量」，因為「學術權力不能交給期刊編輯和審稿人」。邱勇說，2020 年全年「沒有一個清華學生因發表 SCI 論文數量不夠，而無法申請學位」。[1] 相較於此，2018 與 2019 年分別各有 163 人與 171 人曾因發表期刊論文篇數不足而在申請學位時遭拒。

　　但邱勇也強調，此項決定不代表該校有意鬆綁畢業與評價（鑑）門檻，而是逐年且逐步地調整以期建構新的「學術創新成果」條件，質量要求當較過去更為嚴謹。但新聞中並未詳述此一條件包含哪些細項，只是重申學術論

---

[1] 出自 https://mp.weixin.qq.com/s/2oRqIvBnDWxH1b9sqQHl-A（上網時間：2021. 03. 04）。但邱勇並未詳述為何「學術權力不能交給期刊編輯和審稿人」，僅能猜測其意在於學校應當主動審查研究生的學術能力，而非委之學刊的匿名評審制度。

文的發表數量不再是僅有的評議標準而是眾多選項之一。

　　北京清華大學校長的這項宣示迅速引起大陸媒體關注並獲不少網友按讚，臺灣《旺報》也曾報導，[2] 顯然其後續影響令人矚目，眾所期待其能帶動兩岸大學採取必要措施以期改變這項廣受研究生（以及教師）詬病與質疑的制度，共同找出方法解決因獨尊學刊論文發表數量而曾帶來的桎梏（見下討論）。

　　另篇相關新聞評論則曾提及，諸多中國大陸大學經常設定不盡合理的學術評鑑要求，以致「一些學術期刊成了高校教師和研究生眼中的香餑餑，……通過收取版面費等獲利不菲」。[3] 類似舞弊造假之例在前章（第二章第五節）檢討「掠奪性期刊」時已有論及，但業經揭露者可能僅是冰山一角，若不及早提出類似前述北京清大的改革，更多負面個案還會層出不窮（參見本章第四節）。

　　舉例來說，臺灣《旺報》報導邱勇宣示的同天，同版並也刊載了另則轉載自美國《華爾街日報》的新聞，指出「從【2020 年】大陸 50 個城市的醫院和醫學院研究人員【在國際同儕審查期刊】發表的 121 篇論文……發現，……每篇論文都至少有一幅圖片與另篇論文相同，顯示許多論文可能出自同一家公司或『論文工廠』」（添加語句出自本書）。[4]

　　該則新聞報導並稱，發現此事可疑的專家認為這是制度使然，因為中國

---

[2]　見 https://www.chinatimes.com/newspapers/20210302000073-260309?chdtv（上網時間：2021. 03. 04）。

[3]　見 https://www.sohu.com/a/453699097_114988（上網時間：2021. 03. 04）。「香餑餑」一詞意指「香甜的點心，比喻極受歡迎的人或極搶手的東西」，出自「兩岸辭典」：https://www.moedict.tw/~%E9%A6%99%E9%A4%91%E9%A4%91（上網時間：2021. 03. 04）。

[4]　根據《自由時報》2021. 03. 25 轉載自由亞洲電臺的報導，英國知名科學期刊《自然》（Nature）近來發表文章指出（原文可參閱：https://www.nature.com/articles/d41586-021-00733-5；上網時間：2021. 03. 25），中國大陸醫院的假論文過去二十年增長了五十倍，數量驚人，「已很少人相信或引用中國科學工作者撰寫的論文」（https://news.ltn.com.tw/news/world/breakingnews/3478881；上網時間：2021. 03. 25）。

大陸的醫生與研究人員若要升等或獲得獎勵，就須在有同儕評審制度的學刊發表論文。[5]但其流程已如前述耗時費力且非投稿人所能掌控，一旦退稿對職涯發展衝擊甚大，因而鋌而走險者前仆後繼難以杜絕，唯有從改良制度著手方能遏止。

　　而臺灣學術界不遑多讓，多年來無論升等或定期評鑑也都如前章所示只看學刊（尤其 SCI, SSCI 或 TSSCI, THCI 等核心期刊）發表數量與點數，以致類似違反學術倫理的案例時有所聞，沉痾頑疾一時之間同樣難以解決。

　　如臺南成功大學 2020 年底舉辦工學院院長遴選，其中一位候選人就遭檢舉曾經一稿兩投，即便在遴選前即已要求學刊撤下其中一篇論文，仍被指控嚴重違反學術倫理而要求學校處理。此案已由該校學術倫理調查小組查證，院長選舉因而延宕且該職位暫由副校長代理。[6]

　　另如借調高雄醫學大學副校長的臺灣大學醫學院毒理學研究所教授郭明良，2016 年曾被國外「學界同行審論平臺」（PubPeer）舉報涉及造假論文十餘篇屬實而遭臺大解聘，多位列名論文共同作者如臺大醫院副院長林明燦也都受到免除行政職的處分。[7]

　　同樣列名共同作者（其中一篇為第二作者）的時任臺大校長楊泮池雖因認定未涉違反學術倫理而無懲處，僅宣布任期屆滿不再續任但堅不辭職而曾引發輿論嘩然。[8]《天下雜誌》稱此「臺灣史上最嚴重的學術風暴」，強調此

5　見 https://www.chinatimes.com/newspapers/20210302000077-260309?chdtv（上網時間：2021. 03. 04）。

6　見 https://udn.com/news/story/6928/5293079（上網時間：2021. 03. 04）。約兩個月後，《蘋果日報》與《聯合報》皆曾報導調查結果「確實有瑕疵，但『不構成違反學術倫理』」（見 https://tw.appledaily.com/life/20210504/VVK2OXO5PRHCFMS6PRBAXK5DBM/；上網時間：2021. 06. 24），其後爭議未解仍在持續（見 https://udn.com/news/story/6928/5434386；上網時間：2021. 06. 24）。

7　https://www.cw.com.tw/article/5081119（上網時間：2021. 03. 04）。教育部公布審議結果見 https://www.edu.tw/News_Content.aspx?n=9E7AC85F1954DDA8&s=7B10D8731D855CD7。

8　https://anntw.com/articles/20170319-GwiU（上網時間：2021. 03. 04）。

案已使臺灣與中國、印度同被 mBio《微生物》雙月刊列為三大「爭議論文偏高的國家」，若論其因則此報導同樣歸之於制度問題，「臺大醫學院醫師升等與看診兩頭燒困境」。[9]

何以至此？為何兩岸華人學術圈都捲入了類似造假、舞弊頻傳的爭議事件，而此與學刊有何直接、間接關係？何謂學術倫理？如前章所示的學刊出版與知識生產鍊結與此有何關連？此為本書結論一章無可迴避勢須討論的重點。

第二節　本書摘述與整理：學刊知識鍊結的相關組件

一、摘述

本書起自敘明全書寫作動機（問題意識）在於以「學刊」概念為旨，探究其如何運作以及內外相關機制為何（見第一章），並以實例闡述其寫作、投稿與審查流程（見第六章），以期能將與此「學術黑盒子」有關之「內隱知識」整理、表述、外顯為清晰可見的事理經綸（見下說明），「打開學術天窗說亮話」。

相關主題書籍過去多視在學刊出版專文為跨越升等或畢業門檻之必經之路（見第一章），常聚焦探析如何改進學術寫作或投稿之技巧（見第四章）。本書則認為學刊之運作實也涉及了眾多學理知識內涵，有待梳理為跨領域的學術議題以供深究並與後進新秀共同切磋琢磨。

在略述以上寫作動機後，本書隨即定義學刊所涉流程乃「投稿人將其研究成果送審而得有機會刊出，從而納入此一知識交流的學術傳播生態系統，

---

[9] https://www.cw.com.tw/article/5081866（上網時間：2021. 03. 04）；維基百科有專屬詞條，見 https://zh.wikipedia.org/wiki/%E5%8F%B0%E5%A4%A7%E9%86%AB%E5%AD%B8%E8%AB%96%E6%96%87%E9%80%A0%E5%81%87%E6%A1%88?veaction=edit（上網時間：2021. 03. 06）。「臺大醫學院醫師升等與看診兩頭燒困境」出自《天下雜誌》620 期，陳良榕、程晏鈴所撰專文標題 https://www.cw.com.tw/article/5081867（上網時間：2021. 03. 06）。

藉此接受各方檢視而有公示作用」（見第二章第五節）。

其原先設計僅在吸引學術工作者將其最新研究成果發表於此一公開園地以利知識流通，但經多年演變後已漸「染上了功利取向」隨之引發外在權威組織（如政府機構與評鑑單位）強力介入，用來獎勵、評議個人之研究成果或大學之辦學績效，[10] 從而間接地造成由書商／出版商控制學刊生存之奇異現象，且此控制現象並非臺灣獨有而在國外尤烈（見第二章第四節）。

面對未來，此章認為仍應回歸學術工作者的基本要件，即視學刊為促進學術知識流通與傳遞的重要途徑，而非由書商或出版商壟斷的私有化工具，旨在達成「資訊轉換循環」之單純目的且以投稿人與學刊間的互動為其核心，意在鼓勵知識交換並整合最新研究所得，協助審思並引領學術發展進而促成社會進步、提升人民（類）福祉。

簡述與學刊有關的外在互動機制後，第三章轉向探查其內部結構以及其所涉學理背景，專注於介紹攸關學刊發展的「匿名同行／儕制度」，並曾追溯社會學家 R. Merton 如何討論此一制度的孕育始末，可簡化其流程為「進稿初閱」、「正式審查」與「完成審查」等三個步驟。而居於關鍵地位的審查人機能，就在於以「協助者」角色促進學刊辨識有潛質且有創見的手稿，經其指正後得以發表而廣為周知，藉此提升整體學術產作的品質。

但源於制度缺失，此一同行匿名評議機制近年來似已陷入危機，「評審幫派」與「同行評審騙局」在國外時有所聞（出自邱炯友，2017：5）。未來或可改以開放方式取代，一旦進稿就在網路公布投稿論文以利一般大眾及同行研究者共同閱覽，而後才由具有相關專長的研究者著手審核並可公開審者姓名，甚至一般讀者亦可加入評閱提供意見，藉此打開評審制度的透明度以讓學刊論文的審議過程更具公信力（見第三章第六節）。

次章（第四章）轉而討論投稿人如何順應上述審稿流程，分依「投稿前的心理準備」、「修改時的心理調適」、「收到退稿信函後的信心重建」等

---

[10] 資深傳播學者陳世敏（2000：7；添加語句出自本書）曾經如此說明，「……隱身在【出版品】背後的另外兩股力量——國科會（按，即今日之科技部）的研究獎勵制度和教育部依據《大學法》實施的升等制度——才是【影響學術發展的】太上皇」，促使人文社會研究者爭相模仿自然科學領域獨重學刊論文而輕專書寫作，影響學術傳播的多元發展甚鉅，堪稱言近旨遠。

三節略述其應對策略與抒解途徑。本章認為，任何投稿人皆應持續寫作、改稿並長期維持昂揚鬥志，學習正向面對投稿流程並致力去除心魔。過程中更可常與同儕友人對話、分享投稿心得而後效法「工匠精神」鍛鍊技藝，保持謙虛心態、懷抱理想進而整備心境注入激情。

　　第五章接續討論學刊論文的專業寫作要點，尤其關注如何確保投稿人之書寫內容符合學刊基本要求以及此基本要求所指為何。此章認為，若要在學刊發表論文勢須兼顧其「寫作體例」、「學術屬性」，並能提出「獨具創見之論點」。

　　傳統上，學術寫作多強調第三人稱全知觀點（omniscient viewpoint），係以旁觀者角色講述研究歷程但不涉入所寫情節。近來則已初步展開以第一人稱書寫的嘗試（參閱本書第六章所寫實例），旨在讓學術論著的讀者亦能體驗有如閱讀故事般的愉悅滿足，甚而有類似賞析小說的審美趣味。除了一般寫作所常講究的語言表達嚴謹理性外，更強調學術論文亦可展現生動、靈活、自如之文筆潤飾手法，值得關注與嘗試（見第五章第四節有關敘事寫作的討論）。

　　由此第六章即以一篇由本書作者與該文共同作者於 2020 年合撰、發表的學術論文為例，說明其書寫經過、審查歷程以及最後刊出內容，將其發展流程分為四個階段，包括初期的發想與萌芽、次期的寫稿與投稿、第三期的審稿與回應以及末期的通過與刊出，藉此顯示任何學術作品得在學刊發表實都歷經漫漫長路而鮮能水到渠成。

　　因而有志者皆應嘗試改寫各類學術文稿並努力投稿，即便遭到退稿也可盡力維持「平常心」，持續地從評審意見尋求有助於論文修改之寫作建議，漸趨熟悉學刊處理稿件的節奏後，終得寫出有獨創性的學術論文。

二、整理

　　由此可將本書前述六個章節整理為圖 7.1，藉此展示與學刊論文發表與審查有關的鍊結組件。首先延續前章（第二章圖 2.3）「學刊投稿之複雜生態系統」觀點，圖 7.1 再次定義學刊知識鍊結為「由投稿人與學刊持續互動的知識轉移過程」。

▶ 圖 7.1　整理後的學刊知識鍊結組件

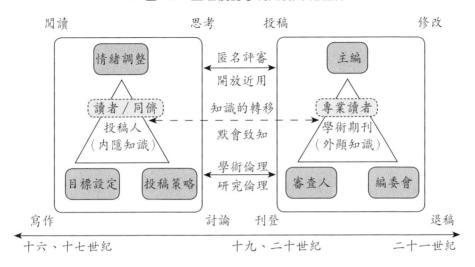

在「投稿人」這端（見圖 7.1 左邊方框），與其相關之內在因素包含「情緒調整」（如第四章所述）、「設定目標學刊」、「投稿策略」（均見第五章）。而其書寫常須經歷「閱讀」、「思考」、「寫作」以及「討論」等步驟（見圖 7.1 左邊方框外圍）後，將其認知裡潛匿而難以言述的「內隱知識」外顯為學術論述（見本章下節接續討論），從而書寫為可供公開發表的專業成品並投稿學刊。

撰寫時尤應參照目標學刊訂定之體例，按表操課力圖寫出精闢、簡練又有獨特觀點的論文（見第五章第二節），兼而建構「論點／辯」以增強其「學術性」（如提出具有新意之理論取向或發現；見第五章第三節），如此或可較易受到學刊主編／評審倚重而增加上稿發表的機會。

此端另有「【專業】讀者」與「同儕」未及討論（見圖 7.1 左邊三角形上端），故以虛線表示。此處所指「讀者」多非一般社會大眾，而係與投稿人所寫論文主題相近領域之專業人士如大學任教者或研究生等。「同儕」則指可與投稿人共享學術研究成果的專業人士，亦是前章 Belcher（2009）論及的學習夥伴，可相互討論並共謀如何精進學術書寫，常為同領域同僚或同學院、系所的熟識同事。

在「學術期刊」這端（見圖 7.1 右邊方框），主要構成要素包括「主編」、「編輯委員會」與「【外部】審查人」以及由此三者共同建構之學刊

「內在審查機制與運作流程」（詳見第二章第二節）。此一機制與流程看似單純實則變數甚多，有賴上述三者通力合作面對來稿方得逐步建立信譽以能持續吸引進稿。

而與此機制與運作流程有關之因素包括「投稿」、「修改」、「刊登」與「退稿」四者（見圖 7.1 右邊方框外圍），有些學刊另還發展「進稿初閱」制度（習稱「預審」或「行政審查」；見第二章第五節），包括登記收稿日期、檢查來稿之寫作格式、確認其所書寫主題符合學刊發刊宗旨等步驟；部分學刊或因進稿數量足夠甚至過多，常在此階段大量退稿以減輕編委會的工作負荷。

整體而言，無論中外或領域之別，多數學刊皆以上述「主編」、「編委會」與「【外部】審查人」三者架構的內在運作模式來與投稿人互動就此建立學術規範。而此模式自十六至十七世紀初定以來逐步發展（見圖 7.1 底部線條），已在二十世紀中期建置完成至今仍然普及運作，未來則可能納入開放近用之知識交流與學術傳播系統（見第二章第六節）。

而在投稿人與學刊間的互動機制（見圖 7.1 中間），則除上述行之有年的「匿名評審」制度與現正漸露曙光之「開放式同行評議」機制運作外（見第三章），另則依靠「學術倫理」約束、鼓勵並要求投稿人抱持嚴謹態度從事學術研究，審慎面對「專業讀者」（見圖 7.1 右邊三角形上端虛線）並仔細思量寫作內容可能產生的負面影響，堅守誠信原則服務公益；此為本章第四節即將討論的內容。

而與圖 2.3「學刊投稿之複雜生態系統」相較，圖 7.1 去除了影響學刊發展之外在因素如「覓職」、「升等」、「評鑑」等與「不發表即出局」有關的學術市場化表徵（見第二章第四節），改以「知識的轉移」為互動核心並將於下節略述其義。

第三節　知識的轉移：內隱知識（即默識）的外顯化

一、略述「新聞知識」的特色

在開啟有關「知識轉移」討論前，容先引述本書作者稍早所寫的一段文字（臧國仁，2000：21；添加語句與加註出自本書，括號內文字及英文出自原文，該文文獻省略），所述當可換用解釋包括學刊書寫、投稿與審稿在內的知識轉換：

> ……
>
> 新聞學與其他學門不同之處，在其內涵多屬『默識』（tacit knowledge），解題方式（習稱『經驗』）常隨社會情境變異而難以尋得標準作業程序與固定答案，須研究者透過概念化過程加以組織，[11] 始能將這些『默識』轉換為具體『外顯知識』。
>
> 新聞知識的傳授（即新聞教育）重點因而不在提供解決問題的經驗式答案，而應側重訓練學生體驗情境之變化並自行練習擬定因應之目標與策略，發展一些研究者所慣稱的『行動知識』（thinking in action）[12] 與『情境知識』（contextual knowledge）[13]。
>
> 此類知識與其他著重原則與步驟的陳述性知識有所不同，[14] 涉及了

---

[11] 此處所稱的「概念化」（conceptualization），其意在於理解某一事物後以文字或口語表達出來，定義兼而統合有關該事物的不同觀點以利後續討論。

[12] 「行動知識」之意在於，現實世界的諸多問題常極複雜又難解決，僅憑教科書所授的理論知識或實務工作者的操作經驗恐都不足以成事，而應培養學生在實際情境操演練習方得建構其自身所屬的知識。陳百齡（2009）稱 thinking in action 為「行動思考」，其意相同。

[13] 有關「情境知識」，可參閱陳百齡（2004），指實務工作者（其文指新聞工作者）「體察各種情境組合，瞭解並回應特定時空下各種條件和資源時，所應具備的知識」，包括「物質情境」（如傳播科技）與「社會情境」（如工作時的人情關係、法律規範等）等。

[14] 有關陳述性知識、程序性知識的定義，可參閱鍾蔚文、臧國仁、陳百齡（1996）。根據教育 Wiki 網站，所謂「知識」可分兩種，其一為「命題式

在特殊情境下採取『臨機應變』或『即興演出』式的程序性知識（因而『變』即是新聞工作的恆常特性），包括知道如何解決【採訪／寫作】問題、為何採取某些解決【採訪／寫作】問題的行動以及尚有其他哪些解決途徑等知識。

該文「註 10」亦曾說明，「默識」係指難以口語或文字表述而為人所知，與本章圖 7.1 左框內所稱的「內隱知識」意同（見下說明）。

舉例來說，「新聞性」（newsworthiness）或「新聞價值」（news values）雖是眾多新聞教科書必備的重要章節內容（見臧國仁，2000），卻是難以言傳遑論定義的複雜概念。新聞實務工作者在挑選值得報導之社會事件時，常得依其「經驗」或「直覺」而非某些定理原則來判定究係事件甲的新聞性高於乙或反之。而教科書（或任何專書）之功能即在整理、闡述類似「新聞價值」這些難以言傳的概念，以供初學者在學習過程具備一些基礎背景可資倚仗、寄託而不張皇失措。因而教科書所能呈現者，多是業經整理過的「已知」定理原則（此即陳述性知識）。

然而世事（如新聞工作者面對的事件）多變且複雜難料，任何撰述者顯都無法窮盡鋪陳所知更難盡述人事變化。初學者即便詳閱、背誦教科書或認真聆聽教師講授而內化（隱）了所學，面對實際採訪情境時恐也未必能將所知、所學運用得宜。只有透過親身練習後（此即前述「程序性知識與行動知

知識」（propositional knowledge），指有關世界的事實知識；另一是「經驗知識」（acquaintance knowledge），乃透過實際操作獲得的知識；前者與陳述性知識或理論性知識意同，後者則接近程序性知識（經驗知識）。見 http://163.28.84.216/Entry/WikiContent?title=%E5%91%BD%E9%A1%8C%E6%80%A7%E7%9F%A5%E8%AD%98_%E8%88%87_%E9%99%B3%E8%BF%B0%E6%80%A7%E7%9F%A5%E8%AD%98%EF%BC%88propositional_knowledge%E6%88%96%E7%A8%B1declarative_knowledge%EF%BC%89&search=%E5%91%BD%E9%A1%8C%E6%80%A7%E7%9F%A5%E8%AD%98_%E8%88%87_%E9%99%B3%E8%BF%B0%E6%80%A7%E7%9F%A5%E8%AD%98%EF%BC%88propositional_knowledge%E6%88%96%E7%A8%B1declarative_knowledge%EF%BC%89（上網時間：2021. 03. 17）

識」），方得將教科書整理妥善的定理原則（即外顯知識）轉換而為己身所用（參見臧國仁，2000 之舉例）。一旦這些知識內化而能為己所用，就將再次轉換為默識而難表述言傳，此即何以前引新聞實務工作者常無法詳述新聞價值定義之因了。

由此可知，一般所稱的「學習」當是由「默識」到「明識」再到「默識」的循環過程。徒有理論知識固然無法解決實際問題（如採訪社會事件），擁有大量實作經驗若缺少原理原則當也易於陷入「知其然而不知其所以然」的困境，總須兩者兼備始能建立「後設認知」（metacognition）而「發展獨立思辨、主動省察的……能力」（臧國仁，2009：248），以舉一反三或聞一知十的方式融會貫通。[15]

由以上簡述即知，新聞知識（以及其他應用性質的學門內涵）與一般自然與社會科學領域所談的理論法則殊有不同。其特色乃在並無放諸四海皆準的定理或定律可資遵循，須要因應情境變動而不斷地調整工作目標與策略（亦即具備前述「情境知識」），實務工作者因而如前述多倚賴經驗而少照章行事。教科書撰寫者同樣難以描述實際操演過程，常也僅能歸納相關原理以備學習者略知其意，知識與實用間的鴻溝不易消弭。

學刊寫作是否亦同？其所涉內隱知識如何外顯？其意為何？

二、內隱與外顯知識（tacit knowledge vs. explicit knowledge）

Tacit knowledge 一詞由猶太裔匈牙利籍哲學家／物理化學家 M. Polanyi 在其專書《個人知識：邁向後批判哲學》（Polanyi, 1958／許澤民，2004）提出。中文譯名甚多，如「默識」（鍾蔚文等，1996）、「默示」（駱怡君、許健將，2010）、「默會」（許澤民譯，2004／Polanyi, 1958）、「默會認識」（傅秉康，2013）、「內隱知識」（陳世倫，2014）等，其意皆在說明「我們所能知道的事物多於我們所能言辨」（彭淮棟譯，1985／Polanyi, 1959: 170），亦即我們未必自知何況言傳所知。

而在「所知」與「言辨」兩者間的連結或轉換，即可稱之「默會致知」（tacit knowing），屬英文的動名詞而非名詞，其有主動、不斷建構與行動

---

[15] 第四章第五節曾經說明「後設認知」就是「知道如何應用知識的知識」，又稱「反思／省能力」，其意相同。

之意涵，意指「知的動力⋯⋯，為活動而未具知識之定形」（頁 172 之註 2）。[16]

依許澤民（2004／Polanyi, 1958）〈譯者序〉，Polanyi 分於 1913 年與 1917 年獲得布達佩斯大學授予醫學與化學博士學位，曾在德、英、美國多所大學任教，發表熱力學論文多達兩百餘篇，1949 年獲美國 Princeton University 頒贈榮譽博士。

二次大戰後，其從自然科學領域逐漸轉向研究形而上學與知識論等科學哲學，理論內涵博大精深，如上述《個人知識》中譯本就厚達近 500 頁。其核心意旨乃在以親身經歷兩次大戰的科學家身分，「對歷史、世界、社會和人生以及對自己所從事的工作【提出】綜合反思的結果」（頁 xv：添加語句出自本書）。

簡而言之，Polanyi 反對主、客觀分離的「機械論」科學觀點，認為其僅是「為了方便而對事實所做的描述⋯⋯」，實則「人類在熱情地努力完成自己對於種種普遍標準的個人義務時是可以超越自己的主觀性」（許澤民譯，2004／Polanyi, 1958: 19, 21）。他認為，個人在認識（知）方面的參與對於瞭解客觀世界有其作用，非如實證主義者只重視觀察外在世界而罔顧個人直覺（即經驗或默識）的重要性（傅秉康，2013）。

Polanyi（1958／許澤民，2004：64-65）曾經舉出多個案例來說明知識未必能夠言述：游泳初學者常無法在水裡輕鬆換氣、自行車新手騎士也難保持平衡向前行進、鋼琴家究係如何正確地「觸鍵」以掌握彈琴技巧也不易闡述；顯然理解與實踐這些技能間有著如同上述新聞價值的「難言之隱」。

Polanyi（1958／許澤民，2004：64）因而認為，「實施技能的目的是透過遵循一套規則達到的，但實施技能的人卻不知道自己是這樣做的。」換言之，規則或任何手冊（如前章所述的體例）固然有用，但其無法讓如泳者、

---

[16] 彭淮棟譯（1985 / Polanyi, 1959: 172）曾詳述為何將 tacit knowledge 譯為「默會」而非「默識」：「⋯⋯默識在中國思想史上已有定義，其定義似乎為，人於其所知所識已經詳明，且能以之教人，只是有意『不言』而已。以定於此義之『默識』用於 tacit knowing，為免滋生誤解，故割愛不取。原文有先見、不能明言、不必明言、無意明言等意思⋯⋯」；為方便起見，本章互用「默會」、「默識」、「內隱知識」三者而不區辨其異。

自行車新手騎士或鋼琴演奏家詳讀後就上手，「只有在與一門本領的實踐知識結合時，它們才能作為這門本領的指導。它們不能代替這種知識」（頁65）。

　　Polanyi 所舉最為經典的實踐知識之例，則是用鐵錘釘釘子：「……當我們往下甩鐵錘時，我們並不覺得錘柄擊打著我們的手掌，而是覺得錘頭擊中了釘子。然而，在某種意義上，我們顯然對握著鐵錘的手掌和手指的感覺很警覺」（頁71）。

　　Polanyi 接著說明這些感覺如何引導了用鐵錘釘上釘子：對手掌的感覺可稱之「支援意識」（subsidiary awareness；指無可言述的細節知識，頁72），而對釘釘子的注意力則是「焦點意識」（focal awareness；指對釘釘子的整體瞭解）。[17] 如果沒有前者則就容易揮動鐵錘卻敲到手指，只有融合全身肌肉、神經、骨骼等總體且複雜的生理系統並置焦點於支援意識且視鐵錘為身心一體的延伸，方能完成敲打而不致於傷到手掌或手指。

　　因而人們的知識就是以「支援系統」為底，而以「焦點意識」為前景的默識（此句出自 BIOS monthly, 2016）；Polanyi 稱此從「致知何樣」（knowing how；即「操作」的知識）到「致知何物」（knowing what；即「原則原理」）的轉換過程，也就是前述從無法言述的隱匿知識外顯為可資講述的明識之轉換行為。

　　也因經驗難以言傳，Polanyi 認為（頁70）無法透過規則或手冊這種業已外顯的知識學習，而須仰賴專家或熟手示範並經長時期的自我練習方能找到竅門而上手；此點在前（第四）章（第二節）討論「工匠／藝師技藝」時已有述及。[18]

---

[17] 傅秉康（2013）將此兩者分別譯為「附帶覺知」與「焦點覺知」，強調其同時存在又相互排斥。因而為了完成任務一次只能保持在一個焦點，不能過度關注具有細節性質的附帶覺知。

[18] Wright（1959／張君玫、劉鈐佑譯，1995：259-260）所言值得參閱：「社會科學是一種技藝的實踐。……由一個做研究的學者親自說明其研究工作是如何進行的，比起一個很少或根本不做研究的專家所編造出來的一打『程序手冊』，來得更有價值。只有透過經驗老到的思想家之間的對談，彼此交換研究的實際作法，才可能將有用的方法論與理論觀點傳授給初學者。……」。

三、學刊寫作、投稿與審稿的知識特色

如上所述，新聞知識多屬默識，而學習者的「功課」即在「化暗（默識）為明」（系統性地將知識外顯化；即「默會致知」），將其所學原理原則經由上述「行動知識」與「情境知識」轉換為可資實際操作並執行的實踐知識（或稱經驗），符合中文「學」與「術」分別代表「學理」與「實踐」的傳統界說，即「學必借術以應用，術必以學為基本」（張作為，2007：8）。

因而學刊／術論文寫作的相關知識內涵與上述新聞知識實頗相近：投稿人不僅要能自我解讀正在研究但常隱匿而難自知或言述的題旨意涵（常稱「問題意識」；見彭淮棟譯，1985／Polanyi, 1959: 185-188 的討論，亦見圖5.1），更要將其轉換、外顯為前後連貫的寫作內容兼而符合情境規則（如本書第五章所言之學刊／術寫作體例），再經仔細斟酌遣詞用字後，最終寫出能夠吸引專業讀者（如主編與評審）的「好故事」，使其樂於推薦刊出、發表。

由此觀之，本書第四章引用 Belcher（2009）提議的「改寫」或「深度改寫」似有建設性意涵，畢竟只有透過持續書寫且修改所寫，方能融合前引「支援系統」與「焦點意識」，而讓隱匿在認知的「所想」外顯、表述、書寫為可供閱讀的筆耕內容。在此過程中，若有師長或同僚可供諮詢，就易從「做中學」（learning by doing）甚至「錯中學」（learning by doing it wrong）而覓得循序漸進之效。

正如李連江（2018：13）所言：「……想問題就是寫，寫就是改。……改文章要改到什麼境地？改文章就是極限運動，改到你有生理反應才行。什麼生理反應？就是噁心。沒到那個地步，意味著你還沒有盡到最大努力。……要達到極限，不斷突破極限，這才是發展，不是發揮。寫一篇文章，就是突破一個極限」，其言一針見血地道破了將所思所想寄身於翰墨之難。

因而本章呼應前引眾多文獻，撰寫學術論文的要訣就是勤寫、勤改、勤於討論且勤於投稿，如此方能熟悉學術／刊論文的書寫調性，也才能將藏匿於身的內隱寫作技藝轉換為外顯書寫文字（正是俗語所稱的「好記性不如爛筆頭」），將前述「支援意識」潛移默化於「焦點意識」而逐漸從生手轉為高手。

一旦如此，就能如同揮舞鐵錘敲打釘子卻不致於傷及手掌或手指、在泳池沉浮自如而不嗆水、享受御風而行的鐵馬之樂而無畏於可能跌倒翻覆。換言之，若能熟悉學刊的書寫調性，前章提及的論文寫作規則與手冊皆可「化為無形，透明如空氣」，身心合一地外顯、轉化為撰述文本而有助於寫出有利於發表的學術成品（BIOS, 2016）。

第四節　學刊發表的學術倫理議題

正當本小節即將起筆之刻，報載再次揭露了另件臺灣學術界的抄襲事件，直可謂「一波未平而一波又起」。

根據《中國時報》與《自由時報》2021 年 3 月 8 日報導，[19] 高雄輔英科大校長顧志遠（原中原大學企業管理系教授）遭爆料自我抄襲多篇論文超過八成，且將中文論文翻譯為英文重新投稿發表，其中一篇論文的經費來自國科會（今之科技部），已涉嫌不當使用政府補助專題研究計畫經費。顧志遠則強調，爆料者係以「二十六年前論文做文章，令人遺憾」，全案正由其原任職學校中原大學調查中。

但何謂「自我抄襲」？其與本章第一節所述之成功大學工學院院長遴選候選人之一的「一稿兩投」或臺大醫學院教授「造假」有何差異？還有哪些其他可能違反學術倫理的現象？

一、定義「學術倫理」

「學術倫理」一詞是自九零年代始才逐漸耳熟能詳的專有名詞，其意近似「研究倫理」，時有合併稱之「學術研究倫理」（林天祐，1996）。但詳

---

[19] 《中國時報》報導來源：https://www.chinatimes.com/realtimenews/20210307002425-260405?chdtv；《自由時報》報導來源：https://news.ltn.com.tw/news/life/breakingnews/3459029（上網時間：2021.03.08）。

細定義至今不明，即連教育部、[20] 科技部、[21] 中央研究院[22] 等學術與研究主管機關雖已先後成立學術倫理審理單位或推出線上、線下相關課程，其所屬網站甚少定義其意而僅粗列違反行為，顯有諸多辭意罅隙猶待釐清、補強。

如科技部的「對學術倫理的聲明」指出：「學術倫理爲學術社群對學術研究行爲之自律規範，其基本原則爲誠實、負責、公正……」，而其認定的標準是：「蓄意且明顯違反學術社區共同接受的行爲準則，並嚴重誤導本部對其研究成果之判斷，有影響資源分配公正與效率之虞者」，但如研究者曲解其所得成果或在執行過程草率、不夠嚴謹等，則非科技部「公權力」所應涉入。[23] 至於何謂上述「學術社區共同接受的行爲準則」以及其包含細項，則未解釋亦未定義。

另在其「對研究人員學術倫理規範」第一條「研究人員的基本態度」亦曾說明，「研究人員應確保研究過程中（包含研究構想、執行、成果呈現）的誠實、負責、專業、客觀、嚴謹、公正，並尊重被研究對象，避免利益衝突」，第二條條列違反學術倫理的行為包括：「造假、變造、抄襲、研究成果重複發表或未適當引註、以違法或不當手段影響論文審查、不當作者列名

---

[20] 教育部「學術倫理教育資源中心」（https://ethics.moe.edu.tw/files/demo/demo_u01/index.html）成立於 2014 年，「致力於提升臺灣高等教育學術倫理知能與涵養」，以教育訓練與學習支援為主，與多所大學合作指定研究生上網修習相關課程，並定期推出學術倫理電子報（上網時間：2021. 03. 19）。此中心網站旨在提供「進行研究時之相關倫理規範的來源」並稱之「研究倫理」而放在「校園學術倫理」之下，卻未詳細定義「學術倫理」。

[21] 科技部「研究誠信辦公室」於 2017 年設置並通過要點，針對申請該部專題計畫的研究人員違反學術倫理情事組成「學術倫理審議會」進行初審與複審，並定期出刊「研究誠信電子報」，見 https://www.most.gov.tw/folksonomy/list/7e00ab5c-80ad-4115-b76f-6668b8ec5a7c?l=ch（上網時間：2021. 03. 19）。

[22] 中央研究院自 2017 年起設置「學術研究倫理教育課程」，針對該院研究人員、研究技術人員、博士後、研究生及研究助理開設課程，每三年應上課至少一小時。見 https://ae.daais.sinica.edu.tw/site/datas/detail/1996/45/168/150/0（上網時間：2021. 03. 19）。

[23] https://www.most.gov.tw/most/attachments/a883200c-c94a-47fd-9334-5320188441a9（上網時間：2021. 03. 19）。

等。」

　　嚴格來說，這些條文既未詳述並定義「學術倫理」而逕稱其為「自律規範」，僅在《科技部學術倫理案件處理及審議要點》條列諸項違反倫理現象（見表7.1），易於流為「教條」而無實質學術意涵。[24]

▶ 表 7.1　科技部舉列違反學術倫理的一般情事 [25]

違反倫理現象	定義	案例	案例可參考之連結
造假	虛構不存在之申請資料、研究資料或研究成果	如本章前引臺大醫學院郭明良案	見中文維基百科「臺大醫學論文造假案」
變造	不實變更申請資料、研究資料或研究成果	屏東大學教授資訊科學系陳震遠假造人頭帳號	見中文維基百科「陳震遠論文審稿造假案」詞條
抄襲	援用他人之申請資料、研究資料或研究成果未註明出處。註明出處不當情節重大者，以抄襲論。	2020年高雄市市長補選，國民黨候選人李眉蓁被檢舉碩士論文抄襲。	見中文維基百科「李眉蓁論文門」詞條
自我抄襲	研究計畫或論文未適當引註自己已發表之著作	本章前引顧志遠案，調查中。	詳見林雯瑤（2019）

---

[24] https://www.most.gov.tw/most/attachments/0f3273e2-3196-4332-97fe-caca36a5b5cd?（上網時間：2021. 03. 19）。

[25] 出自《科技部學術倫理案件處理及審議要點》，案例與出處連結為本書增列，見 https://www.most.gov.tw/most/attachments/e07dd32e-c7c7-40a7-bb6b-662cd906a0ae?（上網時間：2021. 03. 19）。

違反倫理現象	定義	案例	案例可參考之連結
重複發表	重複發表而未經註明[26]	本章前引成大工學院院長候選人	見林雯瑤（2019）
代寫	由計畫不相關之他人代寫論文、計畫申請書或研究成果報告	自傳及論文提案（計畫）的代寫	臺灣學術倫理教育資源中心案例 11-1
？	以違法或不當手段影響論文審查		參閱陳祥、楊純青、黃伸閔（2013）

　　儘管科技部對何謂「學術倫理」至今仍然語焉不詳，卻自 2017 年 6 月起要求各大學均應「訂定學術倫理管理及自律規範」、「指定或成立學術倫理管理專責單位」（如「研究倫理行政中心」或「人類研究倫理審查會」）、「建立學術倫理教育機制」（要求研究生、新進助理人員均需完成某些倫理課程）、「訂定學術倫理案件處理標準作業流程」，且在其「強化學術倫理機制檢核表」要求各校都要加入「教育部臺灣學術倫理教育資源中心」，否則就不受理由各校教師提出的專題研究計畫申請案件。[27]

　　與多年前相較，這些法規條例確已健全、完整許多，但如前述在基本定義猶未清晰而多以防弊（「違反倫理現象」）取代正面表述的狀況下，能否減少或遏止欺公罔法的舞弊歪風尚待觀察，實有必要仿造美國科學基金會詳

---

[26] 此處之「重複發表」意涵有待釐清，可能指「一稿兩投」或「一稿多投」（同一論文同時或先後投寄不同學刊），亦可指「重複投寄」同一學刊多篇不同稿件（見林雯瑤，2019：50）。一般來說，後者情節較輕而多由學刊自行處理，而前者則屬違反學術倫理。另可參見「科技部研究誠信電子報」第 36 期（2020年 3 月）所列「相同研究計畫重複提出申請」案例（https://www.most.gov.tw/most/attachments/02034497-6070-4583-975f-7f1d22ed2919?；上網時間：2021.03.19）。前章所引 *APA Stylebook*（陳玉玲、王明傑譯，2011：8）曾經提出「一件件地出版」（piecemeal publication），指同一研究成果分成多篇論文發表，亦屬「重複發表」。

[27] 見 https://law.most.gov.tw/NewsContent.aspx?id=822（上網時間：2021.03.20）。

述其意。[28]

有趣的是，即連中文維基百科亦無相關定義，僅曾說明「學術倫理（英語：academic integrity）是學術界的道德準則或道德政策」，初期（十八世紀後期）的發展與其時推動的美國榮譽守則相關，到了十九世紀則因「大學」理念改變而以研究者與大學生的個人榮譽為實施對象。

及至上世紀 1970 年代，美國各大學開始逐步建立學生與教職員工的榮譽守則，但隨著網際網路的突飛猛進，「抄襲」顯已較前來得更為容易也更為普及。[29] 時至今日，眾多教育機構業已先後實施了學術誠信或使命宣言的政策，藉以「避免竊取和作弊以及其他不當行為」。[30]

由上引觀之，維基百科的中文詞條亦嫌簡略而無參考價值，另得倚賴新竹清華大學科技研究所張作為（2007）所撰碩士論文補充說明。該文曾經提及前章所引社會學家 Merton 專書藉以說明其所揭櫫之「知識公有原則」（communism）概念，指陳「知識」不僅為創作人所有並也屬於「想要利用它的人的公共財」，因而使用這些公共財的人務須感謝原創者並「承認其【有】發現的優先權」以利學術傳播與交流（頁 22；添加語句出自本書）；此一說法言簡意賅地解釋了研究者務必尊重知識的原因所在，遠較前述從防弊角度定義學術倫理更具啟發性。

其後張作為即以類似「專業行規」（即某些特定專業、職業、體制機構或群體）的規範標準或規約行為來界定學術倫理：「如果我們將學術視為一種專業，學者扮演這種專業的角色，除了倫理道德標準外，應當要符合這項專業的標準。……學術倫理是一種存在的內在特徵，是學術人學術活動中固有的聯繫模式。是故，學術倫理違反，其主要指稱的不是可言說的道德規範的缺失或無效，而是指學術人於學術活動中固有的客觀聯繫方式的缺失」；

---

[28] 見 https://www.nsf.gov/oig/_pdf/cfr/45-CFR-689.pdf（上網時間：2021. 03. 28）。

[29] Turnitin 反抄襲系統近來已漸普及，不但學生作業即連教師投稿國際學刊亦可先行比對（出自 https://kknews.cc/zh-tw/education/9n6q5rq.html；上網時間：2021. 03. 20），「論文查重抄襲率」一般以 10%-30% 較為安全但以 10% 為宜。可參見陳祥、楊純青、黃伸閔（2013）。

[30] 以上出自 https://zh.wikipedia.org/wiki/%E5%AD%B8%E8%A1%93%E5%80%A B%E7%90%86 中文維基百科「學術倫理」詞條。

包括「行為」與「內在精神與價值」兩個層面（頁 13-14；底線出自本書）。

　　即便如此，張作為仍未詳述學術倫理包括哪些面向與細項（雖在頁 14 曾稱「學術責任的關鍵在於誠實，『知識真誠』是為學術倫理之重要組成……」），亦僅提出「學術不當行為」乃指「……不誠實以使得學術的理想變質，……與群體的標準，或是社會期望相違背的行為」（頁 14-15）；犖犖大者如：「偽造或竄改實驗結果與數據」、「作者身份〔分〕（authorship）及學術成就的【不當】分配」、「抄襲、剽竊別人的觀點與研究成果」（頁 15；添加語句出自本書）。

　　總之，臺灣近十年來業已不遺餘力地制定多項防弊法規以期趕上國際學界腳步，但成效猶未顯現。未來或可仿效下列「美國心理學會」鼓勵各學會發展其專屬倫理定義與概念，共同推動對不同領域有正面意涵的倫理守則。[31]

二、「美國心理學會」（以下簡稱 APA）的「心理學者倫理原則與行為準則」（Ethical Principle of Psychologists and Code of Conduct，以下簡稱「倫理守則」或 ethical code）

　　嚴格來說，APA 倫理守則（2017 年版共 20 頁）[32] 的條列內容並未納在其出版手冊（陳玉玲、王明傑譯，2011／APA, 2010），而是另行置於網路，出版手冊僅略提及「基本的倫理和法律信條……的設計是為了達成下列三個目標：(1) 確保學術知識的正確性；(2) 保護研究者參與的權利與福利；(3) 保護智慧財產權」（頁 5）；即便簡要，仍較前引教育部或科技部所訂諸項規範來得清晰明確。

　　該手冊另於最後一章〈出版歷程〉提醒作者「必須負責證明他們已經遵守『管理學術出版』的倫理標準」，且投稿時常被要求提出遵守上述標準的「證明」，包括轉載或改編他人作品（如複製出版過的圖表）時應獲得許可、摘錄單一文本時不得超過 400 字（英文）、使用任何期刊或書籍章節

---

[31] 中華傳播學會曾於 2012-2013 年由其時的理事長張錦華教授耗費一年餘訂定「出版與發表倫理守則」並置於網站公告，惜因時間久遠，此一守則已無法連結。

[32] 見 https://www.apa.org/ethics/code；上網時間：2021. 03. 21。

的圖表不得超過三張，且皆須獲得「版權許可」並在手稿提供「許可聲明」（permission notice；頁 337-339；參見本書附錄一）。

　　至於 APA 倫理守則的引言，首先定義其所屬會員心理學家（psychologists）扮演著多重角色，如研究人員、教育者、診斷專家、治療師、指導者、顧問、行政人員、社會介入者（social interventionist）與專家證人等。而在從事這些不同工作時，心理學家應當致力於提升相關專業知識以利改善個人、組織與社會現況，兼而努力協助公眾發展與人類行為有關的事實判斷與選擇（見 p. 3）；此一定義言簡意賅地說明了前述張作為所稱之「專業人員」工作倫理。

　　其後倫理守則提出眾多對心理學者有正面意涵（aspirational goals）的一般原則，包括：正直、公正、尊重、忠誠與責任、仁慈與不傷害（nonmaleficence）等，旨在說明相關工作的本質與特色。在此之後則是「倫理標準」（ethical standards）共十項，每項均有六至十五個不等的細項，詳列實務工作者可資參考的指南（guidance）。

　　舉例來說，第八項涉及研究與出版就詳細規範了機構同意、保護受試者以及研究過程應取得受試者同意等細項，後者（受訪者同意）包括：述明研究目的、可能耗時長短、程序、受試者可隨時退出或拒絕參加之權益、研究的可能福祉與獎勵等項，均須事先告知受試者並讓其有隨時發問的機會（見 8.01 或 p. 11）。

　　至於「研究欺瞞」（deception），倫理守則強調唯有在研究者已無他法而須仰賴此一方式方能取得具有科學、教育與實用價值的成果；但若其可能造成受試者身體不適或情緒不安，則仍不應採用（見 8.07 或 p. 11）。

　　而有關剽竊（plagiarism），倫理守則強調即便偶有引用（8.11 或 p. 12）仍不應將他人的部分作品或資料據為己有，亦不得將業已發表的資料視為原始資料而重新出版（8.13 或 p. 12）。

三、小結

　　由上兩節所錄觀之，由上述「美國心理學會」所擬的倫理守則與政府學術倫理監理機構（含部會、大學與中央研究院）訂定的規範顯有不同宗旨：前者以鼓勵研究者瞭解倫理的重要性出發，不吝指出與其相關之指導原則，從而鋪陳若不按照倫理信條進行研究的後果，由此激發研究者的榮譽心而樂

於維護學術專業社區的共同信條。

與此相較，政府與研究、教育主管機關僅從防弊角度規範研究行為，其旨多在條列每項違反倫理的現象內涵，期能藉此遏止研究者觸犯，對學術研究者的社會責任與基本準則常不置一詞（見表 7.1）。

誠如新竹清華大學退休教授彭明輝在其部落格貼文所寫，「防弊不是好辦法，愈是防弊，學術革命與創新愈是困難！」乃因「學術是不該受『評量』的──學術評鑑愈嚴格，學術革命愈不可能！」；彭明輝認為，最好的防弊辦法就是「讓學術界人士有足夠的自制能力」。[33]

臺灣大學建築與城鄉研究所畢恆達教授的投書同樣質疑臺灣大力推動學術倫理的效果。[34] 他認為，目前實施的研究倫理審查（按，指申請科技部專題計畫時必須通過「人體試驗審查委員會」（Institutional Review Board，簡稱 IRB），其實忽略了「……研究倫理是一個研究者與田野持續不斷相互理解、協商的變動過程。傳統的同意書明顯簡化了原本複雜的田野」，其結果只會讓眾多研究者改而從事無須 IRB 的研究議題，以致其他一些難以通過審查的重要社會現象如販毒吸毒、青少年蹺家、公共性行為等不再受到倚重。[35]

因而若要符合學術倫理，本書認為重點在於投稿人均應自我警惕、節制

---

[33] 出自 http://mhperng.blogspot.com/2012/03/blog-post_3231.html（上網時間：2021. 03. 21）。

[34] 出自《自由時報》，自由廣場（2014. 08. 25）https://talk.ltn.com.tw/article/paper/807533；上網時間：2021. 03. 21。

[35] 早在本書作者撰寫博士畢業論文時（1980 年代中期），學校（美國德州大學奧斯丁校區）即已要求進行研究前須先行通過 IRB 倫理審查，臺灣各大學如政大則遲至 2013 年方才要求申請科技部專題計畫前應先附上 IRB 審查通過證明，但仍未納入學位論文。而依李斯譯（2000：199-203 / Hunt, 1993），早在 1970 年代即因眾多生物醫學與心理學研究者濫用所謂的「隱瞞實驗」（即受試者在不知情或不同意的情況下成為實驗的研究對象），因而由美國衛生、教育與福利部開始「對研究批准計畫進行資格審查」，從此研究者無法「自由地進行利用不知情受試者的試驗」，許多社會心理學者就此放棄了眾多「有趣但無法再進行的研究課題」，與上述畢恆達教授的說法接近（引號內文字均出自頁 200）。

並將倫理議題視為專業守則，乃因再多的法律條文或倫理警示都僅是治標而非治本。正如俗語所說，「不自重者取辱，不自畏者招禍」，唯有自重、自律、自愛方能將學術倫理內化為默識而無須法規條例約束。

　　而在撰寫研究論文的過程若能堅持講述「自己的話」，當就是前章所談學術「原創力」（獨創見解）的來源，可依蔡琰、臧國仁（2007：27）定義為寫作者（該文稱之敘事者）「依過去經驗而在現在創建的符號意義，以對未來產生影響」，藉由活用、變通、重述等方式來呈現被引原件在「此時此刻」之書寫特色。

　　但另一方面，若上引「創建符號」（如撰寫學術論文）時使（套）用過多前人（包括自己過去）[36] 所寫且未能詳列出處（無論蓄意或無意），則研究原創力就當受損，而使（套）用愈多則受損愈大。因而若將寫作研究論文當成講述自己的原創學術故事，就能避免涉入抄襲別人所寫。[37]

---

[36] 引用自己過去所寫，常稱「自我抄襲」，包括「重複發表而未事先知會」、「資料切割／分散發表而未註明」、「資料擴充重新發表」、「重複使用相同文字」等。但「自我抄襲」的定義迄今不明，即便如原以英文寫作之論文可否改寫為中文後發表亦無定論，而究應改寫畢業論文為期刊論文抑或反之可能也是人云亦云；總體而言，即便引用自己所寫亦應儘量改寫應是基本原則（參見 http://el.fotech.edu.tw/localuser/eetuml/web1/Academic%20research/chap7.pdf；上網時間：2021. 06. 24）。

[37] 近年來，眾多國際重要出版社皆已開始要求作者投稿時填寫「利益衝突聲明」（Conflict of Interest Statement），包括做研究的資金來源、是否接受任何贊助、作者（們）的財務關係、可能影響研究結果的非財務衝突關係等，對醫學與生物領域影響重大。可參見 https://wordvice.com.tw/%E6%8A%95%E7%A8%BF%E8%AB%96%E6%96%87%E6%99%82%E7%9A%84%E5%88%A9%E7%9B%8A%E8%A1%9D%E7%AA%81%E8%81%B2%E6%98%8E%E8%88%87%E9%A1%9E%E5%9E%8B/；上網時間：2021. 06. 20）。

第五節　本章概述與全書總結：多元發展時代的學刊角色

一、本章概述：內隱與外顯知識的轉換

本章以兩個小節的篇幅分別討論了投稿人如何透過學刊轉換其內隱知識並表述為書寫內容以及其所涉相關鍊結包括哪些組件，與學術倫理又有何關連。

從本章所引文獻觀之，學刊有其重要知識流通角色，而投稿人總須花費相當功夫與時間方能習慣其節奏與調性，逐步修飾、改寫、重建自己的書寫方式，久之方能趨近學刊步調而獲引薦。在此過程中，如何將自己所思所想外顯為適合公開發表而無懼於違反學術倫理的書寫文字，當是對所有投稿人的最大挑戰。

二、全書總結：多元化的學刊表徵

……不要墨守任何僵化的程序。……避免方法與技巧的崇拜。促使真誠的學術藝師重生，並自己努力成為這種藝師。但願每個人成為自己的方法學家；但願每個人成為這種藝師；但願理論和方法重新成為藝師實踐的一部分（Mills, 1959／張君玫、劉鈐佑譯，1995：293）。

由本書所引眾多文獻觀之，有關學刊之研究議題曾在不同領域引起研究者關注，包括（僅列中文文獻）：圖書館學（王梅玲，2003）、教育學（周祝瑛，2013；黃毅志，2010）、社會學（魯旭東、林聚任譯，2009／Merton, 1973）、傳播學（翁秀琪，2013）、醫學（辜美英、呂明錡，2017）、認知心理學（李靜修，2010）、中文學門（張進上，2007）、法律學（張作為，2007；陳月端，2012）等。

但嚴格來說，這些相關研究的數量有限，研究主題多與前章所提概念「不發表即出局」有關，以致其內容常涉及教師升等、評鑑以及研究生畢業所設門檻如何獨尊學刊論文，但其他面向（如學術倫理）則少論述（例外如：陳月端，2012；洪瑞斌、莊騏嘉、陳筱婷，2015）。

　　然而世事多變，源於獨尊學刊早已引發諸多違反學術倫理之弊端，自2016 年起教育部即已修正《專科以上學校教師資格審定辦法》而納入多元升等機制，除傳統（見第十三條）之「專門著作」（如出版專書或在學刊發表論文等）外，該辦法第十六條「教學實務研究」規定，凡「⋯⋯能有效提升學生學習成效或於校內外推廣具有重要具體貢獻者，得以技術報告送審」（底線出自本書），鼓勵教師將研究所得應用於教學，並以技術報告方式而非研究論文呈現進而申請升等。[38]

　　此外，該辦法亦早已通過藝術類科教師得以作品及成就證明附上創作或展演報告申請升等（第十七條），第十八條則規定，「體育類科教師本人或受其指導之運動員參加重要國內外運動賽會，獲有名次者」，該教師可以「成就證明」附上競賽實務報告送審。

　　合併觀之，大學教師升等辦法已較過去寬弘包容，對建立多元化的大學教學環境當有重大影響。[39] 如此一來，大學教師過去（尤其近二十年來）偏重學術研究升等的傳統，而學術研究又過於執著於學刊的失衡狀態或可稍緩，連帶著可能影響學刊的投稿人數逐漸降低，其生存是否受到影響皆有待觀察。

　　綜合上述以及各章討論可知，學界未來或不再視學刊發表論文為唯一學術成就，亦不再以研究所得為衡量學術唯一標準，更不再以匿名評審的結果為評斷學刊表現優劣的唯一尺度，而 TSSCI 或 THCI 期刊亦非專斷學術表現的單一例證；尊重多元、多樣與共融的研究成果與表現，當是未來學術社

---

[38] https://ws.moe.edu.tw/001/Upload/4/relfile/7840/49589/c85f9ab1-9580-4797-88bd-c78ee4d1b058.pdf（上網時間：2021. 03. 21）。第十三條明訂，「教師得依其專業領域，⋯⋯以專門著作、作品、成就證明、技術報告等方式，呈現其專業理論或實務（包括教學）之研究或研發成果送審教師資格」，其因就在於「為改善現行教師資格審查制度偏重評估教師學術研究能力，忽視教學及培育學生就業所需關鍵技能」，其言也善。

[39] 《中國時報》報導，為了改變大學「重研究而輕教學」的風氣，教育部自 2018 年起每年投入四億元「推動大專校院教學實踐研究計畫」，鼓勵教師進行課程教學的研究計畫（見 https://www.chinatimes.com/realtimenews/20210308003092-260405?chdtv；上網日期：2021. 03. 23）。

區繼續發展的契機。

但本書各章所述並非真理而僅是作者個人看法，乃因研究者皆可發展自己熟悉的投稿與寫作步調並找到適合學刊踴躍投稿，畢竟不同領域的學刊性質差異甚大，尤以人文社會學刊與醫學生物等領域間的分歧更是，此皆難以一概而論。

如上章所引陳世敏（2000）的觀點，即學術創作的歷程多由學術論文或專題研究計畫起始而後由學刊論文接手，等到思慮成熟方才撰書立言。此點在人文社會學門或許屬實，但在醫學生物領域則當以在學刊（尤其重要期刊）盡速發表最新研究成果，兩者（人文社會 vs. 醫學生物）差距甚大；此點早在前述第三章第二、六節追溯社會學家 Merton 的專書時即已論及。

另如學術倫理的施用對象亦應有不同考量。如對一般研究者而言，最須關注者當屬如何避免造假與重複發表（含一稿兩投；參見表 7.1）。但以研究生（大學生亦然）來說，最常誤觸者則是未能區分直接引句與間接引句之別（參見本書第五章第二節有關體例之討論），再加上不熟悉如何翔實加註引文出處而常導致抄襲之誤，一旦以「反抄襲系統」（或稱「論文原創性比對系統」）檢查就可能出現違反倫理之實。[40]

本章討論時未能區辨教師與研究生之別，但在實務上兩者違反現象可能差異甚大，恐難相提並論。

總體而論，本書認為在學刊發表論文乃是研究者（投稿人）的自我學術表現，不宜加入功利取向，乃因無論權威機構的涉入或是書商的私有化機制都無助於促進學術溝通的流暢，反易引起諸多弊端，視其為個人之學術成長以及其與學術社區進行知識交流的學術溝通活動即可。

未來研究或可透過個人投稿（以及退稿）的經驗述說來交換心得，促進更多有關投稿人與學刊互動的瞭解。而至今甚少有關主編如何主導學刊進步的研究報告，亦是未來仍可開展的方向。

---

[40] 據《聯合報》報導，高雄中山大學最近在教務會議上「祭出殺手鐧」，要求論文原創性的比對總相似度比重「不超過百分之十二」，遠比前註所述一般大學訂定的 20%-30% 為高。該校同時增訂若學位論文有造假、變造、抄襲等情事確認後，將「釐清指導教授責任」（見 https://udn.com/news/story/6928/5336369；上網時間：2021.03.23）。

參考文獻

王喆（2021）。〈學術共同體中的學徒可以是幸福的〉。《新聞記者》微信公眾號 2021 年 1 月 6 日（https://mp.weixin.qq.com/s/xBTCdDyrnKgPa28muF4wTw；上網時間：2020. 01. 07）。

王小瑩譯（2011）。《希望的敵人：不發表則滅亡如何導致了學術的衰落》。北京市：商務印書館。（原書：L. Waters [2004]. *Enemies of promise: Publishing, perishing and the eclipse of scholarship*. Chicago, IL: Prickly Paradigm Press.）

王文軍（2020）。〈後 SCI 時代的中文學術期刊〉。《澳門理工學報》，**23**(2)，140-144。

王志弘譯（2011）。《好研究怎麼做：從理論、方法、證據構思研究問題》。臺北市：群學。（原書：R. R. Alford [1998]. *The craft of inquiry: Theories, methods, evidence*. Cambridge, MA: Oxford University Press.）

王宜燕（2006. 07. 12-14）。〈「研究者」的脈絡文化觀點：再思考學術研究報告何以自「我」設限〉。中華傳播學會年會（臺北市：臺灣大學集思會議中心）。

王勇智、鄧明宇（2003）。《敘說分析》。臺北市：五南。（原書：C. K. Riessman [1993]. *Narrative analysis (Qualitative research method, vol. 30)*. Newbury Park, CA: Sage.）

王梅玲（2003）。〈從學術出版的變遷探討學者、出版者與圖書館的角色〉。《國家圖書館館刊》，**92**(1)，67-93。

王梅玲、徐嘉晧（2009）。〈臺灣中文電子期刊系統初探〉。《臺灣圖書館管理季刊》，**5**(2)，77-92。

方偉達（2017）。《期刊論文寫作與發表：第一本針對華人學者投稿國際期刊的實務寫作專書》。臺北市：五南。

田雷譯（2020）。《慢教授》。桂林市：廣西師範大學出版社。（原書：M. Berg & B. K. Seeber [2016]. *The slow professor: Challenging the culture of speed in the academy*. Toronto, CA: University of Toronto Press.）

卯靜如（2013）。〈學術期刊的同儕審查為哪樁？維持品質？鼓勵創新？〉。《臺灣教育評論月刊》，**2**(9)，13-16。

朱劍（2016）。〈學術共同體、學術期刊體制與學術傳播秩序〉。《澳門理工學報》，**3**，99-111。

江曉原（2017. 06. 26）。「掠奪性」出版商和期刊名單即將重出江湖？（https://www.sohu.com/a/152443814_450839；上網時間：2020. 12. 06）。

宋建成（2007）。〈漫談期刊〉。《全國新書資訊月刊》，**105**，4-8。

呂明、陳紅雯譯（1992）。《第三思潮：馬斯洛心理學》。臺北市：師大書苑。（原書：F. G. Goble [1970]. *The third force: The psychology of Abraham Maslow*. New York, NY: Grossman.）

李斯譯（2000）。《心理學的世界——類型與發展》。臺北市：究竟。（原書：Hunt, M. [1993]. *The story of psychology*. New York : Doubleday.）

李子堅（1998）。《紐約時報的風格》。臺北市：聯經。

李沅洳譯（2019）。《學術人》。臺北市：時報出版。（原書：P. Bourdieu (1993). *Homo Academicus: The field of cultural production* (Trans. P. Collier). London, UK: The Polity Press.）

李連江（2018）。《在學術界謀生存》。香港：香港中文大學出版社。

李連江（2016）。《不發表，就出局》。北京市：中國政法大學出版社。

李靜修（2010）。〈立基於認知心理學的中文寫作教學（二）——產生想法 1：目標導向的寫作思考歷程〉。《國文新天地》，**22**，25-30。

杜玉蓉譯（2017）。《情緒勒索：遇到利用恐懼、責任與罪惡感控制你的人，該怎麼辦？》。臺北市：究竟出版（原書：S. Forward with D. Frazier [1997]. *Emotional blackmail: When the people in your life use fear, obligation, and guilt to manipulate you*. New York, NY: HarperCollins.）

何秀玉、李雅玲、胡文郁（2012）。〈老人復原力之概念分析〉。《護理雜誌》，**59**(2)，88-92。

何進平（2010）。〈論學術期刊獨立性與編輯自主性〉。《天府新論》，**3**，151-154。

何萬順（2016. 01. 22）。〈研究與教學的魚與熊掌〉。《獨立評論》（https://opinion.cw.com.tw/blog/profile/351/article/3792；上網時間：2020. 11. 27）。

吳思華主編（2020）。《明日教育的曙光：八個教育創業家的熱血故事》。臺北市：遠流。

吳紹群、吳明德（2007）。〈開放資訊取用期刊對學術傳播系統之影響〉。《圖書

資訊學研究》，**2**(1)，21-54。

吳齊殷（2005）。〈如何投稿 SSCI 期刊？〉。「撰寫碩博士論文與投稿學術期刊」
論壇（臺北市：臺北大學：6 月 8 日）。

周春塘（2016）。《撰寫論文的第一本書：一步步的教你如何寫，讓論文輕鬆過
關》（第四版）。臺北市：五南。

周恬弘（2008）。〈學術期刊的論文審查機制與投稿策略〉（http://thchou.blogspot.
com/2008/02/blog-post_9503.html；上網時間：2020. 11. 17）。

周祝瑛（2013）。〈大學評鑑中 SSCI 與 TSSCI 指標對臺灣女性學界人士之挑戰〉。
《臺灣教育評論月刊》，**2**(11)，01-08。

周慕姿（2017）。《情緒勒索：那些在伴侶、親子、職場間，最讓人窒息的相
處》。臺北市：寶瓶文化。

林天祐（1996）。〈認識研究倫理〉。《教育資料與研究》，**12**，57-63。

林月雲（2017.06）。〈甜蜜的回顧 25 年學術生涯〉（獲得科技部傑出研究獎的感
言）。《人文與社會科學簡訊》，**18**(4)，100-103。

林娟娟（1997）。〈學術期刊之同儕審查〉。《大學圖書館》，**1**(3)，127-140。

林淑馨（2013）。《寫論文，其實不難：學術新鮮人必讀本》。高雄市：巨流。

林雯瑤（2019）。〈學術論文作者之自我抄襲：臺灣 TSSCI 期刊編輯的觀點〉。
《圖書資訊學刊》，**17**(2)，35-70。

林曉君（2010）。〈高齡者靈性發展對我國老人教育之啟示〉。《慈濟大學人文社
會科學學刊》，**9**，193-215。

林奇秀、賴璟毅（2014）。〈開放近用的陰暗面：掠奪型出版商及其問題〉。《圖
書與資訊學刊》，**6**(2)，1-21。

邱炯友（2017）。〈學術期刊同行評議制度的轉型改革〉。《出版科學》，**25**(3)，
5-9。

邱炯友（2010）。《學術傳播與期刊出版》。臺北市：遠流。

范秀娟（2017. 06. 16）。〈論文不能晦澀難懂：學術語言的 3 個誤區和 6 種正確
表達方式〉。「教育學術寫作大講堂」（https://kknews.cc/education/29y92gg.
html；上網時間：2021. 02. 17）。

胡紹嘉（2006）。〈逆想人文社會科學寫作——來自小說敘事研究的啟迪與演
示〉。《中華傳播學刊》，**9**，275-303。

胡瑞萍、林陳湧（2002）。〈寫作與科學學習〉。《科學教育刊》，**253**，2-18。

施祖琪（2000）。〈新聞風格初探——以《綜合月刊》爲例〉。政治大學新聞研究所碩士論文。

洪瑞斌、莊騏嘉、陳筱婷（2015）。〈深思敘說研究之倫理議題：回到倫理學基礎探討〉。《生命敘說與心理傳記學》，**3**，55-79。

洪瑞斌、陳筱婷、莊騏嘉（2012）。〈自我敘說研究中的眞實與眞理：兼論自我敘說研究之品質參照標準〉。《應用心理研究》，**56**，19-53。

政大傳播學院媒介寫作教學小組（2007）。〈前言—站在風口浪尖上〉。政大傳播學院媒介寫作教學小組著。《傳媒類型寫作》（頁 iii-xi）。臺北市：五南。

姜昊騫譯（2020）。《高效寫作：突破你的心理障礙》。上海市：上海社會科學院出版社。（原書：J. Jenson [2017]. *Write no matter what: Advice for academics.* Chicago, IL: The University of Chicago Press.）

孫曼蘋（1998）。〈新聞人需要一本合時宜的工作手冊——從《中華日報編採手冊》的出刊談起〉。《新聞學研究》，**56**，301-305。

原祖傑（2014）。〈學術期刊何以引領學術——兼論學術期刊與學術共同體之關係〉。《澳門理工學報》，**17**(1)，113-124。

翁秀琪（2013）。〈學術期刊與學術生產、學術表現的關聯初探：以臺灣傳播學門學術期刊爲例〉。《傳播與實踐學刊》，**23**，113-142。

高自龍（2017）。〈融合轉型：期刊主體性困境與路徑選擇〉。《澳門理工學報》，**20**(1)，123-126。

陸偉明（2009）。〈同儕審查制度〉。《人文與社會科學簡訊》，**10**(4)，117-123。

許智雅（2017）。《風格的要素：用英美人士的不朽經典學習正統的英文寫作》。臺北市：知英文化。

許澤民譯（2004）。《個人知識：邁向後批判哲學》。臺北市：商周出版。（原書：M. Polanyi [1958]. *Personal knowledge: Towards a post-critical philosophy.* Chicago, IL: University of Chicago Press.）

葉光輝（2009）。〈投稿國際期刊經驗談：學習與反思的契機〉。《人文與社會科學簡訊》，**10**(4)，57-62。

葉啟政（2005）。〈缺乏社會現實感的指標性評鑑迷思〉。反思會議工作小組（主編），《全球化與知識生產：反思臺灣學術評鑑》（頁 111-125）。臺北市：臺灣社會研究季刊社。

黃毅志（2010）。〈當前國內教育學術期刊編審制度之檢討：教育學者如何在良性

學術互動中集體成長？〉。《教育研究學報》，**44**(1)，1-20。

黃毅志、曾世杰（2008）。〈教育學術期刊高退稿率的編審制度、惡質評審與評審倫理〉。《臺東大學教育學報》，**19**(2)，183-196。

辜美安、呂明錡（2017）。〈以論文審查的角度探討學術期刊論文之撰寫〉。《臺灣醫學》，**21**(6)，635-640。

傅秉康（2013）。〈波蘭尼的默會認識理論對教學理論的貢獻〉。《文化評論》，**34**（https://www.ln.edu.hk/mcsln/archive/34th_issue/criticism_03.shtml；香港嶺南大學出版，上網時間：2021. 03. 14）。

彭明輝（2017）。《研究生完全求生手冊：方法、祕訣、潛規則》。新北市：聯經。

彭淮棟譯（1985）。《博藍尼演講集：人之研究科學、信仰與社會：默會致知。臺北市：聯經。（原書：M. Polanyi [1959]. *The study of man. Science, faith and society. The tacit dimension*. London, UK: Routledge & Kegan Paul Ltd.）

陳陽（2021. 01. 13）。〈你不知道，這篇獲獎論文改得多麼艱難〉。《新聞記者》（https://mp.weixin.qq.com/s/jao1NLOgPeOrHu7krxdLRw；上網時間：2021. 01. 21）。

陳月端（2012）。〈抄襲與引用——學術倫理與著作權之交錯領域〉。《高大法學論叢》，**8**(1)，5-40。

陳玉玲、王明傑譯（2011）。《美國心理學會出版手冊：論文寫作格式》（第六版）。臺北市：雙葉書廊。（原書：American Psychological Association. [2010]. *Publication manual of the American Psychological Association* (6th Ed.). Washington, D.C.: American Psychological Association.）

陳百齡（2009）。〈素人個案寫作：尋覓傳播教育新途徑〉。蘇蘅、陳百齡、羅文輝、羅裕儀、葉育鎏、吳如萍、蘇惠群、嚴曉翠合著，《新聞、公關與危機管理——傳播個案分析》（頁13-32）。高雄市：復文。

陳百齡（2004）。〈新聞工作者如何蒐集資料？專家知識的初探〉。《圖書與資訊學刊》，**51**，35-48。

陳世倫（2014）。〈內隱及外顯知識相對性之研究——認知基模觀點〉。政治大學科技管理與智慧財產研究所碩士論文。

陳世敏（2000）。〈臺灣傳播學書籍的出版〉。中華傳播學會年會。新北市深坑區：世新會館。

陳湘陽譯（2018）。《英文寫作聖經：史上最長銷、美國學生人手一本、常春藤英

語學習經典〈風格的要素〉》。新北市：野人文化。

陳祥、楊純青、黃伸閔（2013）。〈我國博碩士論文不當引用與剽竊型態之研究：以「科技接受模式」相關論文之文獻探討為例〉。《資訊社會研究》，**24**，74-119。

陳美霞、徐畢卿、許甘霖譯（2009）。《研究的藝術》。新北市：巨流。（原書：W. C. Booth, G. G. Colomb, & J. M. Williams [2008]. *The craft of research*. Chicago, IL. The University of Chicago Press.）

陳鳳如（2008）。《寫作歷程與讀者覺察能力──理論與應用》。臺北市：心理。

陳鳳如（2004）。〈寫作討論對大學生學術論文寫作品質及寫作歷程的影響──從探索、閱讀到寫作〉。《師大學報：教育類》，**49**(1)，139-158。

張作為（2007）。〈論著作權於學術倫理之實踐與省思〉。（新竹）清華大學科技法律研究所碩士論文。

張定綺譯（1993）。《快樂，從心開始》。臺北市：天下文化。（原書：M. Csikszentmihalyi, [1990]. *Flow: The psychology of optimal experience*. New York, NY: HarperCollins.）

張君玫、劉鈐佑譯（1995）。《社會學的想像》。臺北市：巨流。（原書：C. Wright Mills [1959]. *The sociological imagination*. New York, NY: Oxford University Press.）

張進上（2007）。〈談論文指導〉。《國教之友》，**59**(4)，44-51。

張森林（2009）。〈國際學術期刊的投稿與發表經驗分享：以財務工程領域為例〉。《人文與社會科學簡訊》，**10**(4)，45-51。

趙永茂（2021. 01. 18）。〈共享資源、同行致遠〉。《聯合報》，A12，「聯合講座」。

楊李榮（2006）。〈教育學國際學術期刊簡介（II）──體育學與圖書資訊學領域〉。《人文與社會科學簡訊》，**7**(2)，62-102。

楊李榮（2005）。〈教育學國際學術期刊簡介（I）──測驗與統計領域〉。《人文與社會科學簡訊》，**7**(1)，19-24。

楊巧玲（2013）。〈TSSCI 問題化的問題〉。《臺灣教育評論月刊》，**2**(11)，9-16。

楊芬瑩（2016）。〈推倒貪婪期刊付費高牆！學術界揭竿而起〉。《報導者》（https://www.twreporter.org/a/elsevier-vs-sci-hub；上網時間：2020. 11. 15）。

楊桂香（2001）。〈作者投稿的常有三種心理狀態，看完你才知道如何調整〉。
　　《東北大學學報：社科版》，**3**(1)（https://kknews.cc/zh-tw/news/96g258.html；
　　上網時間：2021. 01. 22）。

萬忠明（2007）。〈敘事分析是如何可能的〉。《山東大學學報》（哲學社會科學
　　版），**1**，99-104。

蔡琰、臧國仁（2019）。〈初探退休議題與傳播研究之可能構連：生命故事研究取
　　向之理論建議〉。《新聞學研究》，**140**，1-39。

蔡琰、臧國仁（2018a）。〈試析「大眾傳播研究」之人文取向：回顧與展望〉。
　　中國新聞史學會新聞傳播思想史研究委員會 2018 年會。四川成都：四川大學
　　（7 月 6-8 日）。

蔡琰、臧國仁（2018b）。〈試析「大眾傳播研究」之人文取向〉。《湖南師範大
　　學社會科學學報》，**6**，129-139。

蔡琰、臧國仁（2012）。《老人傳播：理論、研究與教學實例》。臺北市：五南。

蔡琰、臧國仁（2011）。〈老人傳播研究：十年回首話前塵〉。《中華傳播學刊》
　　專題論文，**19**，25-40。

蔡琰、臧國仁（2007）。〈「創意／創新」與時間概念：敘事理論之觀點〉。《新
　　聞學研究》，**93**，1-39。

蔡琰、臧國仁（2001-2003）。國科會專題研究計畫〈老人與大眾傳播情境〉
　　（NSC91-2412-H-004-002）。

蔡琰、臧國仁（1999）。〈新聞敘事結構：再現故事的理論分析〉。《新聞學研
　　究》，**58**，1-28。

蔡柏盈（2014 / 2010）。《從字句到結構：學術論文寫作指引》（第二版）。臺北
　　市：臺灣大學出版中心。

蔡敏玲、余曉雯（2003）。《敘說探究：質性研究中的經驗與故事》。臺北市：
　　心理出版社。（原書：D. J. Cladinin & F. M. Connelly [2000]. *Narrative inquiry:
　　Experience and story in qualitative research*. San Francisco, CA: Jossey-Bass.）

臧國仁（2009）。〈關於傳播學如何教的一些創新想法與作法──以「傳播理論」
　　課為例〉。《課程與教學季刊》，**12**，241-264。

臧國仁（2000）。〈關於傳播學如何教的一些想法──以「基礎新聞採寫」課為
　　例〉。《新聞學研究》，**65**，19-56。

臧國仁、蔡琰（2020）。〈反思「老人傳播」研究的方法學途徑：兼向心理學的相

關經驗借鑑〉。《中華傳播學刊》，**37**，259-289。

臧國仁、蔡琰（2017）。《敘事傳播：故事／人文觀點》。臺北市：五南。

臧國仁、蔡琰（2014）。〈「老人研究」與「老人傳播研究」之溯源與省思——兼論「華人傳播研究」之敘事典範後設取徑〉。洪浚浩主編，《傳播學新趨勢》（頁 459-481）。北京市：清華大學出版社。

臧國仁、蔡琰（2013）。〈大眾傳播研究之敘事取向——另一後設理論思路之提議〉。《中華傳播學刊》，**23**，159-194。

臧國仁、蔡琰（2009）。〈傳媒寫作與敘事理論——以相關授課內容為例〉。「政大傳播學院媒介寫作教學小組」編，《傳媒類型寫作》（頁 3-28）。臺北市：五南。

臧國仁、蔡琰（2005）。〈與老人對談——有關「人生故事」的一些方法學觀察〉。《傳播研究簡訊》，**42**，13-18。

臧國仁、施祖琪（2000）。〈新聞編採手冊與媒介組織特色——風格與新聞風格〉。《新聞學研究》，**60**，1-38。

魯旭東、林聚任譯（2009）。《科學社會學——理論與經驗研究》。北京市：商務印書館。〔原書：R. K. Merton [1973]. *The sociology of science: Theoretical and empirical investigations* (Ed. & with an Introduction by N. W. Storer). Chicago, IL: The University of Chicago Press.〕

盧沛樺、田孟心、楊卓翰、陳一姍、楊孟軒、林佳賢（2019. 03. 26）。〈令人望塵莫及的產能！一年寫出 20 篇論文，怎麼辦到的？〉。《天下雜誌》，669 期（https://www.cw.com.tw/article/5094488；上網時間：2021. 01. 11）。

劉燁編譯（2006）。《馬斯洛的智慧：馬斯洛人本哲學解讀》。臺北市：正展。

劉世閔（2013）。〈臺灣學術界教育學門 TSSCI 制度衍生之問題與批判〉。《臺灣教育評論月刊》，**2**(11)，33-37。

劉忠博、郭雨麗、劉慧（2020）。〈「掠奪性期刊」在學術共同體中的形成與省思〉。《新聞與傳播研究》，**10**，95-109, 128。

劉曙光（2009）。〈學術期刊編輯視角中的論文寫作〉。《山東理工大學學報：社會科學版》，**25**(1)，88-91。

駱怡君、許健將（2010）。〈反省性思考在教師班級經營上之運用〉。《教育科學期刊》，**9**(1)，71-86。

鍾蔚文、臧國仁（1994）。〈如何從生手到專家〉。臧國仁主編，《新聞學與術的

對話》（頁 73-88）。臺北市：政大新聞研究所。

鍾蔚文、臧國仁、陳百齡（1996）。〈傳播教育究竟應該教些什麼？一些極端的想法〉。《新聞學研究》，**53**，107-130。

韓燕麗（2012）。〈主編在學術期刊建設中的作用——以 *Nano Research* 爲例〉。《科技與出版》，**31**(9)，32-34。

謝鎮陽（2018）。〈被退稿後／How to handle rejection？〉（http://cheng-yang-hsieh. blogspot.com/2018/06/how-to-handle-rejection.html；上網時間：2021. 01. 24）。

羅平、周鄭（1997）。〈學術類科技期刊的審稿工作探討〉。《中國科技期刊研究》，**8**，82。

蕭高彥（2015）。〈臺灣人文及社會科學期刊評比收錄制度變革〉。「臺灣人文及社會科學期刊評比收錄制度變革審議式論壇發言記錄」（http://www3.nccu. edu.tw/~tyhuang/；上網時間：2020. 11. 17）。

嚴竹蓮（2016）。〈同儕審查的評審標準、信度與公平性研究：以臺灣出版之社會暨人文科學期刊爲例〉。臺灣大學圖書資訊學研究所博士論文。

Arons, M., & Richards, R. (2015). Two noble insurgencies: Creativity and humanistic psychology. In K. J. Schneider, J. F. Pierson, & J. F. T. Bugental (Eds.). *The handbook of humanistic psychology: Theories, research and practices* (2nd. Ed.)(pp. 161-175). Thousand Oaks, CA: Sage.

Bakanic, V., McPhail, C., Simon, R. J. (1998). Mixed messages: Referees' comments on the manuscripts they review. *The Sociological Quarterly, 30*(4), 639-654.

Bal, M. (Ed.)(2004). *Narrative theory: Critical concepts in literary and cultural studies*. London, UK: Routledge.

Barnes, S. B. (1936). The editing of early learned journals. *Osiris, 1*, 155-172.

Belcher, W. L. (2009). *Writing your journal article in 12 weeks*. Thousand Oaks, CA: Sage.

Bereiter, C., & Scardamalia, M. (1987). *The psychology of written composition*. Hillsdale, NJ: Erlbaum.

BIOS monthly（2016. 10. 14）。〈背誦的身體哲學（三）：默會知識的觀點〉（https://www.biosmonthly.com/article/8123；上網時間：2021. 03. 14）。

Bochner, A. P., & Ellis, C. (2016). *Evocative autoethnography: Writing lives and telling stories*. New York, NY: Routledge.

Bornmann, L., Weymuth, C., & Daniel, H. -D. (2010). A content analysis of referees' comments: How do comments on manuscripts rejected by a high-impact journal and later published in either a low- or high-impact journal differ? *Scientometrics*, *83*, 493-506.

Bordage, G. (2001). Reasons reviewers reject and accept manuscripts. The strengths and weaknesses in medical education reports. *Academic Medicine*, *76*(9), 889-896.

Bruner, J. (1987). Life as narrative. *Social research*, *54*(1), 11-32.

Chan, H., Trevor, I. G., Mazzucchelli, I., & Rees, C. S. (2021). The battle-hardened academic: An exploration of the resilience of university academics in the face of ongoing criticism and rejection of their research. *Higher Education Research & Development*, *40*(3), 446-460.

Chatman, S. B. (1978). *Story and discourse: Narrative structure in fiction and film*. Ithaca, NY: Cornell University Press.

Chubin, D. E., & Hackett, E. J. (1990). *Peerless science: Peer review and U.S. science policy*. Albany, NY: State University of New York Press.

Day, A. (1996). *How to get research published in journals*. Hampshire, UK: Gower.

Day, N. E. (2011). The silent majority: Manuscript rejection and its impact in scholars. *Academy of Management Learning & Education*, *10*(4), 704-718.

Denzin, N. (2000). Forward: Narrative's moment. In M. Andrews, S. D. Slater, C. Squire, and A. Treacher (Eds.). *Lines of narrative* (pp. xi-xiii). London, UK: Routledge.

Denshire, S. (2013). Autoethnograph (Retrived from http://www.sagepub.net/isa/resources/pdf/Autoethnography.pdf; 2020. 01. 12).

Elliott, H., & Squire, C. (2017). Narratives across media as ways of knowing [9 paragraphs]. In *Forum Qualitative Sozialforschung / Forum: Qualitative Social Research*, *18*(1), Art, 17.

Ellis, E., Adams, T., & Bochner, A. P. (2011). Autoethnography: An overview. *Forum Qualitative Sozialforschung / Forum: Qualitative social research*, *12*(1), Art, 10 (Retrieved from http://nbn-resolvingde/urn:de:0114-fgs1101108; 2020. 01. 03).

European Commission Expert Groups (2019). *Future of scholarly publishing and scholarly communication*. Luxembourg: Publications Office of the European Union.

Fisher, W. R. (1987). *Human communication as narration: Toward a philosophy of reason, value and action*. Columbia, SC: University of South Carolina Press.

Flower, L., & Hayes, J. R. (2004). A cognitive process theory of writing. *College Composition and Communication, 32*(4), 365-387.

Gannon, S. (2009). Writing narrative. In J. Higgs, D. Horsfall, & S. Grace (Eds.). *Writing qualitative research in practice* (pp. 73-82). Rotterdam, NL: Sense Publishers.

Goldstein, N. (Ed.)(1998). *The Associated Press stylebook and libel manual.* Reading, MA: Perseus Books.

Goldstein, N., & Stepanovich, M. (Ed.)(2000). *The Associated Press stylebook and briefing on media law: Fully revised and updated with a new Internet guide and glossary.* Reading, MA: Perseus Books.

González-Monteagudo, J. (2011). Jerome Bruner and the challenges of the narrative turn: Then and now. *Narrative Inquiry, 21*(2), 295-302.

Goodall, Jr. H. L. (2019). *Writing qualitative inquiry: Self, stories, and academic life* (Classic Ed.). New York, NY: Routledge.

Grabe, W., & Kaplan, R. B. (1996). *Theory and practice of writing.* London, UK: Longman.

Hall, A. R., & Hall, M. B. (Ed. & Trans.)(1965-1966). *The correspondence of Henry Oldenburg.* Madison, WI: The University of Wisconsin Press.

Harris-Heummert, S. (2018). The role of peer review in science. *QiW: Qualitätsentwicklung-politik (Quality Development Policy), 1*, 15-19.

Hatala, M. (2020). *APA simplified: Your concise guide to the 7th Edition.* Greentop, MI: Greentop Academic Press.

Horbach, S. P. J. M., & Halffman, W. (2020). Journal peer review and editorial evaluation: Cautious innovator or sleepy giant?. *Minerva, 58*, 139-161 (Retrieved from https://doi.org/10.1007/s11024-019-09388-z; 2021. 03. 01).

Houghton, P. M., Houghton, T. J., & Pratt, M. M. (2005). *APA: The Easy Way!* Ann Arbor, MI: XanEdu.

Hyland, K. (2002). *Teaching and researching writing.* Harlow, UK: Pearson Education.

Hyland, K., & Jiang, F. (2017). Is academic writing becoming more informal? *English for specific purposes, 45*, 40-51.

Hyvärinen, M. (2017). Forward: Life meets narrative. In B. Schiff, A. E. McKim, & S. Patron (Eds.). *Life and narrative: The risks and responsibilities of storying experience* (pp. ix-xxvi). New York, NY: Oxford University Press.

Josselson, R. (2007). Narrative research and the challenge of accumulating knowledge. In M. Bamberg (Ed.). *Narrative – State of the Art*. Amsterdam, NL: John Benjamins.

Jovchelovitch, S., & Bauer, M.W. (2000). Narrative interviewing. In M. W. Bauer & G. Gaskell (Eds.). *Qualitative researching with text, image and sound: A practical handbook* (pp. 57-74). London, UK: Sage.

Kessler, D. (2019). *Finding meaning: The sixth stage of grief*. New York, NY: Scribner.

Kübler-Ross, E., & Kessler, D. (2005). *On grief & grieving: Finding the meaning of grief through the five stages of loss*. New York, NY: Scribner.

Labov, W., & Waletzky, J. (1997). Narrative analysis: Oral versions of personal experience. *Journal of Narrative and Life History*, *7*, 3-38 (Originally published in J. Helm (Ed.) (1966), *Essays on the verbal and visual arts* (pp. 12-44). Seattle, WA: University of Washington Press).

Lincoln, Y. S., Lynham, S. A., & Guba, E. G. (2018). Paradigmatic controversies, contradictions, and emerging confluences, revisited. In N.K. Denzin & Y.S. Lincoln (Ed.). *The Sage handbook of qualitative research* (5th Ed.)(pp. 108-150). Thousand Oaks, CA: Sage.

Lindholm, J. A., Szelényi, K., Hurtado, S., & Korn, W. S. (2005). *The American college teacher: National norms for the 2004-5 HERI Faculty survey*. Los Angeles, CA: UCLA Higher Education Research Institute.

Littlejohn, S. W., Foss, K. A., & Oetzel, J. G. (2016). *Theories of human communication* (11th Ed.). Long Grove, IL: Waveland Press.

Mabe, M. (2003). Growth and number of journals. *Serials*, *16*, 191-197.

McGillivray, B., & De Ranieri, E. (2018). Uptake and outcome of manuscripts in Nature journals by review model and author characteristics. *Research Integrity and Peer Review*, *3*(1), 5.

McKercher, B., Law, R., Weber, K., Song, H., & Hsu, C. (2007). Why referees reject manuscripts. *Journal of Hospitality & Tourism Research*, *31*(4), 455-470.

Maslow, A. H. (1954). *Motivation and personality*. New York, NY: Harper & Row.

Moosa, I. A. (2018). *Publish or perish: Perceived benefits versus unintended consequences*. Cheltenham, UK: Edward Elgar.

Morris, S. (2009). "The tiger in the corner": Will journals matter to tomorrow's scholars? In B. Cope & A. Phillips (Eds.). *The future of the academic journal* (pp. 379-386). Oxford, UK: Chandos.

Moser, S. C. (2015). Wither the heart(-to-heart)? Prospect for a humanistic turn in environmental communication as the world changes darkly. A. Hansen & R. Cox (Eds.). *The Routledge handbook of environment and communication* (pp. 402-413). Oxon, UK: Routledge.

Murray, M. (2003). Narrative psychology In J. S. Smith (Ed.). *Qualitative psychology: A practical approach to research methods* (pp. 111-132). London, UK: Sage.

Nash, R. J. (2004). *Liberating scholarly writing: The power of personal narrative*. New York, NY: Teachers College Press.

Ni, C., Sugimotoc, C. R., & Cronin, B. (2013). Visualizing and comparing four facets of Scholarly Communication: Producers, artifacts, concepts, and gatekeepers. *Scientometrics*, *94*, 1161-1173.

Okike, K., Hug, K. T., Kocher, M. S., & Leopold, S. S. (2016). Single-blind vs double-blind peer review in the setting of author prestige. *Jama*, *316*(12), 1315-1316.

Parks, P. (2019). Toward a humanistic turn for a more ethical journalism. *Journalism*, *21*(9), 1229-1245.

Price, D. de S. (1963). *Little science, big science*. New York, NY: Columbia University Press.

Randall, W. L., & McKim, A. E. (2004). Toward a poetics of aging: The links between literature and life. *Narrative Inquiry*, *14*(2), 234-260.

Richardson, L., & St. Pierre, E. A. (2018). Writing: A method of inquiry. In N. K. Denzin & Y. S. Lincoln (Ed.). *The Sage handbook of qualitative research* (5th Ed.)(pp. 818-838). Thousand Oaks, CA: Sage.

Ricoeur, P. (1984-1988). *Time and narrative* (Trans. K. McLaughlin & D. Pellauer; 3 vols.). Chicago, IL: University of Chicago Press.

Riessman, C. K. (2005) Narrative Analysis. In N. Kelly, C. Horrocks, K. Milnes, B. Roberts, & D. Robinson (Eds.). *Narrative, memory & everyday life* (pp. 1-7). Huddersfield, UK: University of Huddersfield Press.

Rossiter, J. (2010). *The APA pocket handbook: Rules for format & documentation*. Augusta,

GA: DW Publishing Co.

Roy, R. (1985). The real defects of peer review and an alternative to it. *Science, Technology, & Human Values*, *10*(3), 73-81.

Schön, D. A. (1987). *Educating the reflective practitioner: Toward a new Design for teaching and learning in the professions*. San Francisco, CA: Jossey-Bass.

Schön, D. A. (1983). *The reflective practitioner: How professionals think in action*. New York, NY: Basic Books.

Seligman, M. (2005). Positive psychology, positive prevention, and positive therapy. In C. R. Snyder & S. J. Lopez (Eds.). *Handbook of positive psychology*. New York, NY: Oxford University Press.

Shapiro, S. L. (2009). The integration of mindfulness and psychology. *Journal of clinical psychology, 65*(6), 555-560.

Sompel, H. V. D., Payette, S., Erickson, J., Lagoze, C., & Warner, S. (2004). Rethinking scholarly communication: Building the system that scholars deserve. *D-Lib Magazine*; [10] 9. (Retrived from https://dlib.ejournal.ascc.net/dlib/september04/vandesompel/09vandesompel.html; 2020. 12. 01).

Strunk, W., Jr., & White, E. B. (1979). *The elements of style* (3rd. Ed.). New York, NY: Macmillan.

Tankard, J. W., Chang, T.-K., Tsang, K. J. (1984). Citation networks as indicators of journalism research activity. *Journalism Quarterly*, *61*(1), 89-124.

Tenopir, C., & King, D. W. (2014). The growth of journals publishing. In B. Cope & A. Phillips (Eds.). *The future of the academic journal* (2nd. Ed.)(pp. 159-178). Oxford, UK: Chandos.

Tomkins, A., Zhang, M., & Heavlin, W. D. (2017). Reviewer bias in single-versus double-blind peer review. *Proceedings of the National Academy of Science*s, *114*(48), 12708-12713.

Walker, L. D. (2019). Rejection of a manuscript and career resilience. *PS: Political Science & Politics*, *52*(1), 44-47.

Ware, M. (2008). Peer review in scholarly journals: Perspective of the scholarly community. Results from an international study. *Information Services & Use*, *28*(2), 109-112.

Winkler, G. P. (1970). *The Associated Press stylebook*. New York, NY: The Associated Press.

Wu, S., & Lin, C. Y. -Y. (2019). *Innovation and entrepreneurship in an educational ecosystem: Cases from Taiwan*. Singapore, SG: Springer.

附錄一 英文版權同意書

Thank you for your order!

Dear Prof. Kuo-Jen Tsang,

Thank you for placing your order through Copyright Clearance Center's RightsLink® service.

Order Summary

Licensee:	Prof. Kuo-Jen Tsang
Order Date:	Mar 12, 2021
Order Number:	5026330713662
Publication:	Journal of Systems and Software
Title:	A letter from the frustrated author of a journal paper
Type of Use:	reuse in a book/textbook
Order Total:	xxx USD（臧註：省略）

(Original Order Number: 501636869)

View or print complete details of your order and the publisher's terms and conditions.

Sincerely,

Copyright Clearance Center

附錄二 投寄《中華傳播學刊》之一稿（初稿）

反思「老人傳播」研究的方法學途徑：
兼向心理學的相關經驗借鑑

中文摘要

　　本文從「方法論」（methodology）角度剖析「老人傳播」研究之困境與未來展望，除「前言」略述其發展之起因與本質外，其餘皆在反思如有關「研究對象」之定義與內涵、研究者之「世界觀」以及「研究設計」等議題。次則引介來自心理學的反思經驗，藉此呼籲老人傳播研究者仿效、學習並持樂觀與超越自我的精神來持續鑽研傳播與老齡的關係。

關鍵字：老人、傳播、方法論、反思

一、前言

-- ……反思才是洞察力的源泉（段義孚，2011）。

　　值此「老人研究」漸趨普及之時，[1] 本文旨在省察「老人傳播」研究面臨之困境與挑戰以期沉澱與深化，從而討論此一與「生命歷程」（lifespan）有關之研究傳統如何協助眾人正視自己的韶華逝去、家人的盛年難再以及他人的繁華落盡，當屬傳播領域過去較少觸及卻有密切關聯之學術議題。

　　以下擬先回顧有關「老人傳播」研究對象之定義與內涵，次則討論研究者之世界觀與研究設計。依老人學研究者 Bengtson, Burgess & Parrott（1997: S72），此類反思有其必要乃因唯有透過追本溯源式地瞭解領域發展之起因、本質與限制等，知識累積與發展前瞻始有可能且供學習。同理，Gergen（1999: 47-50）亦曾指出若要對未來熟思遠慮，就需反思現狀中的真理、正確、本質以免囿於傳統。

　　以下擬從「老人傳播」之系列文獻出發，旨在回應上引呼籲，即研究者除提出研究成果外亦應整理與歸納所得以供系統性學習，針對不同研究選取之「方法」或「路徑」檢討其後設觀點與限制，此常稱之「方法論」或「方法學」（methodologies）省察（江明修，1998），如此方得促進學術理解並擴大所知。

二、「老人傳播研究」之方法學反思

（一）反思之一：研究對象（subjects）

　　一般來說，相關文獻甚少提及「老人傳播」之研究對象，研究者（如 Nussbaum, Pacchioni, Robinson, & Thompson, 2000; Harwood, 2007）多逕而認定其即某一年齡如 65 歲以上之人口族群，籠統地認為其有一致之社會行動或傳播行為而少例外。實則年齡並非判斷「老化」的絕對標準更非唯一標準，有人雖年逾 65 或 70 卻仍能生龍活虎地生活自如，反之另些中壯人士可能未老先衰，此皆常見。

　　一些生物醫學研究卻因慣於認定「老即衰敗」而多出現如 Estes & Associates（2001）所稱之「老化之生物醫學化」（biomedicalization of aging）現象，將「老化」議題逕與「病體」或「生病」連結，進而推論如要延續生命就應透過良好的醫學與護理專業照顧，因而成為法國哲學家 Foucault（1973: 29; 引自 Hooyman &

Kiyak, 2008: 326）所言之「醫學凝視」（medical gaze）或「專家凝視」（expert gaze）掌控對象，「客體化」了老人從而建立眾多醫學規訓以使其服膺於專業工作所需並也易於管理，但老化之積極、正面、樂觀生命意義與醫療極限等倫理議題卻備受忽視（Estes & Binney, 1989; Kaufman, Shim, & Russ, 2004）。

而老人傳播研究者未能察覺此類陷阱，也常重蹈覆轍地認為其研究對象必然產生人際或社會「溝通問題」（如 Nussbaum, et al., 2000, Chap. 11: Barriers to conversation facing elderly people），同樣淪於上述迷思而多強調一旦上了某個年紀（如前述 65 歲）就易產生溝通障礙，不但行動、智能、記憶力以及語言與溝通能力等生理與認知心理表現皆會顯現不足，老人形象更常被邊緣化或遭忽視或僅與某些特定場所（如安養機構或醫院）連結而少正面描述（見林進益，2007）。

斧底抽薪之計當應跳脫上述年齡桎梏而調整「老人傳播」為「人老傳播」（aging communication），強調其旨並非專指某一特定年齡族群〔無論稱其「老人」、「老年」、「老齡」、「熟齡」、「銀髮」（陳肇男，2001）、「樂齡」（魏惠娟編著，2012）或「創齡」（見駱紳編，2012）皆然〕之溝通困境，而係觀察上了年紀者如何從其自我、人際與社會等面向講述「老化」（aging）的生命經驗（臧國仁、蔡琰，2014：475），從而瞭解其乃自然過程無須畏懼也難逃避，正視其與自身關係並快樂地生活直至生命最後方是正道。

由此觀之，實則「老人傳播」研究之關心對象並非某個特定年齡族群的「溝通問題」，而是上述「生命歷程」之變化與適應議題，畢竟「老」乃人生必經之路，無論年輕人或老人皆然。而在此過程中，如何建立自己與他人的「老人意識」（邱天助，2002）從而瞭解「動態之生命歷程變化意涵」，當屬學術研究與日常生活皆應審慎省思之重大議題。

由圖一（見標題）觀之，由「老人傳播」改為「人老傳播」研究之因乃在後者不復強調「年（老）齡」變項與其他社會元素之因果關係（如「老」就是「病」或「體弱」等），改而討論任何人「如何感知其自身之『變老』【老人意識】，兼及此一感知對其生命歷程之意涵以及其如何適應變老後的生活並調整自我認同（self identities）、如何將生命歷程轉化為生命故事而向他人述說、如何透過這些故事展現生命智慧」（臧國仁、蔡琰，2012：7；添加語句出自本文）。

此圖所示之「述說」（narrating）當然不限於口語表達，舉凡任何文字、符號、靜態／動態影像、聲音、（戲劇）表演等敘事體媒材（modality）皆可用來

表達生命故事之賞析與分享。重點當在強調「個人及社會故事的建構與再建構」
（Lapadat, 2004），亦即透過述說自身故事的身分主題（identity themes）個人
方能瞭解積極生活的力量來源，進而樂於改變或調整人生路徑甚至釋放應有路徑
或認知。

圖一：「老人／人老傳播研究」之動態面向 *

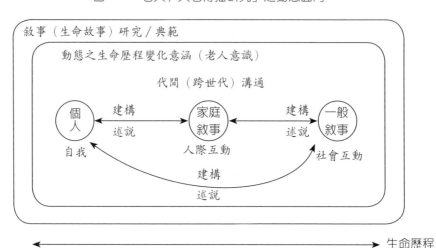

* 出處：改繪自臧國仁、蔡琰（2013），頁 27。

　　至於圖一上層所示之「敘事研究／典範」應屬「老人／人老傳播」知識論
基礎（epistemological base; 見 Pettigrew, 1985），乃因其可呼應「敘事老人學」
（narrative gerontology）與「敘事心理學」（narrative psychology）提倡之「人
生如故事，故事如人生」根喻（root metaphor; Sarbin, 1986a: ix 以及 Chap. 1）。
如 Kenyon, Ruth, & Mader（1999: 40）所稱，「人們不僅有其人生故事可資述說，
人們根本就是故事」，其對歷史與人生之重構皆有重要性。

　　因而亦如圖一所示，「人老傳播」不僅關注人們如何透過「述說」而體會生
命變化之意義（丁興祥編，2012），並也涉及了此類述說如何協助建立人際關
係並促進與他人（含家庭成員）間之「代間（跨世代）溝通」（intergenerational
communication）互動（見圖一中間），甚至能與主要社會團體持續往來（見圖
一右邊），包括爭取大眾媒介正面地再現老人形象兼而協助老人團體近用媒體，
如透過新科技如智慧型手機或 iPad 接觸大眾媒體以吸收資訊、打發時間或消遣

娛樂、放鬆心情（Harwood, 2007）。

小結本節，本文認為過去雖已發展眾多與「老齡」有關之善意詞彙（如前引「銀髮」、「樂齡」、「創齡」等）而得以避免讓老人族群持續受到「汙名化」（stigmatization；見 Ward, 1977；有關「失智老人」之汙名現象可參見羅彥傑，2018, 2016），但無論如何命名恐仍無法改變老人就是「老齡」的事實。重點當在正視「老」之生命意義而非強調「老即衰退」論點，尤應關注「老齡」與故事述說之正面、美學意涵，如強調「詩性老齡」（poetic aging）之意即在說明「人生即藝術品」（a life is a work of art），值得與他人分享也值得講述乃因每個人生俱屬獨一無二而有其特殊內涵與意義（Randall & Makim, 2008, 2004）。

（二）反思之二：研究者之研究「世界觀」（perspectives）

上節建議由傳統「老人傳播」研究改而稱其「人老傳播」，藉此重新審視「年齡」之生命意涵看似簡單，實則涉及了不同研究者所持之「世界觀」，也是不同學術典範間之重大爭議所在，此點對人老傳播研究者而言尤具挑戰意涵。

「世界觀」（worldview 或 德文之 Weltanschauung）之字典原意為「對整個世界的根本看法」，乃研究者「對自己【做研究】的認知過程（包括：記憶、感知、計算、聯想等各項）的思考，即認知的認知（cognition about cognition）或知曉之知曉（knowing of knowing）」（臧國仁、蔡琰，2012：1；添加語句出自本文），亦即「針對事物本質而超越任何特定理論之思辨」（Littlejohn, 1999: 31；引自臧國仁、蔡琰，2012：1）；簡單地說，「世界觀」就是隱而未見之「後設想法」。

而在老人（學）研究領域，Hooyman & Kiyak（2008）認為早期研究多奠基於實證主義（positivism）之學術典範而擅長操弄「變項」（variables）來驗證理論與假設之可靠性，尤常以「年齡」為人口變項而以老化之行為表現（如：體力表現、語言溝通能力、認知記憶本領等）為應變項來探測老人與其他年齡族群之差異，進而推論老人在各方面都有了如前述之不足現象。

這種趨勢在上世紀八零年代前後出現眾多後設理論或世界觀之調整，社會老人學者稱此「第二次轉型」（the second transformation），最為顯著之理論變化就是引入富含詮釋學（Interpretivism）色彩之「社會建構論」（social constructionism；參見圖一之「建構」概念）從而展開具有質性研究特色的老人研究新起方向（Hooyman & Kiyak, 2008）。

依 Gubrium & Holstein（1999: 288-292），社會建構論主要論點有以下三者：

第一，強調「主觀」（subjectivity）兼而認為「年齡」僅為某一特定時空情境之主觀界定（Settersten, Jr. & Godlewski, 2016 稱此「主觀老化」或 subjective aging）而非亙古通今永不變動之外在衡量標準。如源於醫學科技進步以及其他社會文化因素使然，2019 年之 65 歲以上老人之體力、精神與外表當皆與六十年前有極大差異，謂其「老人」或有言過其實之嫌；何況，是否「老」或如何「老」常是個人面對生活世界所建構之自我感知而難有統一外在客觀標準，只要能善處（coping with aging）老化則「年齡」恐僅是「身外之物」（Aldwin & Igarasi, 2016）。

但實證研究者常如上節所述簡單地定義「老人」為某一特定年齡之統稱卻無視於不同年齡層次間之老人亦有絕大不同（參見下節），如 85 歲以上的「老老人」（oldest-old）就與剛退休之 65 歲「青老人」（young-old）明顯有異（此一分類出自潘英美譯，1999 / Thorson, 1995），以致研究結果常讓人以為「絕大多數」老人都是如此，可謂將「巨大且異質（heterogeneous）的團體……用刻板印象化約成一個一致同質（homogeneous）的族群……」（林進益，2007：7）。

臺灣社會心理學者邱天助（2012：8）因而指出，「……人們總是……過度簡化老年的生命，以為六、七十歲，七、八十歲和八、九十歲，面臨的都是同樣的世界，過的是同樣的生活，產生同樣的境界」，誠哉斯言。

第二，社會建構論者主張世界乃由「意義」組成，而年齡之意義因人而異並隨時間變動，與人並無直接歸屬。同理，多「老」未必是量化研究者可觀之外在「物件」（objects）而更是老人對生命意義之自我感知，兩者（「老齡」與「意義感知」）相關且由人建構而非自然存在亦非長久不變。

何況，「年齡」這個物件本無特別意涵，卻是透過社會建構才產生了不同時代之意義且常變動，何況由其代表的「社會真實」（social realities）與「事實真相」（facts）並非顛撲不破之「真理」（truth），而是隨著不同時代的不同個人以及其與他人互動而建構所得之不同意義（如與自己年輕相較或與他人相比；見 Settersten, Jr. & Godlewski, 2016: 11），尤常透過大眾傳播媒介為之以致情隨境轉。

第三，上述意義建構常受「情境」左右而有不同意義，需視其由誰及在何種情境建構，因而如何「老」以及「老」之意義在不同社會、不同文化、不同國家皆有其不同意涵。如在日本，老齡社會出現時間較為久遠，其平均餘命已達 83.6

歲，而每十萬人之百年人瑞數字亦達 46.9，高居全世界第一，因而在該國之「老人」與「老」的意涵顯與其他國家不同。[2]

Sarbin（1986b: 6-8）曾採美國上世紀哲學家 S. C. Pepper（1942）歸類之六個「世界假設」（world hypothesis）模式以說明上述「世界觀」概念，強調 Pepper 所稱之「情境論」（contextualism）核心要義即在「變化」與「新奇」。而敘事取向最為符合「情境論」要義：如在戲劇表演時，無論角色、劇本、道具、時空、閱聽眾等元素都會影響說故事的方式與內容，唯有透過情境式的即興思考與行動方能完成所需。而其他敘事類型如小說、寓言、民謠、歷史、自傳式之述說同樣得要透過「情境論」的意義建構途徑始能理解其義（Sarbin, 1986b: 6-7），如面對不同講述對象與講述空間則其講述方式勢必調整，此理甚明。

Gubrium & Holstein（1999）另亦指出許多老人社會建構論者習以前引敘事典範為其知識論基礎，藉此探析老人個體如何講述其經驗世界，並以所述資料為分析起點，因而獲知老人個體如何經驗老化過程、如何創造與分享其生活經驗，亦可探得並理解這些生命經驗在其過往生活所占位置與價值，而非如實證主義者汲汲於「建立」具有普遍意義之「理論」（theory construction/building）。

小結本節，任何研究者採取某一其所認定之方法取向時必也涉及了其所關心的研究「世界觀」，如有些研究者認為社會真實乃可供觀察並經採取某些特定方法以蒐集資料，如此自可取得並還原這些資料與原始社會真實間的關係；此即實證主義所擅長的量化推理方式。

但社會建構論研究者反其道而行，認為任何「社會真實」頂多只是研究者透過某些研究步驟試圖探索知識的「暫時現狀」罷了，即便將訪談蒐集資料所得加總也無法還原原始事件的真實內涵，乃因「那個」真實早已隨風遠颺。而任何受訪對象之口述資料內容常受「情境」影響而每次所「述」未必相同。即使主軸相同，述說時仍可能發展不同情節，顯示其（受訪對象）回答研究者之訪談實皆有述說其自我故事的主體性。

由此觀之，不同研究「世界觀」產生之研究結果大異其趣，重點可能在於研究者是否清楚明瞭自己所做研究之可能盲點。如此或可推知，「做研究」之研究設計不但涉及了研究者的「世界觀」，也與其所獲得之研究結果息息相關。

（三）反思之三：研究設計──以 Erikson 之「心理社會發展階段論」為例 [3]

上節業已針對「老人（人老）傳播」之研究對象與研究者之研究「世界觀」

提出了初步觀察。本文認為，「老人傳播」研究延續了早年「老人學」研究之桎梏而習視「老人」為集體性群體但少考慮其間之異質特色，研究結果多認定老人之溝通語言活動皆與其體力、智能表現同樣趨於弱勢，是為「不足典範」（the deficit paradigm）之具體表徵（Coupland & Coupland, 1990）。由是本文建議調整「老人傳播研究」為「人老傳播研究」，旨在探測（老）人們如何感知生命歷程之變化以適應其「長老」而非僅是「變老」之事實，從而樂於述說其人生經歷以與他人建立互動關係。

本節延續前節所述意在回顧心理學家 Eric H. Erickson 早時發表之老年研究報告（周怡利譯，2000／Erikson, et al., 1997），乃因其曾詳述如何透過一項長達五十年之「縱貫式」（longitudinal）研究取得眾多訪談資料後，詳盡地分析老人如何參與人生、享受生活甚至在尋求自我統整與絕望間獲得平衡進而成為「活躍老年」，此即其所發展之著名老人「生命週期」或「生活圈」（life cycle）理論（廣梅芳譯，2012／Erikson & Erikson, 1998）。[4]

Erikson 認為，人生可分成不同階段（stages），心智成熟度在各階段皆有不同，可稱其「生命過程漸變」（epigenesis）說。每個階段都有看似對立的「和諧」（syntonic）與「不和諧」（dystonic）性格傾向；此常稱之「心理社會發展論」（psychosocial developmental theory）或「人格發展論」。

然而一般研究者過去多僅著墨於 Erickson 老年報告揭示之上述兩兩對立性格傾向，以下擬略說明 Erikson 自述之研究設計藉此期勉「老人（人老）傳播」未來或可仿照其透過長時間觀察取得資料之研究途徑（以下除特別註記外均出自周怡利譯，2000／Erikson, et al., 1997：第二章）。

依其所述，老年報告源自其針對 1928 年一月一日至 1929 年六月三十日出生在美國加州柏克萊市隨機抽樣所得之出生嬰兒共 248 位，從其六個月開始即由護士進行家庭拜訪並記錄嬰兒健康概況。至其 21 個月後，每隔半年改由母親帶領至「兒童福利研究中心」由研究人員記錄其健康、飲食、睡覺習慣與排泄狀況，兼而討論孩子的行為問題、家庭狀況、養育方式。十六年後（即嬰兒十八歲），此類調查持續進行五年追蹤調查，總計約有 150 位研究對象不斷更新其個人經歷與真實資料，包括教育程度、工作經歷、婚姻、子女以及重要生涯發展事項。

而在 1981 年前後，Erikson 以上述五十位小孩之 29 位仍然住在柏克萊市附近的父母為深度訪談對象（年紀約在 75 歲到 95 歲間），而前引人生階段（生命週期）理論就出自訪談所得的資料整理。每次訪談時間兩小時，訪談過程並非制

式，受訪者可與研究者分享共同生長的背景與「過時用語」。

除訪談資料外，報告內容也包括研究者對受訪者居住環境內外的觀察藉此瞭解其家庭的生活空間安排，並也納入研究者自身對生命經歷的體驗：「當一個人在自己的生命週期中，要辨識和綜觀整個生命週期是很困難的。直到我們能安穩地評估，今天才會成為昨天……」（廣梅芳譯，2012：17 / Erikson & Erikson, 1998）。

由以上根據 Erikson 以及其妻之自述研究過程可知，此項研究報告之設計除來自長時間的資料蒐集與整理外，訪談所得乃其分析主要來源，但研究者個人對生命歷程的審視也扮演了重要角色，此與一般實證研究慣以定量分析方式佐以統計方法客觀地解析資料所得殊為不同，對老人生命歷程之探索別有意義。

依其分類亦知，人生各自心理成熟度不同，生理發展亦不可能一致，Erikson 之劃分僅是籠統說法以讓眾人得以思考不同階段的內涵。其實「年齡」何嘗不是人所「建構」，若是過於相信某個年齡就一定是某個樣子（如 65 歲就一定要退休，見 Hooyman & Kiyak, 2002／林歐貴英、郭鐘隆譯，2003：587-588），未免過於簡化了生命歷程之多元與複雜性。何況無論在 Erikson 的八階段或由其妻延伸之第九階段均未指明每個階段的對應年齡，其意可能就在避免武斷地劃分。[5]

因而如圖二所示，即便如 Erikson 提出之「生命週期論」仍可能引起一般人或研究者對每個階段之刻板印象，認為某一階段就對應了某些特殊生理行為與心理發展特徵，以致產生了與 Erikson 原說之「斷裂」。而此一「斷裂」亦可能造成老人（傳播）研究者之「誤解」，以為各階段之人生表現都屬制式因而透過研究假設之設定即可「驗證」其是否屬真。

但「做研究」本意原在避免拘泥於「斷裂」乃因其屬前述之「建構」過程（見圖二），研究者反而應從「斷裂」出發深入探究何以致此且是否可以擴張並發展其他想法甚至延伸 Erikson 之八或九階段論；此即本文之主旨（反思）所在。

小結本節，為了理解老人（人老）傳播相關研究如何得採不同於量化研究的「假設—推論」途徑，本節略述了發展心理學者 Erikson 之「心理社會發展階段論」（即前述「生命週期論」），以此說明長時期之資料蒐集與解讀當亦能豐富「老人／人老傳播」之動態研究。

圖二：老齡之動態發展 *

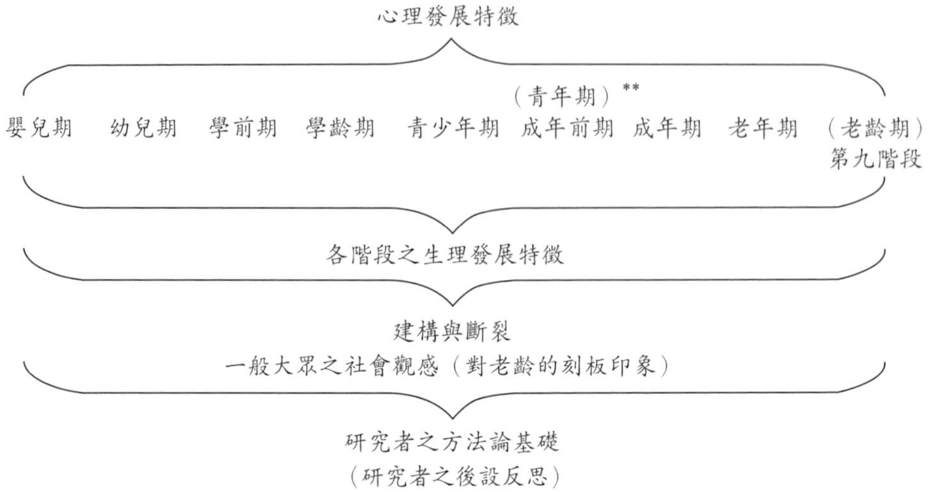

心理發展特徵

（青年期）**

嬰兒期　　幼兒期　　學前期　　學齡期　　青少年期　　成年前期　　成年期　　老年期　（老齡期）
　　　　　　　　　　　　　　　　　　　　　　　　　　　　　　　　　　　　　　第九階段

各階段之生理發展特徵

建構與斷裂
一般大眾之社會觀感（對老齡的刻板印象）

研究者之方法論基礎
（研究者之後設反思）

*　本圖出自本文。

**　Erikson 的「成年前期」原文為 young adulthood，但中文不同譯本之譯名不一。第
九階段為 E. M. Erikson 過世後由其妻補充，見廣梅芳譯，2012 / Erikson & Erikson,
1998。

三、向心理學的反思經驗借鑑

上節業已檢討了「老人／人老傳播」研究領域面臨之困境與未來猶可發展之
前景。如本文所述，任何研究領域若要持續發展，勢須經常進行此類反思以能整
理並歸納研究所得以免「閉門造車」，而透過其他社會科學領域如心理學之反思
經驗猶可學習如何刮垢磨光、精益求精。

以下擬從「敘事心理學」與「人本心理學」（humanistic psychology）略述
其自上世紀中期即已展開之學術反思以及其對研究路徑之影響，期能有助於老
人傳播研究未來展開更具開創性之發展軌跡。如葉浩生（2006：8-9）所言，心
理學自始就熱衷於仿效、崇拜自然科學的科學觀與方法論以致領域日趨分裂與破
碎，其後諸多心理學者受到後現代思潮影響而相繼另闢蹊徑方才出現如下引之多
元化研究發展，足可為老人傳播研究借鏡。

（一）心理學反思經驗之一──T. R. Sarbin 與「敘事心理學」

　　心理學研究多年來業經多次典範轉移，其因大致皆與諸多研究者持續反思有關，如前引 Sarbin（1986a, 1986b）即為一例。其在博士階段與研究生涯初期曾如其他心理學研究者同樣接受過嚴格之行為主義與實證取向學術訓練並以發展「角色理論」著稱，但在 1980 年代中期改為篤信「情境論」（見前引 Pepper 所論）、「人本主義」（參見下節）與「敘事原則」（Scheibe & Barrett, 2005: 17；參見上節圖一有關「敘事研究／典範」之討論），轉而提出有關「敘事」與「自我認同」的初始研究而備受推崇。

　　如在其自述（1986a）即曾多次提及對實驗室之心理驗證等實證研究感到失望，甚至認為其過度追求嚴謹科學內涵的作法業已造成心理學門之領域危機，[6]因而提倡改從敘事與人文角度探索新的研究取向並首創「敘事心理學」次領域，從而引領了心理學探究後現代思潮方法學的諸多觀點，常被視為心理學轉向敘事典範的重（主）要推手（馬一波、鐘華，2006：第二章）。

　　其言「敘事與人類的關係就像大海之於魚一般」尤其膾炙人口，一舉將「敘事研究」提升至「主體論」的地位（引自 Murray, 2003: 112），更將關注日常生活與常人話語的生命故事研究路徑帶入了心理學的學術殿堂，不但點燃了人文主義與科學主義間之論辯，更挑戰了理性至上、科學至上、經驗至上、客觀至上、證據（資料）至上等傳統心理學研究的核心內涵。

　　在方法論上，以 Sarbin 為主的「敘事心理學」者則一貫地強調多元思維，「以研究問題為中心，方法為【研究】目的服務」而非如傳統心理學者是「……『測量先於存在』、『方法先於問題』，可被量化、操作化、客觀化的問題才是心理學的研究對象」（馬一波、鐘華，2006：5；添加語句出自本文）。Sarbin 尤其主張透過生命故事（life stories）來理解人的生活世界，代表了「人文取向的心理學者在當代發出的一種聲音」（郭永玉，2006：1），延續並擴大了上世紀年代 1970 由 A. Maslow 等心理學前驅研究者所引發的「人本心理學」浪潮。

（二）心理學反思經驗之二──Maslow 與「人本心理學」、「超個人心理學」[7]

　　若要論及「人文主義」在心理學的發展，A. Maslow 之貢獻當屬最為家喻戶曉，以致其聲譽與其他主流心理學者相較實不遑多讓。如美國心理學會（APA）曾經票選二十世紀最著名（eminent）之心理學者（Haggbloom, et al., 2002: 146），Maslow 排名第十，僅稍次於行為主義創始人 B. F. Skinner、兒童心理學

者 J. Piaget（皮亞傑）與精神分析學派的創始人 S. Freud（佛洛伊德），盛名可見一斑。

實則其名望多源自其早年發展之「需求層次理論」（hierarchy of needs; Maslow, 1954），認為人的動機有高低層次，從最低層的生理與安全等基本需求到最高層次的「自我實現」（self-actualization）或「自我滿足」依次發展，唯有當低層次獲得滿足後方得進行到下一層次。這幾個層次的發展有如金字塔形狀，最低層次座落於底部而最高層次則在尖端（見圖三）。

在 Maslow 心目中，「自我實現者」為數不多僅佔總人口的百分之一且常是六十歲或以上者，其特色在於「能夠實現自己的願望、對能力所及的事總是盡力完成、具備洞察生活的能力，……有著謙虛態度……，能傾聽別人……」，是一群具備「充分人性」的人們（呂明、陳紅雯，1992 / Goble, 1970: 31-32），如其時之美國前總統如艾森豪、杜魯門、羅斯福夫人以及愛因斯坦等均屬之（Maslow, 1993）。

圖三：馬斯洛的「人類需求層級論」（Maslow's theory of hierarchy of needs）

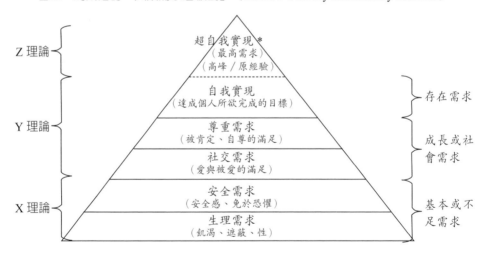

* Maslow 曾經使用不同字眼來描述最高層級的「超自我實現」需求，如：超個人、超越、靈性、超人性、超越自我、神祕的、有道的、超人本（指不復以人類為中心而改以宇宙為中心）、天人合一等。此圖出自本文，但中文詞彙均引自若水譯，1992，頁 172-3。圖左之 X, Y, Z 理論出自 Maslow 之語，但 X, Y 理論原係美國心理學家 D. McGregor 於 1960 年代提出。

　　如圖三所示，Maslow 之相關論述特別注重人文價值在心理學的作用，強調人性積極向上的特性，意謂只要在良好的環境條件下，人們都會表現出諸如愛、利他、友善、慷慨、仁慈與信任等完善人格（劉燁，2006：2-3），並能追求「正派而有道德的生活」（a good life; Moss, 1999: 29）。

　　由其領導之學術思想常被稱之「人本心理學」，乃是除了 S. Freud 之精神分析學派以及由 J. B. Watson 締造之行為主義學派以外的心理學「第三勢力」（the third force；呂明、陳紅雯，1992 / Goble, 1970），創有專屬期刊 *Journal of Humanistic Psychology* 與學會 American Association for Humanistic Psychology，亦在美國某些大學授予碩博士學位（Moss, 1999: 32-33）。

　　但在其晚年，Masow 提出更高層次之「自我超越」（self-transcendence，或「超自我實現」）概念（Maslow, 1962；見圖三最上層），加入了靈性（神祕）研究（包括東方哲學如道家與宗教如佛教）、高峰經驗、個人成長以及其他超越傳統自我界線的諸多議題，多年來定期出版 *Journal of Transpersonal Psychology* 學術期刊，別樹一格，有心理學「第四勢力」（the fourth force）之稱號（Arons & Ricards, 2015），亦常稱之「超個人心理學」（transpersonal psychology; 見 Hastings, 1999）。

　　惜乎馬斯洛在 62 歲（1970 年）盛年就因心臟病去世，[8] 以致有關自我超越之想法有賴其他後進整理其筆記方得見諸於世。而一般學習者不察，多侷限於上引「需求層次」而無視於其後期較為成熟且與一般心理學者大異其趣之作品（此一說法出自 Gruel, 2015: 44），如頗具開創性之 Z 理論（見 Maslow, 1993）就長期藏諸名山少人聞問，實則其所述影響「正向心理學」甚多（見下節說明）。

　　如「高峰／高原經驗」（the peak or plateau experiences）就曾啟發心理學家 Csikszentmihalyi（1990／張定綺，1993：7）而在其較新著作裡（Nakamura & Csikszentmihalyi, 2005: 89）定義「心流」（the flow；或稱「最優經驗」optimal experience; 見 Gruel, 2015: 59）為「全神貫注於其正在做的事情」，並稱其旨可藉此分析「幸福感」，意指「一個人完全沉浸於某種活動當中，無視於其他事物存在的狀態，這種經驗本身帶來莫大的喜悅，使人願意付出龐大的代價。」

　　實則 Maslow 在說明「高峰／高原經驗」時早就使用了相關語彙如：「活在當下」、「脫離時空」、「遺忘了過去與未來」、「完全被當下、此刻所迷戀與吸引」、「沒有自我」（無我）、「在社會之外」、「在歷史之外」、「陶醉於專注與定心」、「一種失去自我或自尊【之感】」、「自我的超越」、「自我與

無我的結合」等（引自 Stephens, 2000: 191-2）以及「像孩子一樣」（childlike）、「如初次經驗一般」、「如道家式的接受」（Aron & Richards, 2015）。

以上詞彙皆是 Maslow 形容具有追求「超自我實現」之 Z 理論者所常遇到之最高需求，強調唯有如此方能避免自我實現需求可能導向不健康的個人主義甚至自我中心，也唯有提出「比我們更大的東西」（如超自我實現）方能讓人習於「超越自我」並努力開拓更高層次的精神層面如靈性或宗教活動（Gruel, 2015: 60）。其一生持續跳脫自己原有框架，兼而呼籲眾人在日常生活中樂觀地追求更高層次之不平凡視野與目標（higher vision），足堪引為人生／老人學習典範。

（三）心理學反思經驗之三 —— 正向心理學（或譯「積極心理學」）

「正向心理學」一詞是 M. E. P. Seligman 於 1998 年發表其心理學會會長演說時首次提出（Seligman & Csikszentmihalyi, 2000），其後逐漸演變為鑽研如何突破困境的學問。但據 Froh（2004）之考證，Maslow（1954）早在其《動機與人格》專書即已使用此一概念為篇章章名，何況 Seligman 提出之正向心理學三大支柱（pillars）無一不與 Maslow 以及其「人本心理學」有關，兩者關係密切，尤以 Maslow 學說之核心議題「何謂心理健康」與「全人（fully human）究竟意味為何」均與正向心理學有著歷久不衰的關連。[9]

而依 Seligman（2005: 3）的回顧，心理學在二次大戰後逐漸發展成為專注於「治療」（healing）心理疾病的科學，力求透過人體的功能模式來「修補【內在】損傷」（repairing〔internal〕damages），曾被稱為「消極心理學」（葉浩生，2006：21；添加語句出自本文）。

對 Seligman（2005）而言，這種對病理學的關注實則放棄了心理學本應用以成就個人與健全社區的夙願，也忽略了增進實力（building strength）方是最強而有力的治療利器。因而「正向心理學」的發起就在催化（catalyze）心理學「調整體質」，從原有的修補生命病疾改而力圖促進體質；而為了矯正過去的失衡，提升「增進實力」有其學術研究重要意涵（引自 Seligman, 2005: 3）。

與傳統心理學的關注焦點不同，正向心理學強調對「心理生活積極因素的研究，如主觀幸福感、美德、力量等」（葉浩生，2006：21），包括針對「以往生活」的積極式情感體驗（如滿足感、幽默、歡愉等）；針對「現時生活」的積極式人格特徵與人格品質（如歡愉、快樂、心流等）；針對「未來發展」的積極式社會特質（如責任、利他、容忍、工作倫理等）。由此，心理學調整其原有之

「改變弱質」研究方向後或可改而建立正向能力以「預防」心理疾病之出現。

　　總之，如 Seligman（2005: 4）之言，由「正向心理學」者發起的學術運動旨在呼籲心理學者不僅關注疾病、衰弱與傷害等與人類負面問題有關的研究議題，更要眷顧力量與美德等人類正面、積極屬性；而心理治療不僅要「調整錯誤」，也要「增進正確」；不僅與生病、健康有關，更也與工作、教育、洞見、愛、成長、玩耍等連結，乃因其篤信「任何一位關注未來、擅於人際交往且能在運動過程體驗心流的年輕人當不致於有濫用藥物之虞」（Seligma, 2005: 5）。

　　近二十年來，「正向心理學」專書已如雨後春筍般地出版，單是「大全」（handbooks）形式的整合性專書即有多本（Warren & Donaldson, 2018; Shogren, Wehmeyer, & Nirbhay, 2017; Wood & Johnson, 2016; Snyder & Lopez, 2005; Lopez & Snyder, 2009）且橫跨心理學不同次領域（如：人際關係、知識與發展障礙、臨床心理等），代表了這一股新起學術反思在蓬勃發展後業已引發眾多來自不同國家之年輕心理學者投入。而其研究主題更遠較過往為廣與多元，其因多在於世局已漸趨安定以致有關如何造福人群（what makes a good life）並造就好人（what makes a good person），乃就如同「正向心理學」般地成為顯學（Diener, 2009: 7-8）。

　　舉例來說，在 Snyder & Lopez（2005）首本厚達八百餘頁、五十五章之正向心理學大全中，「主觀幸福」（subjective well-being）、「復原力」（resilience）、「自尊」、「正念」（mindfulness）、「情緒智商」、「創意」、「樂觀」、「希望」（hope）、「設定人生目標」、「學習熱情」等主題皆佔有一席之地，以一或兩章之篇幅詳加討論，或可反映了其發展方向與題旨。

　　而在其再版中（Lopez & Snyder, 2009），除原有之相關研究議題如上述「創意」、「復原力」、「正念」外，另則加入了其他新起子題如「熱情」、「原諒」、「自我驗明」（self-verification）、「社會支持」等。而其內容除縮減各章篇幅但增加篇數外，新版仍將「正向心理學」劃分為「人類行為」、「情緒取向」、「認知取向」、「人際取向」、「個人取向」、「生理取向」、「機構取向」、「特殊取向」等由內在機制以至外在社會之不同面向。

　　但如 Diener（2009: 8-9）之警言，正向心理學過度重視個人幸福感的研究傾向無形中鼓勵了「個人主義」的興起而無視於其與他人、團體或人際之互動，易於引發新的社會問題。而研究方法多由受訪者填寫問卷方式以達成不同議題（如有關「生活滿意度」、「個人幸福感」或「人生目標」等）之測量效度，則也可

能導致研究結果趨向一致，未來亟應廣採其他研究途徑如實驗法或行為觀察法等。

　　但無論如何發展，Diener（2009）同意 Seligman（2005）之觀點，即正向心理學仍應以「社會科學研究方法」（指實證量化研究法）為本以能提出新的理論與假設，此點顯與前述「敘事心理學」與「人本心理學」不同。

（四）小結

　　為了協助反思老人傳播研究的方法論前景，本小節借重了三個來自心理學的典範轉移經驗期能藉其展望未來，其雖與「老人」議題未有直接關連，但研究內涵仍常有連結。舉例來說，Kenyon, Ruth & Mader（1999: 40）在說明「敘事老人學」核心要素時，即曾指稱其受惠於前述 Sarbin 之「生活即故事」根喻而看重敘事論之潛力與影響性，強調「人老」過程與故事講述與聆聽實皆密不可分。

　　而 Kenyon & Randall（2007: 238）亦曾描述「老人敘事研究」深受後現代思潮轉向人文科學（human sciences）之影響，針對傳統實證科學的「真理」、「意義」、「權力」與「權威」等概念提出了諸多批評，繼而認為任何社會現象均與「語言」、「詮釋」、「再現」等人類行為有關，多透過社會建構而來而難有單一答案或研究途徑；其言與前述 Sarbin, Maslow, Seligman 等人所論皆若合符節。

　　至於 Maslow 之理論對老人傳播之啟示作用則更為深邃（若水譯，1992：172-173）。由其領銜之「人本心理學」與「超個人心理學」均可推論「年齡」實無可懼之處，且在方法上應堅持以「人」為對象，闡明人皆有積極向上的本能並力求超越已知、存在、理想、完善與潛力等，即便高齡猶可積極尋求更高智慧以臻「止於至善」（以上說法引自劉燁，2006：27）。

　　而有關「正向心理學」對老人學研究之正面影響力，則從近年來之新起旨趣即可略窺一二。如 Aldwin & Igarashi（2016: 532）之專文即曾討論「復原老化」（resilience aging）並稱其為「以實力為基礎的研究傾向，以瞭解在多變的情境中之【老化】正面發展」，亦即「認識、使用、發展、修正資源以能從壓力中恢復、持續向前並保持正面人生意義以超越老齡的過程」，顯然兩者（正面心理學與老人學研究）業已逐漸扣連（添加語句出自本文）。

　　因而從此小節所略述之「敘事心理學」、「人本心理學」以及「正向心理學」著手，老人傳播研究未來當可朝向以樂觀、正向、肯定地人生態度思考如何述說故事以及這些述說經驗如何有助於老人建立其正面生命觀。

四、結論：從「老人傳播」到「人老傳播」

　　無論「老人研究」或「老人傳播」之研究傳統過去數十年間皆因社會變遷而廣受重視，但研究題材仍有侷限，相關理論發展遲緩，而研究內容亦常囿於研究者自身之學術訓練與世界觀而對如何研究（此即「方法論」之旨）存有刻板印象與偏見，以致研究結果易於產生慣性迷思，對理解老化現象有其阻礙。

　　但老人乃是每個人的生命體驗而非「他者」，如何將此體驗轉化為研究內涵有其重要意涵。舉例來說，當前述「嬰兒潮」老人退休漸成趨勢時，許多研究者也已進入準退休階段，其對自身生命之體悟如何成為研究題材就有可發展性（參見臧國仁、蔡琰，刊出中），因而無論「老人學研究」、「批判老人學研究」或「老人（人老）傳播研究」者都應經常自問自答進而瞭解做研究的盲點。

　　本文從「方法學」角度切入略及「知識論」與「主體論」，其旨乃在提醒研究者（含本文作者）做研究是與自己的學術生命以及同儕間的互動與對話。唯有領悟此點，老人（人老）傳播研究才能直入核心找到值得安身立命之源頭。

　　總之，如 Randall（2001）所示，人生真諦必須透過故事的一再講述與互換方能體會，而在此講述與再述（以及聆聽）的過程裡，我們得有機會回頭檢視自己、觀察他人、體驗生命。

　　人生獨一無二，唯有瞭解這點才能提升自尊並珍惜自己擁有的人生文本。老人如此，其他年齡者亦然，此點當是「人老傳播」研究對相關學術發展最大啟示所在。

參考文獻

丁卓菁（2016）。〈老人傳播學研究現狀〉。《中國老年學雜誌》，第 21 期，頁 5487-5489。

丁興祥編（2012）。《自我敘說研究：一種另類心理學》。臺北市：五南。

王敏雯譯（2018）。《幸福老年的祕密：哈佛大學格蘭特終生研究》。臺北市：張老師文化。（原書：G. E. Vaillant [2013]. *Triumphs of experience: The men of the Harvard Grant Study*. Cambridge, MA: Belknap Press of Harvard University Press.）

江明修（1998）。〈公共行政學研究方法論〉。政治大學非營利組織研究室出版。上網日期：2017 年 07 月 02 日。http://www.kexue.com.cn/upload/blog/file/2010/6/2010610153310449798.pdf

呂明、陳紅雯（1992）。《第三思潮：馬斯洛心理學》。臺北市：師大書苑。（原書：F. G. Goble [1970]. *The third force: The psychology of Abraham Maslow*. New York, NY: Grossman.

林歐貴英、郭鐘隆譯（2003）。《社會老人學》。臺北市：五南。（原書：N. R. Hooyman & H. A. Kiyak [2002]. *Social gerontology: A multidisciplinary perspective* (6th Ed.). Boston, MA: Allyn and Bacon.）

林進益（2007）。〈解讀雜誌廣告中的老人迷思〉。中山大學傳播管理所碩士論文。

邱天助（2012）。〈中文版序二：老年是生命的酬賞或懲罰？〉。廣梅芳譯（2012）。《生命週期完成式》（頁8-11）。臺北市：張老師文化。（原書：E. M. Erikson & J. M. Erikson [1998]. *The life cycle completed (extended version)*. New York, NY: W. W. Norton & Company.

周怜利譯（2000）。《Erikson 老年研究報告》。臺北：E. H. Erikson, J. M. Erikson Erikson, & H. Q. Kivnick [1997]. *Vital involvement in old age*. New York, NY: Living Psychology Publishers.）

若水譯、李安德（Andre Lefebvre）著（1992）。《超個人心理學：心理學的新典範》。臺北市：桂冠。

段義孚（2011）。〈人本主義地理學之我見〉（北京師範大學講座中文譯稿）。上

網日期：2018 年 03 月 08 日。取自 https://gbsunmap.wordpress.com/2011/05/03/%e6%ae%b5%e4%b9%89%e5%ad%9a%e2%80%94%e2%80%94%e4%ba%ba%e6%9c%ac%e4%b8%bb%e4%b9%89%e5%9c%b0%e7%90%86%e5%ad%a6%e4%b9%8b%e6%88%91%e8%a7%81%ef%bc%88%e8%af%91%e7%a8%bf%ef%bc%89/

馬一波、鐘華（2006）。《敘事心理學》。上海市：上海教育出版社。

郭永玉（2006）。〈序〉。馬一波、鐘華（2006）。《敘事心理學》。上海市：上海教育出版社。

陳肇男（2001）。《快意銀髮族：臺灣老人的生活調查報告》。臺北市：張老師。

張定綺譯（1993）。《快樂，從心開始》。臺北：天下文化。（原書 M. Csikszentmihalyi, [1990]. *Flow: The psychology of optimal experience.* New York, NY: HarperCollins）

葉浩生（2006）。〈總序：當代心理學的困境與心理學的多元化趨向〉。馬一波、鐘華（2006）。《敘事心理學》。上海市：上海教育出版社。

臧國仁、蔡琰（2014）。〈「老人研究」與「老人傳播研究」之溯源與省思——兼論「華人傳播研究」之敘事典範後設取徑〉。洪浚浩主編，《傳播學新趨勢》（頁 459-481）。北京市：清華大學出版社。

臧國仁、蔡琰（2013）。〈老人傳播研究的思辨理路與創新性：進階理論建構之提議〉。國科會專題研究結案報告（NSC 101-2410-H-004-100-）。

臧國仁、蔡琰（2012）。〈老人傳播研究之「後設觀點」——進階理論建構之提議〉。中華傳播學會 2012 年會，臺中市：靜宜大學（七月 6-8 日）。

潘英美譯（1999）。《老人與社會》。臺北：五南（原書：J. A. Thorson [1995]. *Aging in a changing society.* Belmont, CA: Wadsworth.）

蔡琰、臧國仁（刊出中）。〈初探退休議題與傳播研究之可能構連：生命故事研究取向之理論建議〉。《新聞學研究》。

廣梅芳譯（2012）。《生命週期完成式》。臺北市：張老師文化。（原書：E. M. Erikson & J. M. Erikson [1998]. *The life cycle completed (extended version).* New York, NY: W. W. Norton & Company.）

駱紳編（2012）。《創齡：銀色風暴來襲》。臺北市：立緒。

魏惠娟編著（2012）。《臺灣樂齡學習》。臺北市：五南。

羅彥傑（2018）。〈「失智」病症汙名報導之流變：以 1951-2010《聯合報》檔案為例〉。《新聞學研究》，第 137 期，頁 1-43。

羅彥傑（2016）。〈失智、汙名與健康促進：評析我國對老人的健康宣導策略〉。
　　《中國廣告學刊》，第 21 期，頁 34-64。

劉燁編譯（2006）。《馬斯洛的智慧：馬斯洛人本哲學解讀》。臺北市：正展。

Aldwin, C. M., & Igarasi, H. (2016). Coping, optimal aging, and resilience in a sociocultural context. In V. L. Bengtson & R. A. Settersten, Jr. (Eds.). *Handbook of theories of aging* (3rd. Ed.)(pp. 551-576). New York, NY: Springer.

Arons, M., & Richards, R. (2015). Two noble insurgencies: Creativity and humanistic psychology. In K. J. Schneider, J. F. Pierson, & J. F. T. Bugental (Eds.). *The handbook of humanistic psychology: Theories, research and practices* (2nd. Ed.)(pp. 161-175). Thousand Oaks, CA: Sage.

Bengtson, V. L., Burgess, E. O., & Parrott, T. M. (1997). Theory, explanation, and a third generation of theoretical development in social gerontology. *Journal of Gerontology: Social Sciences, 52B,* S72-S88.

Coupland, N. and Coupland, J. (1990). Language and late life. In Giles, H., & Robinson, W. P. (Eds.). *Handbook of social psychology*. Chester, UK: John Wiley & Sons.

Diener, E. (2009). Positive psychology: Past, present, and future. In S. J. Lopez, & C. R. Snyder (2009)(Eds.). *Handbook of positive psychology* (2nd. Ed.)(pp. 7-11). New York, NY: Oxford University Press.

Estes, C. L. & Associates (2001). *Social policy and aging: A critical perspective*. Thousand Oaks, CA: Sage.

Estes, C. L., & Binney, E. A. (1989). The biomedicalization of aging: Dangers and dilemmas. *Gerontologist, 29*(5), 587-96.

Foucault, M. (1973). *The birth of the clinic: An archaeology of medical perception* (Trans. A. M. Sheridan Smith). New York, NY: Pantheon.

Froh, J. J. (2004). The history of Positive Psychology: Truth be told. *NYS Psychologist, 16*(3), 18-20.

Gergen, K. J. (1999). *An Invitation to social construction*. London: Sage.

Gruel, N. (2015). The plateau experience: An exploration of its origins, characteristics, and potential. *Journal of transpersonal psychology, 47*(1), 44-63.

Gubrium, J. F., & Holstein, J. A. (1999). Constructionist perspective on aging. In V. L. Bengtson and K. W. Shaie (Eds.). *Handbook of theories of aging* (pp. 287-305). New

York, NY: Springer.

Haggbloom, S. J., et al. (2002). The 100 most eminent psychologists of the 20th century. *Review of General Psychology*, 6(2), 139-152.

Harwood, J. (2007). *Understanding communication and aging: Developing knowledge and awareness*. Los Angeles, CA: Sage.

Hasting, A. (1999).Transpersonal psychology: The fourth force. In D. Moss (Ed.)(1999). *Humanistic and transpersonal psychology* (pp. 192-208). Westport, CT: Greenwood Press.

Hooyman, N. R., & Kiyak, H. A. (2008). *Social gerontology: A multidisciplinary perspective* (8th Ed.). Boston, MA: Pearson.

Kaufman, S. R., Shim, J. K., & Russ, A. J. (2004). Revisiting the biomedicalization of aging: Clinical trends and ethical challenges. *Gerontologist*, 44(6), 731-738.

Kenyon, G. M., & Randall, W. L. (2007). Narrative and aging. In J. E. Birren (Ed.). *Encyclopedia of gerontology: Age, aging, and the aged* (pp. 237-242)(2nd. Ed.). Oxford: Elsevier.

Kenyon, G. M., Ruth, J-E, Mader, W. (1999). Elements of a narrative gerontology. In Vern L. Bengtson & K. W. Schaie (Eds.). *Handbook of theories of aging* (pp. 40-58). New York, NY: Springer.

Lapadat, J. C. (2004). Autobiographical memories of early language and literacy development. *National Inquiry, 14*(1), 113-140.

Littlejohn, S. W. (1999). *Theories of human communication*. Belmont, CA: Wadsworth.

Lopez, S. J., & Snyder, C. R. (2009)(Eds.). *Handbook of positive psychology* (2nd. Ed.). New York, NY: Oxford University Press.

Maslow, A. H. (1993). Theory Z. In A. H. Maslow, *The farther reaches of human nature* (pp. 270-286). New York, NY: Penguin (Reprinted from *Journal of Transpersonal Psychology*, 1969, 1(2), 31-47).

Maslow, A. H. (1954). *Motivation and personality*. New York, NY: Harper & Row.

Moss, D. (Ed.)(1999). *Humanistic and transpersonal psychology*. Westport, CT: Greenwood Press.

Murray, M. (2003). Narrative psychology. In J. A. Smith (Ed.). *Qualitative psychology: A practical guide to research methods* (pp. 111-132). London, UK: Sage.

Nakamura, J., & Csikszentmihalyi, M. (2005). The concept of flow. In C. R. Snyder & S. J. Lopez (Eds.). *Handbook of positive psychology* (pp. 89-105). New York, NY: Oxford University Press.

Nussbaum, J. F., Pacchioni, L. L., Robinson, J. D., & Thompson, T. L. (2000). *Communication and aging* (2nd. Ed.). Mahwah, NJ: Lawrence Erlbaum Associates.

Pepper, S. C. (1942). *World hypotheses: A study of evidence*. Berkeley, CA: University of California Press.

Pettigrew, A. M. (1985). Contextualist research: A natural way to link theory and practice. In E. E. Lawler III, A. M. Mohrman, Jr., S. A. Mohrman, G. E. Ledford, Jr., T. G. Cummings, and Associates (Eds.). *Doing research that is useful for theory and practice* (pp. 222-273). Lanham, MA: Lexington Books.

Randall, W. (2001). Storied words: Acquiring a narrative perspective on aging, identity and everyday life. In G. Kenyon, P. Clark, B. de Vries (eds.). *Narrative gerontology: Theory, research, and practice*. NY: Springer.

Randall, W. L., & McKim, A. E. (2008). *Reading our lives: The poetics of growing old*. Oxford, UK: Oxford University Press.

Randall, W. L., & McKim, A. E. (2004). Toward a poetics of aging: The links between literature and life. *Narrative Inquiry, 14*(2), 235-260.

Sarbin, T. R. (1986a). Introduction and overview. In T. R. Sarbin (Ed.). *Narrative psychology: The storied nature of human conduct* (pp. ix-xvii). New York: Praeger.

Sarbin, T. R. (1986b). The narrative as a root metaphor for psychology. In T. R. Sarbin (Ed.). *Narrative psychology: The storied nature of human conduct* (pp. 3-21). New York: Praeger.

Scheibe, K. E., & Barrett, F. J. (2017). *The storied nature of human life: The life and work of Theodore R. Sarbin*. London, UK: Palgrave Macmillam.

Seligman, M. (2005). Positive psychology, positive prevention, and positive therapy. In C. R. Snyder & S. J. Lopez (Eds.). *Handbook of positive psychology*. New York, NY: Oxford University Press.

Seligman, M., & Csikszentmihalyi, M. (2000). Positive psychology: An introduction. *American Psychologist, 55*, 5-14.

Settersten, Jr., R. A., & Godlewski, B. (2016). Concepts and theories of age and aging. In

V. L. Bengtson & R. A. Settersten, Jr. (Eds.)(pp. 9-26). *Handbook of theories of aging* (3rd. Ed.). New York, NY: Springer.

Shogren, K. A., Wehmeyer, M. L., & Nirbhay, N. N. (Eds.)(2017). *Handbook of positive psychology in intellectual and developmental disabilities: Translating research into practice*. Cham, NL: Springer.

Snyder, C. R., & Lopez, S. J. (2005)(Eds.). *Handbook of positive psychology*. New York, NY: Oxford University Press.

Stephens, D. C. (Eds.)(2000). *The Maslow business reader*. New York, NY: John Wiley.

Ward, R. A. (1977). The impact of subjective age and stigma on older persons. *Journal of Gerontology*, 32(2), 227-232.

Warren, M. A., & Donaldson, S. I. (Eds.)(2018). *Toward a positive psychology of relationship: New directions in theory and research*. Santa Barbara, CA: Praeger.

Wood, A. M., & Johnson, J. (2016). *The Wiley handbook of positive clinical psychology*. Chichester, UK: John Wiley & Son.

註　釋

[1] 如丁卓菁（2016：5487）曾謂，「1932～2013 年，各門學科又從不同角度研究探討與老人相關的議題，文獻共計近 13 萬篇，可見老人研究在國內（按，指中國）已有一定規模」；但其亦稱，「老人研究在傳播學中卻遇冷」。此外，若以「老人」、「傳播」、「研究」為關鍵字共可在 Google Scholar 尋得 2017 年後之繁、簡體字相關學術論文達 1,370 篇（上網時間：2018. 03. 06）。

[2] 出自 https://vision.udn.com/vision/story/8817/1243148（上網時間：2017. 5. 18），係依據聯合國 2013 年調查。臺灣平均餘命為 79.5 歲，百年人瑞占每十萬人口之 12.1。

[3] 此小節部分內容改寫自蔡琰、臧國仁（刊出中）。

[4] 類似長期性追蹤研究並不乏見，如哈佛大學「格蘭特終生研究」的執行時間就更為久遠（見王敏雯譯，2018 / Vaillant, 2013），早自 1938 年起即已展開並持續之久，旨在找出影響人生幸福的重要因素。該研究記錄了當時 268 位哈佛大學大二男生的生活，爾後每五年追蹤、訪談一次，成為「史上最長的關於人類發展的實證經驗資料」。依據作者，該研究力求取得 Erickson 報告所無的「實徵資料」（包括個人人格特質、體能、心智狀態、家人關係、人際互動型態等），藉以瞭解「哪一種人活到 90 歲依然耳聰目明、心智靈敏；哪一種人能與另一半幸福相守到白首；哪一種人最有成就，不論是按部就班升遷，抑或是別創蹊徑」（頁 21）。有趣的是，作者所擬報告是以類似本文提議之「故事」述說方式描述、歸納各種發現，饒富趣味與可讀性。

[5] E. M. Erickson 之妻敘述第九階段時的確曾經說明其為「九十歲」的老齡階段，其他階段則無對應年齡。

[6] 葉浩生（2006：8）在〈總序〉曾謂：「……這恰恰是現代心理學的悲劇之所在：它的一切標準都是外在的，不是根據自己的需要選擇程序和模式，而是為了滿足作為科學的標準。自然科學是根據它要研究的問題確立方向的，而心理學只有一個願望，那就是向自然科學看齊，它不管自己要研究什麼，只要能像自然科學那樣就足夠了。這種對自然科學的盲目崇拜是造成現代心理學困境和各種問題的癥結之所在。」從這個說法出發就可瞭解 Sarbin 以及人本心理學者對現代心理學之不滿其來有自，因而成就了心理學的人文主義

基礎。

[7] 有關「人本心理學」與「超個人心理學」之緣起以及其與 Maslow 之關連，見 Moss, 1999。

[8] Gruel（2015: 44）認為，Maslow 經歷兩次心臟病發作，其間深感時不我予而急於推出新的動機觀點，「超自我實現」的高峰經驗議題即其經歷之典範轉移。

[9] Froh（2004）呼籲不應遺漏 Maslow 與人本心理學者對「正向心理學」之貢獻，而 Seligman（2005: 7）則在稍後之專文承認 Maslow（以及 Allport）等「傑出前輩」（distinguished ancestors）對正向心理學的貢獻，但認為他們當年並未吸引足夠實證研究以落實想法。

Reflections of the methodologies of aging communication research and applying similar experiences from psychology

Following previous explorations on the subject of "aging communication," the purpose of this paper focuses on reflecting the limitations of its methodologies.

Other than briefly review the origins and nature of aging communication research in the forward section, the rest of this paper discusses the predicaments that have been discussed by aging communication researchers in the past, i.e., the definition of research subject, the worldview of the researchers and the research design, etc.

It is suggested that future researchers in this subarea should be concerned that, instead of considering "aging" as a process of decaying, it would be better to see getting old as a process of narrating life stories and all people could adjust their lives by sharing stories of their own, their families and their colleagues in interactions. This paper then calls for having positive attitudes to do research by borrowing reflective experiences from some subareas in psychology.

Key words: the elders, communication, methodology, reflection

反思「老人傳播」研究的方法論途徑：
兼向心理學之人文轉向經驗借鑑

中文摘要

本文從「方法論」（methodology）角度剖析「老人傳播」研究之困境與未來展望。除「前言」略述其發展起因與本質外，其餘皆在反思如有關「研究對象」之定義與內涵、研究者之「世界觀」以及「研究設計」等議題。次則引介來自心理學的人文反思經驗，藉此呼籲老人傳播研究者仿效、學習並持樂觀與超越自我的精神來持續鑽研傳播與老齡的關係。

關鍵字：老人、傳播、方法論、反思

壹、前言

－－……反思才是洞察力的源泉（段義孚，2011）。

　　值此「老人研究」漸趨普及之時，[1]本文旨在省察「老人傳播」研究面臨之困境與挑戰以期沉澱與深化，從而討論此一與「生命歷程」（lifespan）有關之研究傳統如何協助眾人正視自己的韶華逝去、家人的盛年難再以及他人的繁華落盡，當屬傳播領域過去較少觸及卻有密切關聯之人文學術議題。

　　以下擬先回顧有關「老人傳播」研究對象之定義與內涵，次則分述討論研究者之世界觀以及研究設計。依老人學研究者 Bengtson, Burgess, & Parrott（1997: S72），此類反思有其必要乃因唯有透過追本溯源式地瞭解領域發展之起因、本質與限制等，知識累積與前瞻發展始有可能。同理，Gergen（1999: 47-50）亦曾指出若要對未來熟思遠慮，就需反思現狀中的真理與正確本質以免囿於傳統。

　　以下擬從「老人傳播」之系列文獻出發，旨在回應上引呼籲，即研究者除提出研究成果外亦應整理與歸納所得以供系統性學習，針對不同研究選取之「方法」或「路徑」檢討其後設觀點與限制，此常稱之「方法論」或「方法學」（methodologies）省察（江明修，1998），如此方得促進學術理解並擴大所知。

貳、「老人傳播研究」之方法論反思

一、反思之一：研究對象（subjects）

　　一般來說，相關文獻甚少提及「老人傳播」之研究對象，研究者（如 Nussbaum, Pacchioni, Robinson, & Thompson, 2000; Harwood, 2007）多逕而認定其即某一年齡如 65 歲以上之人口族群，籠統地認為其有一致之社會行動或傳播行為而少例外。實則年齡並非判斷「老化」的絕對標準更非唯一標準，有人雖年逾 65 或 70 卻猶能生龍活虎地生活自如，反之另些中壯人士可能未老先衰，此皆常見。

　　一些生物醫學研究卻因慣於認定「老即衰敗」而多出現如 Estes & Associates（2001: 46-48）所稱之「老化之生物醫學化」（biomedicalization of aging）現象，將「老化」議題逐與「病體」或「生病」連結，進而推論如要延續生命就應透過

良好的醫學與護理專業照顧，因而成為法國哲學家 Foucault（1973: 29）所言之「醫學凝視」（medical gaze）或「專家凝視」（expert gaze）掌控對象，「客體化」了老人從而建立眾多醫學規訓以使其服膺於專業工作所需並也易於管理，但老化之積極、正面、樂觀生命意義與醫療極限等倫理議題卻備受忽視（Estes & Binney, 1989; Kaufman, Shim, & Russ, 2004）。

而老人傳播研究者未能察覺此類陷阱，也常重蹈覆轍地認為其研究對象必然產生人際或社會「溝通問題」（如 Nussbaum, et al., 2000, Chap. 11: Barriers to conversation facing elderly people），同樣淪於上述迷思而多強調一旦上了某個年紀（如前述 65 歲）就易產生溝通障礙，不但行動、智能、記憶力以及語言能力等生理與認知心理表現皆會顯現不足，老人形象更常被邊緣化或遭忽視或僅與某些特定場所（如安養機構或醫院）連結而少正面描述（見林進益，2007），顯與一般老人學研究者同樣易於陷入老人歧視（the ageism; Nelson, 2002）或老年偏見（elder discrimination；蔡麗紅、鄭幸宜、湯士滄、黃月芳，2010）之情懷。

斧底抽薪之計當應跳脫上述年齡桎梏而調整「老人傳播」為「人老傳播」（aging communication），強調其旨並非專指某一特定年齡族群〔無論稱其「老人」、「老年」、「老齡」、「熟齡」、「銀髮」（陳肇男，2001）、「樂齡」（魏惠娟編著，2012）或「創齡」（見駱紳編，2012）等皆然〕之溝通困境，而係觀察上了年紀者如何從其個人（自我）、人際與社會等面向講述「老化」（aging）的生命經驗（臧國仁、蔡琰，2014：475），從而瞭解其乃自然過程無須畏懼也難逃避，正視其與自身關係並快樂地生活直至生命最後方是正道（見圖一）。

由此觀之，實則「老人／人老傳播」研究關心對象並非某個特定年齡族群的溝通問題，而是上述「生命歷程」之變化與適應，畢竟「老」乃人生必經之路，無論年輕人或老人皆然。而在此過程中，如何建立自己與他人的「老人意識」（邱天助，2007；蔡琰、臧國仁，2010），指在心理、人格、情緒等相關面向發展之自我形象知覺（"me-ness"），常用來調適因年齡愈長帶來之不同生活方式，進而瞭解「動態之生命歷程變化」（見圖一第二層），當屬學術研究與日常生活皆應審慎省思之重大議題。

此圖所示之「述說」（narrating）當然不限於口語表達，舉凡任何文字、符號、靜態／動態影像、聲音、（戲劇）表演等敘事體媒材（modality）皆可用來表達生命故事之賞析與分享（見圖一最內層）。重點當在強調「個人及社會故

事的建構與再建構」（Lapadat, 2004），亦即透過述說自身故事的身分認同主題（identity themes）個人方能瞭解積極生活的力量來源（見圖一內層上方圓形），進而樂於改變或調整人生路徑，甚而重新發展與前不同之成功老化生活歷程。

圖一：「老人／人老傳播研究」之動態面向 [*]

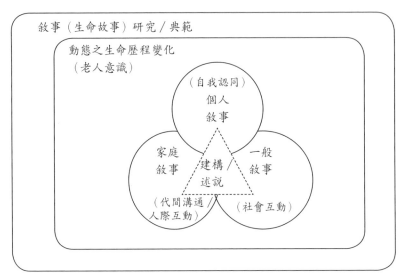

生命歷程

[*]　出處：改繪自臧國仁、蔡琰（2013），頁 27。此圖內圈三者原繪為線性關係，蒙《中華傳播期刊》匿名評審指陳「人生不可能如此直線性發展」而應以「正三角形擺設」，且三者「其圓形亦可以加大到兩兩相互交集，以織出人生的故事，這樣或許可以更接近於真實的人生」。作者同意評審之卓見並勉力修改如圖一，謹向評審敬表謝忱。

　　至於圖一外層之「敘事研究／典範」應屬「老人／人老傳播」知識論基礎（epistemological base; 見 Pettigrew, 1985），乃因其可呼應「敘事老人學」（narrative gerontology）與「敘事心理學」（narrative psychology）提倡之「人生如故事，故事如人生」根喻（root metaphor; Sarbin, 1986a: ix 以及 Chap. 1）。誠如 Kenyon, Ruth, & Mader（1999: 40）所稱，「人們不僅有其人生故事可資述說，人們根本就是故事。」或如 Murray（2003a: 111）之言，「敘事遍及我們的日常生活，我們生而處於敘事世界，……透過故事我們方能從看似毫無章法的世

界理出頭緒，定義出有時序之感並與他人不同」，顯然其（敘事）對歷史與人生之重構皆有重要意義。

　　因而亦如圖一所示，「人老傳播」不僅關注人們如何透過「述說」而體會生命之變化興替（丁興祥編，2012），並也涉及了此類述說如何協助建立人際關係並促進與他人（含家庭成員）間之「代間（跨世代）溝通」（intergenerational communication）互動（見圖一內層左邊圓形），甚至能與主要社會團體持續往來（見圖一內層右邊圓形），包括爭取大眾媒介正面地再現老人形象兼而協助老人團體近用媒體，如透過新科技如智慧型手機或 iPad 接觸大眾媒體以吸收資訊、打發時間或消遣娛樂、放鬆心情（Harwood, 2007）。

　　小結本節，本文認為過去雖已發展眾多與「老齡」有關之善意詞彙（如前引「銀髮」、「樂齡」、「創齡」等）而得以避免讓老人族群持續受到「汙名化」（stigmatization；見 Ward, 1977；有關「失智老人」之汙名現象可參見羅彥傑，2016, 2018），但無論如何命名恐仍無法改變老人就是「老齡」的事實。重點當在正視「老」之生命意義而非強調「老即衰退」論點，尤應關注「老齡」與故事述說之正面、美學意涵，如強調「詩性老齡」（poetic aging）之意即在說明「人生即藝術品」（a life is a work of art），值得與他人分享並也值得講述乃因每個人生俱屬獨一無二而有其特殊內涵與意義（Randall, 2011; Randall & Makim, 2004, 2008）。

二、反思之二：研究者之研究「世界觀」（worldview）

　　上節建議由傳統「老人傳播」研究改而稱其「人老傳播」藉此重新審視「年齡」之生命意涵看似簡單，實則涉及了不同研究者所持之「世界觀」，也是不同學術典範間之重大爭議所在，此點對人老傳播研究者而言尤具挑戰意涵。

　　「世界觀」（德文為 Weltanschauung）字典原意為「對整個世界的根本看法」，乃研究者「對自己【做研究】的認知過程（包括：記憶、感知、計算、聯想等各項）的思考，即認知的認知（cognition about cognition）或知曉之知曉（knowing of knowing）」（臧國仁、蔡琰，2012a：1；括號出自原文，添加語句出自本文），亦即「針對事物本質而超越任何特定理論之思辨」（Littlejohn, 1999：31；引自臧國仁、蔡琰，2012a：1）；簡單地說，「世界觀」就是隱而未見之「後設想法」。

而在老人（學）研究領域，Hooyman & Kiyak（2002／林歐貴英、郭鐘隆譯，2003）認為早期研究多奠基於實證主義（positivism）學術典範而擅長操弄「變項」來驗證理論與假設之可靠性，尤常以年齡為人口變項而以老化之行為表現（如：體力、語言溝通能力、認知記憶本領等）為應變項來探測老人與其他年齡族群之異，進而推論老人在各方面都有了如前述之不足現象。

這種趨勢在上世紀八零年代前後出現眾多後設理論或世界觀之調整，社會老人學者稱此「第二次轉型」（the second transformation），最為顯著之理論變化就是引入富含詮釋學（Interpretivism）色彩之「社會建構論」（social constructionism；參見圖一最內層之「建構」概念）從而展開具有質性研究特色的老人研究新起方向（Hooyman & Kiyak, 2002／林歐貴英、郭鐘隆譯，2003）。[2]

依 Gubrium & Holstein（1999: 288-292），社會建構論主要論點有以下三者，其意對「老化」（aging）均極具參考作用：

第一，強調「主觀」兼而認為「年齡」僅為某一特定時空情境之主觀界定（Settesten, Jr. & Godlewski, 2016 稱此「主觀老化」或 subjective aging），而非互古通今永不變動之外在衡量標準。如源於醫學科技進步以及其他社會文化因素使然，2019 年之 65 歲以上老人之體力、精神與外表當皆與六十年前有極大差異，謂其「老人」或有言過其實之嫌。何況，是否「老」或如何「老」常是個人面對生活世界所建構之自我感知（此即前述之「老人意識」，復見圖一）而難有統一之外在客觀標準，只要能善處老化（coping with aging）則年齡恐僅是「身外之物」（Aldwin & Igarasi, 2016）。

但實證研究者常如上節所述簡單地定義「老人」為某一特定年齡之統稱，卻無視於不同年齡層次間之老人亦有絕大不同（參見下節），如 85 歲以上的「老老人」（oldest-old）就與剛退休之 65 歲「青老人」（young-old）明顯有異（此一分類出自潘英美譯，1999／Thorson, 1995），以致研究結果常讓人以為「絕大多數」老人都是如此，可謂將「巨大且異質（heterogeneous）的團體……用刻板印象化約成一個一致同質（homogeneous）的族群……」（林進益，2007：7）。

臺灣社會心理學者邱天助（2012：8）因而指出，「……人們總是……過度簡化老年的生命，以為六、七十歲，七、八十歲和八、九十歲，面臨的都是同樣的世界，過的是同樣的生活，產生同樣的境界」，誠哉斯言。

第二，社會建構論者主張世界乃由「意義」組成，而年齡之意義因人而異並

隨時間變動，與人並無直接歸屬。同理，多「老」未必是量化研究者可觀之外在物件而更是老人對生命意義之自我感知（即前述之 "me-ness"），兩者（「老齡」與「意義感知」）相關且由人所建構而非自然存在亦非長久不變。

尤以年齡本無特別意涵，卻是透過社會建構才產生了不同時代之意義且常變動，而由其代表的「社會真實」（social realities）與「事實真相」（facts）並非顛撲不破之「真理」（truth），而是隨著不同時代的不同個人以及其與他人互動而建構所得之不同意義（如與自己年輕時相較或與他人相比；見 Settersten, Jr. & Godlewski, 2016: 11），尤常透過大眾傳播媒介為之以致情隨境轉。

第三，因而上述意義建構常受情境左右而有不同意義，需視其由誰及在何種情境建構，因而如何「老」以及「老」之意義在不同社會、不同文化、不同國家皆有其不同意涵。如在日本，老齡社會出現時間較為久遠，其平均餘命已達 83.6 歲，而每十萬人之百年人瑞數字亦達 46.9，高居全世界第一，因而在該國之「老人」與「老」的意涵顯與其他國家不同。[3]

Sarbin（1986b: 6-8）曾採美國上世紀哲學家 S. C. Pepper（1942）歸類之六個「世界假設」（world hypothesis）模式藉以說明上述「世界觀」概念，強調 Pepper 所稱之「情境論」（contextualism）核心要旨即在「變化」與「新奇」兩者，而敘事取向最為符合「情境論」要義。

如在戲劇表演時，無論角色、劇本、道具、時空、閱聽眾等元素都會影響說故事的方式與內容，唯有透過情境式的即興思考與行動方能完成所需。而其他敘事類型如小說、寓言、民謠、歷史、自傳式之述說同樣得要透過「情境論」的意義建構途徑始能理解其義（Sarbin, 1986b: 6-7），如面對不同講述對象與講述空間則其講述方式勢必調整，此理甚明。

Gubrium & Holstein（1999）另亦指出，許多老人社會建構論者習以前引敘事典範為其知識論基礎，藉此探析老人個體如何講述其經驗世界，並以所述資料為分析起點，因而獲知老人個體如何經驗老化過程、如何創造與分享其生活經驗，亦可探得並理解這些生命經驗在其過往生活所占位置與價值，而非如實證主義者汲汲於「建立」具有普遍意義之「理論」（theory construction/building）。

小結本節，任何研究者採取某一其所認定之方法取向時，必也涉及了其所關心的研究「世界觀」（後設想法），如有些研究者認為社會真實乃可供觀察並經採取某些特定方法以蒐集資料，如此自可取得並還原（或化約）這些資料與原始社會真實間的關係；此即實證主義所擅長的量化推理方式。

　　但社會建構論研究者反其道而行，認為任何社會真實頂多只是研究者透過某些研究步驟試圖探索知識的「暫時現狀」罷了，即便將訪談蒐集資料所得加總也無法還原原始事件的真實內涵，乃因「那個」真實早已隨風遠颺。而任何受訪對象之口述資料內容常受情境影響以致每次所「述」未必相同，即使主軸相同，述說時仍可能發展不同情節，顯示其（受訪對象）回答研究者之訪談實皆有述說其自我故事的主體性（Murray, 2003a）。

　　由此觀之，不同研究「世界觀」產生之研究結果大異其趣，重點可能在於研究者是否清楚明瞭自己所做研究之可能盲點。如此或可推知，做研究之「研究設計」不但涉及了研究者的「世界觀」，也與其所獲得之研究結果息息相關。

三、反思之三：研究設計——以 Erikson 之「心理社會發展階段論」為例

　　上節業已針對老人／人老傳播之研究對象與研究者之研究「世界觀」提出了初步反省。本文認為，老人傳播研究延續了早年老人學研究之桎梏而習視「老人」為集體性群體但少考慮其間之異質特色，研究結果多認定老人之溝通語言活動皆與其體力、智能表現同樣趨於弱勢，是為「不足典範」（the deficit paradigm）之具體表徵（Coupland & Coupland, 1990）。由是本文建議調整老人傳播研究為人老傳播研究，旨在探測（老）人們如何感知生命歷程之變化從而樂於分享並述說其人生經歷以與他（家）人建立人際互動關係，藉此促進樂觀且正面之老人生活。

　　本節延續前節所述進而回顧心理學家 Eric H. Erickson 早時發表之老年研究報告（周怡利譯，2000 / Erikson, et al., 1997），乃因其曾詳述如何透過一項長達五十年之「縱貫式」（longitudinal）研究取得眾多訪談資料後，詳盡地分析老人如何參與人生、享受生活甚至在尋求自我統整與絕望間獲得平衡進而成為活躍老年，此即其所發展之著名老人「生命週期」或「生活圈」（life cycle）理論（廖梅芳譯，2012 / Erikson & Erikson, 1998）。[4]

　　Erikson 認為，人生可分成不同階段，心智成熟度各有不同，可稱其「生命過程漸變」（epigenesis）說。每個階段都有看似對立的「和諧」（syntonic）與「不和諧」（dystonic）性格傾向；此常稱之「心理社會發展論」（psychosocial developmental theory）或「人格發展論」。

　　然而一般研究者過去多僅著墨於 Erickson 老年報告揭示之上述兩兩對立性

格傾向，以下擬略說明 Erikson 自述之研究設計藉此期勉老人／人老傳播未來或可仿照其透過長時間觀察取得資料之研究途徑（以下除特別註記外均出自周怡利譯，2000 / Erikson, et al., 1997：第二章）。

依其所述，老年報告源自其針對 1928 年一月一日至 1929 年六月三十日出生在美國加州柏克萊市隨機抽樣所得之出生嬰兒共 248 位，從其六個月開始即由護士進行家庭拜訪並記錄嬰兒健康概況。至其 21 個月後，每隔半年改由母親帶領至「兒童福利研究中心」由研究人員記錄其健康、飲食、睡覺習慣與排泄狀況，兼而討論孩子的行為問題、家庭狀況、養育方式。十六年後（即嬰兒十八歲），此類調查持續進行五年追蹤調查，總計約有 150 位研究對象不斷更新其個人經歷與真實資料，包括教育程度、工作經歷、婚姻、子女以及重要生涯發展等事項。

而在 1981 年前後，Erikson 續以上述五十位小孩之 29 位仍然住在柏克萊市附近的父母為深度訪談對象（年紀約在 75 歲到 95 歲間），而前引人生階段（生命週期）理論就出自訪談所得的資料整理。每次訪談時間兩小時，訪談過程並非制式，受訪者可與研究者分享兩者的共同生長背景與「過時用語」以期相談甚歡。

除訪談資料外，報告內容也包括研究者對受訪者居住環境內外的觀察藉此瞭解其家庭的生活空間安排，並也納入研究者自身對生命經歷的體驗：「當一個人在自己的生命週期中，要辨識和綜觀整個生命週期是很困難的。直到我們能安穩地評估，今天才會成為昨天……」（廣梅芳譯，2012：17 / Erikson & Erikson, 1998）。

由以上根據 Erikson 以及其妻之自述研究過程可知，此項研究報告之設計除來自長時間的資料蒐集與整理外，訪談所得乃其分析主要來源，但研究者個人對受訪對象的生命歷程審視也扮演了重要角色，此與實證研究慣以定量分析方式佐以統計方法客觀地解析資料所得殊為不同，對老人生命歷程之探索別有意義。

依其分類亦知，人生各自心理成熟度不同，生理發展亦不可能一致，Erikson 之劃分僅是籠統說法以讓眾人思考不同階段的內涵。其實年齡何嘗不是人所「建構」，若是過於相信某個年齡就一定是某個樣子（如 65 歲就一定要退休，見 Hooyman & Kiyak, 2002／林歐貴英、郭鐘隆譯，2003：587-588），未免過於簡化了生命歷程之多元與複雜性。何況無論在 Erikson 的八階段或由其妻延伸之第九階段均未指明每個階段的對應年齡，其意可能就在避免武斷地劃分。[5]

因而如圖二所示，即便如 Erikson 提出之生命週期論仍可能引起一般人或研

究者對每個階段皆有刻板印象，認為某一階段就對應了某些特殊生理行為與心理發展特徵，以致產生了與 Erikson 原說之「斷裂」（參閱下節所談之敘事「缺口」）。而此一「斷裂」亦可能造成老人（傳播）研究者之「誤解」，以為各階段之人生表現都屬制式因而透過研究假設之設定即可「驗證」其是否屬真。

圖二：老齡之動態發展[*]

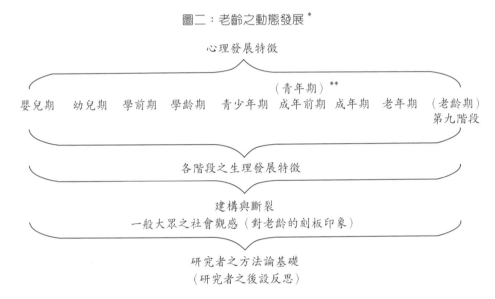

* 本圖出自本文。
** Erikson 的「成年前期」原文為 young adulthood，但中文不同譯本之譯名不一。第九階段為 E. M. Erikson 過世後由其妻補充，見廣梅芳譯，2012 / Erikson & Erikson, 1998。

　　但做研究之本意原在避免拘泥於「斷裂」乃因其屬前述之「建構」過程（見圖二第三層），研究者反而應從「斷裂」出發深入探究何以致此且是否可以擴張並發展其他想法甚至延伸 Erikson 之八或九階段論；此乃本節主旨（反思）所在，即老人傳播之研究設計理當探索不同階段之生命變化意涵與傳播行為特徵。

　　實則類似 Erickson 老年報告之長期性追蹤研究並不乏見，如哈佛大學「格蘭特終生研究」（見王敏雯譯，2018 / Vaillant, 2013）亦早自 1938 年起即已展開並持續至今，旨在找出影響人生幸福的重要因素。該研究記錄了當時 268 位哈佛大學大二男生的生活，爾後每五年追蹤、訪談一次，成為「史上最長的關於人類發展的實證經驗資料」。

　　依據作者 Vaillant（2013／王敏雯譯，2018），該研究力求取得 Erickson 報告所無的「實徵資料」（包括個人人格特質、體能、心智狀態、家人關係、人際互動型態等），藉以瞭解「哪一種人活到 90 歲依然耳聰目明、心智靈敏；哪一種人能與另一半幸福相守到白首；哪一種人最有成就，不論是按部就班升遷，抑或是別創蹊徑」（頁 21）。有趣的是，作者所擬報告是以類似本文提議之「故事」述說方式描述並歸納各種發現，饒富趣味與可讀性，正可為人老傳播研究之敘事典範提供例證（仍見圖一）。

　　小結本節，為了瞭解老人／人老相關研究如何得採不同於量化研究的「假設一推論」途徑，本節略述了發展心理學者 Erikson 之「心理社會發展階段論」（即前述「生命週期論」）兼及哈佛大學「格蘭特終生研究」，以此說明「【若】要決定老化各階段中，人所經歷的變化或效應，就要長期研究同一個【群】人，至少也要好幾個月【年】。【而】要瞭解年齡變化，就要進行縱貫性研究，意即對同一個【群】人，在一段特定時間內反覆測定」（Hooyman & Kiyak, 2002／林歐貴英、郭鐘隆譯，2003：49；添加語句出自本文）。

　　此類長時期之縱貫式資料蒐集與解讀對老人／人老傳播之動態研究格外具有啟示作用，乃因目前所採研究設計多如前述係以短期橫斷式與量化為主，不但難以彰顯老人生命經驗之重要價值，更因其常觀念錯誤地將不同年齡老人族群歸類為相同背景並取其與年輕人相較，以致「世代差異的影響干擾了年齡的影響」（Hooyman & Kiyak, 2002／林歐貴英、郭鐘隆譯，2003：49），「年齡差異」也取代了「年齡變化」，過於注意世代間的差別而「犧牲了世代內的變異（variance），將個人概括化或類屬化（categorized）以便理解某些事實，往往導致過度簡化的危險」（邱天助，2007：58）。

參、向心理學之人文反思經驗學習

　　上節業已檢討了老人／人老傳播研究領域面臨之困境與未來猶可發展之前景。如本文所述，任何研究領域若要持續發展，勢須經常進行此類反思以能整理並歸納研究所得以免「閉門造車」，而透過其他社會科學領域如心理學之反思經驗猶可學習如何刮垢磨光、精益求精。

　　以下擬從「人本心理學」（humanistic psychology）與「敘事心理學」等心理學之次領域略述其自上世紀中期即已展開之學術反思以及其對心理學傳統研究取向之影響，期能有助於老人／人老傳播研究未來展開更具開創性之發展路徑。

如葉浩生（2006：8-9）所言，心理學自始就熱衷於仿效、崇拜自然科學之科學觀與方法論以致領域日趨破碎。其後諸多心理學者受到後現代思潮（如前述提及之詮釋學）影響而相繼另闢蹊徑方才出現如下所引之人文取向，其核心議題多在「確認人的主體價值並以此論斷人之為人乃在其能學習、自我改正、追求善良、增進美好社會以及生命的豐富性」（蔡琰、臧國仁，2018：142）；此一意旨顯與心理學主流實證論點不同，有助於老人／人老傳播研究學習並開拓新局。

一、心理學反思經驗之一——Maslow 與「人本心理學」、「超個人心理學」[6]

若要論及「人文取向」在心理學的發展，A. Maslow 之貢獻當屬最為家喻戶曉，以致其聲譽與其他主流心理學者相較實不遑多讓。如美國心理學會（APA）曾經票選二十世紀最著名（eminent）之心理學者（Haggbloom, et al., 2002: 146），Maslow 排名第十，僅稍次於行為主義創始人 B. F. Skinner、兒童心理學者 J. Piaget（皮亞傑）與精神分析學派的創始人 S. Freud（佛洛伊德），盛名可見一斑。

實則其名望多源自早年發展之「需求層次理論」（hierarchy of needs; Maslow, 1954），認為人的動機有高低層次，從最低層的生理與安全等基本需求到最高層次的自我實現（self-actualization）或自我滿足依次發展，唯有當低層次獲得滿足後方得進行到下一層次。這幾個層次的發展有如金字塔形狀，低層次座落於底部而高層次則在上端（見圖三；最高層次之「超自我實現」見下說明）。

在 Maslow 心目中，高層次之自我實現者僅占總人口的百分之一且常是六十歲以上者，其特色在於「能夠實現自己的願望、對能力所及的事總是盡力完成、具備洞察生活的能力，……有著謙虛態度……，能傾聽別人……」，是一群具備充分人性者（呂明、陳紅雯，1992 / Goble, 1970: 31-32），如其時之美國總統艾森豪、杜魯門以及羅斯福總統夫人與科學家愛因斯坦等均屬之（Maslow, 1993）。

而如圖三所示，Maslow 之相關論述特別注重人文價值在心理學的作用，強調人性積極向上的特性，意謂只要在良好的環境條件下，人們都會表現出諸如「愛」、「利他」、「友善」、「慷慨」、「仁慈」與「信任」等完善人格（劉燁，2006：2-3），並能追求「正派而有道德的生活」（a good life; Moss, 1999: 29）。

圖三：Maslow 的「人類需求層級論」（Maslow's theory of hierarchy of needs）

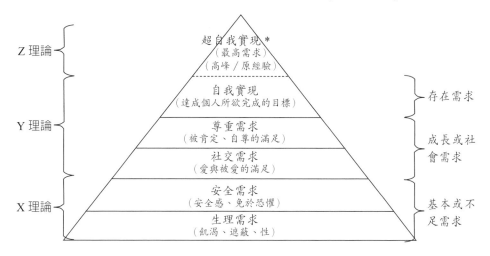

* Maslow 曾經使用不同字眼來描述最高層級的「超自我實現」需求，如：超個人、超越、靈性、超人性、超越自我、神祕的、有道的、超人本（指不復以人類為中心而改以宇宙為中心）、天人合一等。此圖出自本文，但中文詞彙均引自若水譯，1992，頁 172-3。圖左之 X, Y, Z 理論出自 Maslow 之語，X, Y 理論則係美國心理學家 D. McGregor（1960）提出。

　　由其領導之學術思想常被稱之「人本心理學」，乃是除了 S. Freud 之精神分析學派以及由 J. B. Watson 締造之行為主義學派以外的心理學「第三勢力」（the third force；呂明、陳紅雯，1992 / Goble, 1970），創有專屬期刊 Journal of Humanistic Psychology 與學會 American Association for Humanistic Psychology，亦在美國某些大學授予碩博士學位（Moss, 1999: 32-33）。

　　在其晚年，Masow 繼而提出最高層次之自我超越（self-transcendence，或稱超自我實現）概念（Maslow, 1962；見圖三最上層），加入了靈性（神祕）研究（包括東方哲學如道家與宗教如佛教）、高峰經驗、個人成長以及其他超越傳統自我界線的諸多議題，多年來定期出版 Journal of Transpersonal Psychology 學術期刊，別樹一格，有心理學「第四勢力」（the fourth force）稱號（Arons & Ricards, 2015），亦常稱之超個人心理學（transpersonal psychology；見 Hastings, 1999）。

　　惜乎 Maslow 在 62 歲（1970 年）盛年就因心臟病去世，[7] 以致有關自我超

越之想法有賴其他後進整理其筆記方得見諸於世。而一般學習者不察，多侷限於上引需求層次而無視於其後期較為成熟且與一般心理學者迥異之作品（此一說法出自 Gruel, 2015: 44），如頗具開創性之 Z 理論（見 Maslow, 1993）就長期藏諸名山少人聞問，實則其所述對人老傳播研究極具啟迪作用（見本節小結）。

　　如高峰／高原經驗（the peak or plateau experiences）就曾引發心理學家 Csikszentmihalyi（1990／張定綺，1993：7）在其較新著作裡（Nakamura & Csikszentmihalyi, 2005: 89）定義「心流」（the flow；或稱「最優經驗」optimal experience；見 Gruel, 2015: 59）為「全神貫注於其正在做的事情」，並稱其旨可藉此分析「幸福感」，意指「一個人完全沉浸於某種活動當中，無視於其他事物存在的狀態，這種經驗本身帶來莫大的喜悅，使人願意付出龐大的代價」。

　　實則 Maslow 在說明「高峰／高原經驗」時早就使用了相關語彙如：「活在當下」、「脫離時空」、「遺忘了過去與未來」、「完全被當下、此刻所迷戀與吸引」、「沒有自我」（無我）、「在社會之外」、「在歷史之外」、「陶醉於專注與定心」、「一種失去自我或自尊【之感】」、「自我的超越」、「自我與無我的結合」等（引自 Stephens, 2000: 191-192；添加語詞出自本文），以及「像孩子一樣」（childlike）、「如初次經驗一般」、「如道家式的接受」（Aron & Richards, 2015）。

　　以上詞彙皆是 Maslow 用來形容具有追求「超自我實現」之 Z 理論者所常遇到之最高心理需求，強調唯有如此方能避免「自我實現需求」可能導向不健康的個人主義甚至自我中心，也唯有提出「比我們更大的東西」（如超自我實現）方能讓人習於超越自我並努力開拓更高層次的精神層面如靈性或宗教活動（Gruel, 2015: 60）。其一生持續跳脫自己原有框架，兼而呼籲眾人在日常生活中樂觀地追求更高層次之不平凡視野與目標（higher vision），足堪引為人生學習典範，亦當是老人／人老傳播研究者所應存諸於心之重要理論依據。

二、心理學反思經驗之二——T. R. Sarbin 與「敘事心理學」[8]

　　如上節所示，心理學研究多年來業經如「第三勢力」、「第四勢力」之典範轉移，其因皆與研究者如 Maslow 持續自我反思有關。Sarbin（1986a, 1986b）則為另例，其在研究生階段與學術生涯初期曾如其他主流心理學研究者同樣接受過嚴格之行為主義與實證取向學術訓練並以發展「角色理論」著稱，但在 1980 年

代中期改為篤信「情境論」（見前引 Pepper 所論）、「人本主義」與「敘事原則」（Scheibe & Barrett, 2005: 17；參見圖一有關「敘事研究／典範」之討論），轉而開創有關「敘事」與「自我認同」的初始研究而備受推崇。

如在其自述（1986a）即曾多次提及對實驗室之心理驗證方法感到失望，甚至認為其過度追求嚴謹科學內涵的作法業已造成心理學門之領域危機。[9] 其後因受歷史學家 H. White 所撰 *Metahistory*（1973）一書影響從而深信「敘事研究」亦可應用於心理分析，而透過故事分析途徑遠較實驗法習以「無名、無臉」（nameless, faceless）方式呈現受測者所思、所述來得更為有趣，因而自創「敘事心理學」一詞藉以凸顯「敘事」與「心理」領域之緊密關連，從而引領了心理學探究後現代思潮方法論的諸多觀點，常被視為心理學轉向敘事典範的重（主）要推手（馬一波、鐘華，2006：第二章）。

其言「敘事與人類的關係就像大海之於魚一般」尤其膾炙人口，一舉將敘事研究提升至主體論的地位（Murray, 2003a: 112），更將關注日常生活與常人話語的生命故事研究帶入了心理學的學術殿堂，不但點燃了人文主義與科學主義間之論辯，更挑戰了「理性至上」、「科學至上」、「經驗至上」、「客觀至上」、「證據（資料）至上」等傳統心理學研究的核心內涵。

英國心理學家 M. Murray（2003a, 2003b, 2017）之系列論文曾經追溯敘事心理學的發展歷程，除了 Sarbin 力主以敘事替代傳統心理學之機械式與系統式思維外，另位心理學家 E. Mishler（1986）提倡之「敘事訪談」亦極具影響性。

簡單地說，Mishler（1986）認為以故事講述與聆聽為主的訪談方式與一般實證研究慣有的一問一答調查式訪問（survey interviewing）殊為不同，前者認為講述者與講述對象間之互動乃奠基於「意義共構」（joint construction of meaning）之前提，雙方平等地（而非偏重於提問者）在各自論述中建構談話「情境」並鼓勵彼此說出自己的生命經驗。相較於此，調查訪問素來重視「客觀」與「嚴謹」，不但要求訪問者事先接受訓練以力求其用字用語標準化，且需在不影響受訪者的回答前提下取得所需資料，以便回溯並驗證研究假設進而發展具有普遍與推論原則之理論，兩者（敘事訪談與調查訪問）方法論內涵相去甚遠。

Mishler（1984, 1986）兩本專著尤其強調情境對講述故事的重要性，乃因即便同一訪問者面對相同（或不同）講述對象仍可能因情境相異而得到不同情節描述，此點可謂出自故事講述情境之動態性，導致其內容已如前節所述之變化、新奇與即興而非一成不變。而此情境之另一意涵則是，訪問當下雙方所採用之任何

語言或非語言信號（tokens，如嗯、喔、好）皆對互動有著暗示作用，極易產生激勵而使對話流程更為順利或反之出現負面作用；要求訪談過程標準化對 Misler 而言無異緣木求魚難以達成。

Murray（2003a, 2003b, 2017）提出之第三位重要敘事心理學者是 J. Bruner（1986, 1990, 1991），其原是上世紀六零年代倡導認知革命（cognitive revolution）的核心人物，對認知心理學與教育心理學的發展舉足輕重。但其後亦有感於人類世界實由「理性」與「感性」兩種經驗共同組成（見 Bruner, 1986: 第二章），而相較於偏向嚴謹之理性與邏輯演繹之科學思維（Bruner 稱此「範式性認知」或 paradigmatic knowing），強調自身獨特經驗之「敘事性認知」（narrative knowing）多存於人文文學領域與日常生活，多年來相關研究明顯貧瘠有待投入。

隨後 Bruner（1991）提出了敘事研究之十大特徵，指稱其乃不斷建構與理解意義的過程，與真實間之關係僅存於「故事內」之部分與整體間的「逼真性」（verisimilitude）而非對應於外在自然世界的「可驗證性」（verifiability），無法用傳統實證研究的求真原則解釋因而也難以驗證故事所述之真實與否，凸顯了其與傳統心理學科學取向之異。

但 Bruner（1991）認為，敘事仍有其規範性（normativeness），任何故事之講述多出自事件或生活經驗與其所處文化常規之異以致產生「問題」，由此才能在「正統」之外找到「破口」進而發展出「可述性」並建立新的文化常規；此一由問題與破口到重建文化常規之過程，即為敘事隱而未見之文化規範性。

由此亦可推論，相較於科學性的「假設—驗證—理論建構」知識累積途徑，故事經過多次分享與再述並廣為流傳後，亦會逐步連結、累積而形成「文化」、「歷史」甚至建立「傳統」，其發展路徑顯與傳統科學研究之本質大相徑庭。

在方法論上，以 Sarbin 為主的敘事心理學者一貫地強調多元思維，「以研究問題為中心，方法為【研究】目的服務」而非如傳統心理學者是「……『測量先於存在』、『方法先於問題』，可被量化、操作化、客觀化的問題才是心理學的研究對象」（馬一波、鐘華，2006：5；添加語句出自本文）。

Sarbin 等人尤其主張透過生命故事之講述來理解生活世界，代表了「人文取向的心理學者在當代發出的一種聲音」（郭永玉，2006：1），延續並擴大了前述由 Maslow 等心理學前驅研究者引發的學術轉向浪潮，隨後並曾啟發眾多與前不同之研究新方法，包括「自傳式生命故事敘述」（autobiographical life stories）、「生活歷程取徑」（life course/life span approach）、「敘說探究」（narrative inquiry）、「自傳式民俗誌學」（autoethnography）等，其共同特點均在於對「過去在現在的位置」的重視，即如何由講述者與聆聽者分享並認同彼此（過去）人生經驗（在此刻）之獨特性與可貴程度；此即敘事心理學的人文取向核心意義所在（參見臧國仁、蔡琰，2012c）。

三、小結

　　為了協助反思老人傳播研究的方法論前景，本小節借重了兩個來自心理學次領域的典範轉移經驗期能展望未來，其雖與老人／人老傳播議題未有直接關連，但研究內涵仍常有連結。

　　舉例來說，如 Maslow 之理論對老人／人老傳播之啟示作用就頗為深邃（若水譯，1992：172-173），由其領銜之人本心理學與超個人心理學均可推論年齡實無可懼之處，反而應學習超越其外在所限而力求尋覓人生更高價值所在。研究方法則應堅持以「人」為對象，闡明人皆有積極向上的本能並力求超越已知、存在、理想、完善與潛力等，即便高齡猶可積極追求更高智慧以臻「止於至善」（以上說法引自劉燁，2006：27）。

　　另如 Kenyon, Ruth, & Mader（1999: 40）說明敘事老人學核心要素時，即曾指稱其受惠於前述 Sarbin 之「生活即故事」根喻而看重敘事論之潛力與影響性，強調人老過程與故事講述與聆聽實皆密不可分。而 Kenyon & Randall（2007: 238）亦曾描述老人敘事研究深受後現代思潮轉向人文科學之影響，針對傳統實證科學的「真理」、「意義」、「權力」與「權威」等概念提出了諸多批評，繼而認為任何社會現象均與「語言」、「詮釋」、「再現」等人類行為有關，多透過社會建構而來而難有單一答案或單一研究途徑；其言與前述 Sarbin 與 Maslow 所論皆若合符節。

　　因而從此小節略述之人本心理學與敘事心理學著手，老人／人老傳播研究未來猶可朝向以樂觀、正向、肯定之人生態度且不受年齡限制，轉而思考如何述說故事以及這些述說經驗如何有助於老人建立其正面之生命觀。

肆、結論：從「老人傳播」到「人老傳播」之人文轉向意涵

-- 過去二十年來，許多人都發現純科學與專業老人學裡少了一些重要意涵。主流老人學——憑藉著其高度的技術性與工具性、公開宣稱之客觀性、價值中立與專業化之話語——仍然缺乏適當語言來面對老齡社會之基本道德與精神議題。研究人員、教師、學生、專業人士、病人、客戶、管理人員與政策制定者均未持有任何現成方案得以相互討論人類存在之基本問題。在此背景下，那些重要的存在、倫理與形而上議題也在老人學的知識版圖毫無地位。而人文主義老人學的基本問題——變老究竟意味著什麼？——也就至今未能受到重視（Cole & Ray, 2010: 1）。

　　無論老人（學）或老人傳播研究過去數十年間皆曾因社會變遷而廣受重視，但研究題材仍有侷限且相關理論發展遲緩，而研究內容亦常囿於研究者自身之學術訓練與世界觀而對如何研究（此即「方法論」之旨）存有刻板印象與偏見，以致研究結果易於產生慣性迷思，對理解老化現象有諸多窒礙之處。

　　本文內容概分兩個部分，第一部分針對老人傳播研究之「研究對象」、研究者之「世界觀」以及「研究設計」等三者分從「方法論」提出針砭並略及「知識論」與「主體論」，強調此一領域習視研究對象（即老人）為體能與智力皆在衰退的高齡族群，忽略了不同年齡層之老人表現亦有差異且各有特色，未來實應調整其名為「人老傳播」，改而關注個（老）人如何感知生命歷程之變化以適應其「長老」（growing old）而非僅是「變老」（getting old）之實，從而樂於將其轉化為故事述說以與他人（如家庭成員與同儕友人）共享並建立人際互動關係。尤應嘗試以研究時間較為長久之「縱貫式」資料蒐集方式解讀並說明人老傳播之意涵，藉此避免陷入年齡偏見之謬誤（參見蔡琰、臧國仁，2019）。

　　此點與上世紀九零年代末期逐漸興起之「人文取向老人學研究」（humanistic gerontology；見 Cole, Kastenbaum, & Ray, 2000; Cole, Rays, & Kastenbaum, 2010）多有連結，強調研究老齡當以「人」（而非實證主義之定律與理論）為其後設主體來檢視相關理論意涵，包括如何「持續產生與宇宙共融之感」、「重新定義時間、空間、物體之意涵以能感受『過去』與『未來』世代間的連結」、「不再以自我為中心，改以『宇宙之我』（cosmic self）替代」等（此

皆出自 Tornstam, 2005 之見），深富人文義理與精神。

其後本文第二部分引介來自人本心理學與敘事心理學之反思經驗，著眼於討論其興起如何與心理學長期以來過度傾向行為主義之趨勢有關，急於向「硬性科學」（hard science）靠攏後大量摒棄一些無法測量也難以操作變項之研究主題。正如 Arons & Richards（2015: 163）所言，「在科學一元論的標誌下，長久存在的假定即在認為，透過一致的方法，心理學可以歸結為與物理學同樣的學科」；其弊端似與本文之旨不謀而合，因而引入來自兩個心理學次領域之反思心得當有助於老人傳播研究者借鏡。

其一，正如前文所示，人本心理學在如 Maslow 以及其他研究者的努力下已漸站穩腳步，改視心理學為「以研究健康、具有全面功能性並有創造力之全人個體」的研究領域（Moss, 2015: 13），其發展對九零年代後期出現之「正向心理學」（或譯「積極心理學」，positive psychology）影響深遠，旨在強調對「心理生活積極因素的研究，如主觀幸福感、美德、力量等」（葉浩生，2006：21），鼓勵心理學研究者調整其原有之改變弱質研究方向改而建立正向能力以預防心理疾病之出現，不僅關注「疾病」、「衰弱」與「傷害」等與人類負面問題有關的研究議題，更要眷顧「力量」與「美德」等人類正面、積極屬性（Seligma, 2005），其內涵因而有助於老人／人老傳播研究未來關注如何從多變的老化情境朝向正面發展〔見 Aldwin & Igarashi, 2016 有關「復原老化」（resilience aging）之討論〕。

其二，前文所引敘事心理學反思經驗對老人學研究亦富參考價值，除如前述啟發了敘事老人學次領域外，更曾引領「生命故事」此一帶有濃厚人文取向之研究途徑與老人研究結合，未來當能促進與老人／人老傳播研究產生更多新意。

如資深老人學研究者 Birren（2001: ix；引自 Kenyon, Bohlmeijer, & Randall, 2011: xiii）之預言，二十一世紀業已成為「記錄個人生活、講述生活故事的世紀」，而老人講述自我生命故事之意義當更在於對其生命經驗之重視，反映了「凡走過必值得回味」之人生積極意涵（臧國仁、蔡琰，2012b：134）。

合併觀之，本文之旨乃在提醒研究者（含本文作者），「老化」是每個人的生命體驗而非他者，如何將此體驗轉化為研究題旨有其重要意涵。舉例來說，當前述「嬰兒潮」老人退休漸成趨勢時，許多研究者也已進入準退休階段，其對自身生命之體悟如何成為研究題材就有可發展性（參見臧國仁、蔡琰，2019），因而無論老人學、批判老人學或老人／人老傳播研究者都應經常自問自答進而瞭解

「做研究」的盲點。何況「做研究」乃是與自己的學術生命以及同儕間的互動與對話（復見圖一），唯有領悟此點，老人／人老傳播研究才能直入核心找到值得安身立命之源頭。

　　總之，人生真諦必須透過故事的一再講述與互換方可體會，而在此講述與再述（以及聆聽）的過程裡，我們得有機會回頭檢視自己、觀察他人、體驗生命（Randall, 2001）。人生獨一無二，唯有瞭解這點才能提升自尊並珍惜自己擁有的人生文本。老人如此，其他年齡者亦然，此點當是反思老人／人老傳播研究對相關學術發展之最大啟示所在。

參考文獻

丁卓菁（2016）。〈老人傳播學研究現狀〉。《中國老年學雜誌》，第 21 期，頁 5487-5489。

丁興祥編（2012）。《自我敘說研究：一種另類心理學》。臺北市：五南。

王敏雯譯（2018）。《幸福老年的祕密：哈佛大學格蘭特終生研究》。臺北市：張老師文化。（原書：G. E. Vaillant [2013]. *Triumphs of experience: The men of the Harvard Grant Study*. Cambridge, MA: Belknap Press of Harvard University Press.）

江明修（1998）。〈公共行政學研究方法論〉。政治大學非營利組織研究室出版。上網日期：2017 年 07 月 02 日。http://www.kexue.com.cn/upload/blog/file/2010/6/2010610153310449798.pdf

呂明、陳紅雯（1992）。《第三思潮：馬斯洛心理學》。臺北市：師大書苑。（原書：F. G. Goble [1970]. *The third force: The psychology of Abraham Maslow*. New York, NY: Grossman.

林歐貴英、郭鐘隆譯（2003）。《社會老人學》。臺北市：五南。（原書：N. R. Hooyman & H. A. Kiyak [2002]. *Social gerontology: A multidisciplinary perspective* (6th Ed.). Boston, MA: Allyn and Bacon.）

林進益（2007）。〈解讀雜誌廣告中的老人迷思〉。中山大學傳播管理所碩士論文。

邱天助（2007）。《社會老人學》。臺北市：正中書局。

邱天助（2012）。〈中文版序二：老年是生命的酬賞或懲罰？〉。廣梅芳譯（2012）。《生命週期完成式》（頁8-11）。臺北市：張老師文化。（原書：E. M. Erikson & J. M. Erikson [1998]. *The life cycle completed (extended version)*. New York, NY: W. W. Norton & Company.

周怜利譯（2000）。《Erikson 老年研究報告》。臺北：E. H. Erikson, J. M. Erikson, & H. Q. Kivnick [1997]. *Vital involvement in old age*. New York, NY: Living Psychology Publishers.）

若水譯、李安德（Andre Lefebvre）著（1992）。《超個人心理學：心理學的新典範》。臺北市：桂冠。

段義孚（2011）。〈人本主義地理學之我見〉（北京師範大學講座中文譯稿）。上網日期：2018 年 03 月 08 日。取自 https://gbsunmap.wordpress.com/2011/05/03/%e6%ae%b5%e4%b9%89%e5%ad%9a%e2%80%94%e2%80%94%e4%ba%ba%e6%9c%ac%e4%b8%bb%e4%b9%89%e5%9c%b0%e7%90%86%e5%ad%a6%e4%b9%8b%e6%88%91%e8%a7%81%ef%bc%88%e8%af%91%e7%a8%bf%ef%bc%89/

馬一波、鐘華（2006）。《敘事心理學》。上海市：上海教育出版社。

郭永玉（2006）。〈序〉。馬一波、鐘華（2006）。《敘事心理學》。上海市：上海教育出版社。

陳肇男（2001）。《快意銀髮族：臺灣老人的生活調查報告》。臺北市：張老師。

張定綺譯（1993）。《快樂，從心開始》。臺北市：天下文化。（原書 M. Csikszentmihalyi, [1990]. *Flow: The psychology of optimal experience*. New York, NY: HarperCollins）

張萬敏（2012）。《認知敘事學研究》。北京市：中國社會科學出版社。

葉浩生（2006）。〈總序：當代心理學的困境與心理學的多元化趨向〉。馬一波、鐘華（2006）。《敘事心理學》。上海市：上海教育出版社。

臧國仁、蔡琰（2014）。〈「老人研究」與「老人傳播研究」之溯源與省思──兼論「華人傳播研究」之敘事典範後設取徑〉。洪浚浩主編，《傳播學新趨勢》（頁 459-481）。北京市：清華大學出版社。

臧國仁、蔡琰（2013）。〈老人傳播研究的思辨理路與創新性：進階理論建構之提議〉。國科會專題研究結案報告（NSC 101-2410-H-004-100-）。

臧國仁、蔡琰（2012a）。〈老人傳播研究之「後設觀點」──進階理論建構之提議〉。中華傳播學會 2012 年會，臺中市：靜宜大學（七月 6-8 日）。

臧國仁、蔡琰（2012b）。《老人傳播：理論、研究與教學實例》。臺北市：五南。

臧國仁、蔡琰（2012c）。〈新聞訪問之敘事觀──理論芻議〉。《中華傳播學刊》，第 21 期，頁 3-31。

潘英美譯（1999）。《老人與社會》，臺北市：五南（原書：J. A. Thorson [1995]. *Aging in a changing society*. Belmont, CA: Wadsworth.）

蔡琰、臧國仁（2019）。〈初探退休議題與傳播研究之可能構連：生命故事研究取向之理論建議〉。《新聞學研究》，**140**，1-39。

蔡琰、臧國仁（2018）。〈試析『大眾傳播研究』之人文取向〉。《湖南師範大學社會科學學報》，**6**，140-150。

蔡琰、臧國仁（2010）。〈爺爺奶奶部落格──對老人參與新科技傳播從事組織敘事之觀察〉。《中華傳播學刊》，**18**，頁 235-263。

蔡麗紅、鄭幸宜、湯士滄、黃月芳（2010）。〈老人歧視〉。《長庚護理》，**21**(2)，頁 165-171。

廣梅芳譯（2012）。《生命週期完成式》。臺北市：張老師文化。（原書：E. M. Erikson & J. M. Erikson [1998]. *The life cycle completed (extended version)*. New York, NY: W. W. Norton & Company.）

駱紳編（2012）。《創齡：銀色風暴來襲》。臺北市：立緒。

魏惠娟編著（2012）。《臺灣樂齡學習》。臺北市：五南。

羅彥傑（2018）。〈「失智」病症汙名報導之流變：以 1951-2010《聯合報》檔案為例〉。《新聞學研究》，第 137 期，頁 1-43。

羅彥傑（2016）。〈失智、汙名與健康促進：評析我國對老人的健康宣導策略〉。《中國廣告學刊》，第 21 期，頁 34-64。

劉燁編譯（2006）。《馬斯洛的智慧：馬斯洛人本哲學解讀》。臺北市：正展。

Aldwin, C. M., & Igarasi, H. (2016). Coping, optimal aging, and resilience in a sociocultural context. In V. L. Bengtson & R. A. Settersten, Jr. (Eds.). *Handbook of theories of aging* (3rd. Ed.)(pp. 551-576). New York, NY: Springer.

Arons, M., & Richards, R. (2015). Two noble insurgencies: Creativity and humanistic psychology. In K. J. Schneider, J. F. Pierson, & J. F. T. Bugental (Eds.). *The handbook of humanistic psychology: Theories, research and practices* (2nd. Ed.)(pp. 161-175). Thousand Oaks, CA: Sage.

Bengtson, V. L., Burgess, E. O., & Parrott, T. M. (1997). Theory, explanation, and a third generation of theoretical development in social gerontology. *Journal of Gerontology: Social Sciences*, *52B*, S72-S88.

Bruner, J. (1986). *Actual minds. Possible worlds.* Cambridge, MA: Harvard University Press.

Bruner, J. (1990). *Acts of meaning.* Cambridge, MA: Harvard University Press.

Bruner, J. (1991). The narrative construction of reality. *Critical Inquiry, 18*, 1-21.

Cole, T. R., & Ray, R. E. (2010). The humanistic study of aging past and present, or why gerontology still needs interpretive inquiry. In T. R. Cole, R. Rays, & R. Kastenbaum (Eds.)(2010). *A guide to humanistic studies in aging: What does it mean to grow old?*

(pp. 1-24). Baltimore, MR: The Johns Hopkins University Press.

Cole, T. R., Kastenbaum, R., & Ray, R. E. (Eds.)(2000). *Handbook of the humanities and aging* (2nd Ed.). New York, NY: Springer（首版為 1992 年出版）.

Cole, T. R., Rays, R., & Kastenbaum, R. (Eds.)(2010). *A guide to humanistic studies in aging: What does it mean to grow old?* Baltimore, MR: The Johns Hopkins University Press.

Coupland, N. and Coupland, J. (1990). Language and late life. In Giles, H., & Robinson, W. P. (Eds.). *Handbook of social psychology*. Chester, UK: John Wiley & Sons.

Diener, E. (2009). Positive psychology: Past, present, and future. In S. J. Lopez C. R. Snyder (2009)(Eds.). *Handbook of positive psychology* (2nd. Ed.)(pp. 7-11). New York, NY: Oxford University Press.

Estes, C. L., & Associates (2001). *Social policy and aging: A critical perspective.* Thousand Oaks, CA: Sage.

Estes, C. L., & Binney, E. A. (1989). The biomedicalization of aging: Dangers and dilemmas. *Gerontologist, 29*(5), 587-96.

Foucault, M. (1973). *The birth of the clinic: An archaeology of medical perception* (Trans. A. M. Sheridan Smith). New York, NY: Pantheon.

Froh, J. J. (2004). The history of Positive Psychology: Truth be told. *NYS Psychologist, 16*(3), 18-20.

Gergen, K. J. (1999). *An Invitation to social construction*. London: Sage.

Gruel, N. (2015). The plateau experience: An exploration of its origins, characteristics, and potential. *Journal of transpersonal psychology, 47*(1), 44-63.

Gubrium, J. F., & Holstein, J. A. (1999). Constructionist perspective on aging. In V. L. Bengtson and K. W. Shaie (Eds.). *Handbook of theories of aging* (pp. 287-305). New York, NY: Springer.

Haggbloom, S. J., et al. (2002). The 100 most eminent psychologists of the 20th century. *Review of General Psychology, 6*(2), 139-152.

Harwood, J. (2007). *Understanding communication and aging: Developing knowledge and awareness*. Los Angeles, CA: Sage.

Hasting, A. (1999).Transpersonal psychology: The fourth force. In D. Moss (Ed.)(1999). *Humanistic and transpersonal psychology* (pp. 192-208). Westport, CT: Greenwood

Press.

Kaufman, S. R., Shim, J. K., & Russ, A. J. (2004). Revisiting the biomedicalization of aging: Clinical trends and ethical challenges. *Gerontologist, 44*(6), 731-738.

Kenyon, G. M. & Randall, W. L. (2007). Narrative and aging. In J. E. Birren (Ed.). *Encyclopedia of gerontology: Age, aging, and the aged* (pp. 237-242)(2nd. Ed.). Oxford: Elsevier.

Kenyon, G., Bohlmeijer, E., & Randall, W. L. (Eds.)(2011). *Storying later life: Issues, investigations, and interventions in narrative gerontology*. Cambridge, MA: Oxford University Press.

Kenyon, G. M., Ruth, J-E, Mader, W. (1999). Elements of a narrative gerontology. In Vern L. Bengtson & K. W. Schaie (Eds.). *Handbook of theories of aging* (pp. 40-58). New York, NY: Springer.

Lapadat, J. C. (2004). Autobiographical memories of early language and literacy development. *National Inquiry, 14*(1), 113-140.

Littlejohn, S. W. (1999). *Theories of human communication*. Belmont, CA: Wadsworth.

Lopez, S. J., & Snyder, C. R. (2009)(Eds.). *Handbook of positive psychology* (2nd. Ed.). New York, NY: Oxford University Press.

Maslow, A. H. (1993). Theory Z. In A. H. Maslow, *The farther reaches of human nature* (pp. 270-286). New York, NY: Penguin (Reprinted from *Journal of Transpersonal Psychology*, 1969, *1*(2), 31-47).

Maslow, A. H. (1954). *Motivation and personality*. New York, NY: Harper & Row.

McGregor, D. (1960). *The human side of enterprise*. New York, NY: McGraw-Hill.

Mishler, E. G. (1986). *Research interviewing: Context and narrative*. Cambridge, MA: Harvard University Press.

Mishler, E. G. (1984). *The discourse of medicine: Dialectics of medical interviews*. Norwood, NJ: Ablex.

Moss, D. (Ed.)(1999). *Humanistic and transpersonal psychology*. Westport, CT: Greenwood Press.

Murray, M. (2003a). Narrative psychology. In J. A. Smith (Ed.). *Qualitative psychology: A practical guide to research methods* (pp. 111-132). London, UK: Sage.

Murray, M. (2003b). Narrative psychology and narrative analysis. In P. M. Camic, J.

E. Rhodes, & L. Yardley (Eds.). *Qualitative research in psychology: Expanding perspectives in methodology and design* (pp. 95-112). Washington, D.C.: American Psychological Association.

Murray, M. (2017). Narrative social psychology. In B. Gough (Ed.). *The Palgrave handbook of critical social psychology* (pp. 185-204). London, UK. Palgrave Macmillan.

Nakamura, J., & Csikszentmihalyi, M. (2005). The concept of flow. In C. R. Snyder & S.J. Lopez (Eds.). *Handbook of positive psychology* (pp. 89-105). New York, NY: Oxford University Press.

Nelson, T. D. (2002). *Ageism: Stereotyping and prejudice against older persons*. Cambridge, MA: The MIT Press.

Nussbaum, J. F., Pacchioni, L. L., Robinson, J. D., & Thompson, T. L. (2000). *Communication and aging* (2nd. Ed.). Mahwah, NJ: Lawrence Erlbaum Associates.

Pepper, S. C. (1942). *World hypotheses: A study of evidence*. Berkeley, CA: University of California Press.

Pettigrew, A. M. (1985). Contextualist research: A natural way to link theory and practice. In E. E. Lawler III, A. M. Mohrman, Jr., S. A. Mohrman, G. E. Ledford, Jr., T. G. Cummings, and Associates (Eds.). *Doing research that is useful for theory and practice* (pp. 222-273). Lanham, MA: Lexington Books.

Randall, W. (2001). Storied words: Acquiring a narrative perspective on aging, identity and everyday life. In G. Kenyon, P. Clark, B. de Vries (eds.). *Narrative gerontology: Theory, research, and practice*. NY: Springer.

Randall, W. L., & McKim, A. E. (2008). *Reading our lives: The poetics of growing old*. Oxford, UK: Oxford University Press.

Randall, W. L., & McKim, A. E. (2004). Toward a poetics of aging: The links between literature and life. *Narrative Inquiry, 14*(2), 235-260.

Sarbin, T. R. (1986a). Introduction and overview. In T. R. Sarbin (Ed.). *Narrative psychology: The storied nature of human conduct* (pp. ix-xvii). New York: Praeger.

Sarbin, T. R. (1986b). The narrative as a root metaphor for psychology. In T. R. Sarbin (Ed.). *Narrative psychology: The storied nature of human conduct* (pp. 3-21). New York: Praeger.

Scheibe, K. E., & Barrett, F. J. (2017). *The storied nature of human life: The life and work of Theodore R. Sarbin*. London, UK: Palgrave Macmillam.

Seligman, M. (2005). Positive psychology, positive prevention, and positive therapy. In C. R. Snyder & S. J. Lopez (Eds.). *Handbook of positive psychology*. New York, NY: Oxford University Press.

Seligman, M., & Csikszentmihalyi, M. (2000). Positive psychology: An introduction. *American Psychologist, 55*, 5-14.

Settersten, Jr., R. A., & Godlewski, B. (2016). Concepts and theories of age and aging. In V. L. Bengtson & R. A. Settersten, Jr. (Eds.)(pp. 9-26). *Handbook of theories of aging* (3rd. Ed.). New York, NY: Springer.

Shogren, K. A., Wehmeyer, M. L., & Nirbhay, N. N. (Eds.)(2017). *Handbook of positive psychology in intellectual and developmental disabilities: Translating research into practice*. Cham, NL: Springer.

Snyder, C. R., & Lopez, S. J. (2005)(Eds.). *Handbook of positive psychology*. New York, NY: Oxford University Press.

Stephens, D. C. (Eds.)(2000). *The Maslow business reader*. New York, NY: John Wiley.

Tornstam, L. (2005). *Gerotranscendence: A developmental theory of positive aging*. New York, NY: Springer.

Ward, R. A. (1977). The impact of subjective age and stigma on older persons. *Journal of Gerontology, 32*(2), 227-232.

Warren, M. A., & Donaldson, S. I. (Eds.)(2018). *Toward a positive psychology of relationship: New directions in theory and research*. Santa Barbara, CA: Praeger.

White, H. (1973). *Metahistory: The historical imagination in nineteenth-century Europe*. Baltimore: Johns Hopkins University Press.

Wood, A. M., & Johnson, J. (2016). *The Wiley handbook of positive clinical psychology*. Chichester, UK: John Wiley & Son.

註　釋

[1] 如丁卓菁（2016：5487）曾謂，「1932～2013 年，各門學科又從不同角度研究探討與老人相關的議題，文獻共計近 13 萬篇，可見老人研究在國內（按，指中國）已有一定規模」；但其亦稱，「老人研究在傳播學中卻遇冷」。此外，若以「老人」、「傳播」、「研究」為關鍵字共可在 Google Scholar 尋得 2017 年後之繁、簡體字相關學術論文達 1,370 篇（上網時間：2018. 03. 06）。

[2] 根據 Hooyman & Kiyak（2002／林歐貴英、郭鐘隆譯，2003：第八章），1961 年之前的社會老人學係以「角色」（role theory）與「活動」（activity theory）理論為主，旨在回答「個人如何適應年紀相關的變化」（頁 414），包括社會角色與生活形態等面向。其後，著名之「隔離理論」（disengagement theroy）首開先河地主張，人到了某個特定年齡老人就會從社會「隔離」或「撤離」，如住進安養院或退休賦閒在家，轉而關注於自身的內在生活而漸從社會活動撤退。這個「隔離理論」因而成為社會老人學的「重要轉捩點」，是「第一個全面的、清楚的將各相關領域的理論引進」（頁 416），包括「符號互動論」、「年齡階層論」、「社會交換論」、「老年政治經濟學」等，是為「第一次轉型」（the first transformation）。

[3] 出自 https://vision.udn.com/vision/story/8817/1243148（上網時間：2017. 5. 18），係依據聯合國 2013 年調查。臺灣平均餘命為 79.5 歲，百年人瑞占每十萬人口之 12.1。

[4] 此小節部分改寫並擴充自蔡琰、臧國仁（2019：24-25）。

[5] E. M. Erickson 之妻敘述第九階段時的確曾經說明其為「九十歲」的老齡階段，其他階段則無對應年齡。

[6] 有關「人本心理學」與「超個人心理學」之緣起以及其與 Maslow 之關連，詳見 Moss, 1999。

[7] Gruel（2015: 44）認為，Maslow 曾經經歷兩次心臟病發作，其間深感時不我予而急於推出新的動機觀點，「超自我實現」的高峰經驗議題即其經歷之典範轉移。

[8] 此處所談之「敘事心理學」（narrative psychology）與心理學之另一次領域「心理敘事學」（psychonarratology）不同。如張萬敏（2002：52）專著所

稱，後者是「認知敘事學的分支之一，是其實證流派的主要代表，……關注在敘事文本的處理過程中讀者頭腦裡（即讀者內部）發生了什麼，但是它更強調以文本實驗來驗證相關的理論假設或理論構想，這也是它最大的方法論特色。」顯與強調生命故事講述的人文取向「敘事心理學」頗有差異。

[9] 葉浩生（2006：8）在〈總序〉曾謂：「……這恰恰是現代心理學的悲劇之所在：它的一切標準都是外在的，不是根據自己的需要選擇程序和模式，而是為了滿足作為科學的標準。自然科學是根據它要研究的問題確立方向的，而心理學只有一個願望，那就是向自然科學看齊，它不管自己要研究什麼，只要能像自然科學那樣就足夠了。這種對自然科學的盲目崇拜是造成現代心理學困境和各種問題的癥結之所在。」從這個說法出發就可瞭解 Sarbin 以及人本心理學者對現代心理學之不滿其來有自，因而成就了心理學的人文主義基礎。

Reflections of the methodologies of aging communication research and applying similar experiences from psychology

Following previous explorations on the subject of "aging communication," the purpose of this paper focuses on reflecting the limitations of its methodologies.

Other than briefly review the origins and nature of aging communication research in the forward section, the rest of this paper discusses the predicaments that have been discussed by aging communication researchers in the past, i.e., the definition of research subject, the worldview of the researchers and the research design, etc.

It is suggested that future researchers in this subarea should be concerned that, instead of considering "aging" as a process of decaying, it would be better to see getting old as a process of narrating life stories and all people could adjust their lives by sharing stories of their own, their families and their colleagues in interactions. This paper then calls for having positive attitudes to do research by borrowing reflective experiences from some subareas in psychology.

Key words: the elders, communication, methodology, reflection

國家圖書館出版品預行編目資料

學術期刊論文之書寫、投稿與審查：探查「學
術黑盒子」的知識鍊結／臧國仁著. ――初
版.――臺北市：五南圖書出版股份有限公
司，2021.08
　　面；　公分
　　ISBN 978-986-522-999-3（平裝）

1.論文寫作法　2.研究方法

811.4　　　　　　　　　　110012024

1H3A

學術期刊論文之書寫、投稿與審查：探查「學術黑盒子」的知識鍊結

作　　　者 ― 臧國仁（466）

發 行 人 ― 楊榮川

總 經 理 ― 楊士清

總 編 輯 ― 楊秀麗

副總編輯 ― 黃文瓊

責任編輯 ― 陳俐君、李敏華

封面設計 ― 王麗娟

出 版 者 ― 五南圖書出版股份有限公司

地　　　址：106台北市大安區和平東路二段339號4樓

電　　　話：(02)2705-5066　　傳　　真：(02)2706-6100

網　　　址：https://www.wunan.com.tw

電子郵件：wunan@wunan.com.tw

劃撥帳號：01068953

戶　　　名：五南圖書出版股份有限公司

法律顧問　林勝安律師事務所　林勝安律師

出版日期　2021年8月初版一刷

定　　　價　新臺幣400元

經典永恆・名著常在

五十週年的獻禮 —— 經典名著文庫

五南，五十年了，半個世紀，人生旅程的一大半，走過來了。

思索著，邁向百年的未來歷程，能為知識界、文化學術界作些什麼？

在速食文化的生態下，有什麼值得讓人雋永品味的？

歷代經典・當今名著，經過時間的洗禮，千錘百鍊，流傳至今，光芒耀人；

不僅使我們能領悟前人的智慧，同時也增深加廣我們思考的深度與視野。

我們決心投入巨資，有計畫的系統梳選，成立「經典名著文庫」，

希望收入古今中外思想性的、充滿睿智與獨見的經典、名著。

這是一項理想性的、永續性的巨大出版工程。

不在意讀者的眾寡，只考慮它的學術價值，力求完整展現先哲思想的軌跡；

為知識界開啟一片智慧之窗，營造一座百花綻放的世界文明公園，

任君遨遊、取菁吸蜜、嘉惠學子！